Le roman de Bergen

1900 – L'aube
tome 2

Ouvrage traduit avec le concours de *NORLA*, Oslo.

Gunnar Staalesen

LE ROMAN DE BERGEN

1900 – L'AUBE
tome 2

Traduit du norvégien par
Alexis Fouillet

roman

GAÏA EDITIONS

Si vous souhaitez être régulièrement informés de nos publications et de notre agenda de manifestations, n'hésitez pas à prendre contact :

Gaïa Editions
Boissec
40250 Larbey

téléphone : 05 58 97 73 26
télécopie : 05 58 97 73 39

www.gaia-editions.com

Titre original :
1900 Morgenrød

Illustration de couverture :
© Collection Jo Gjerstad
Muralmenningen aux alentours de 1905

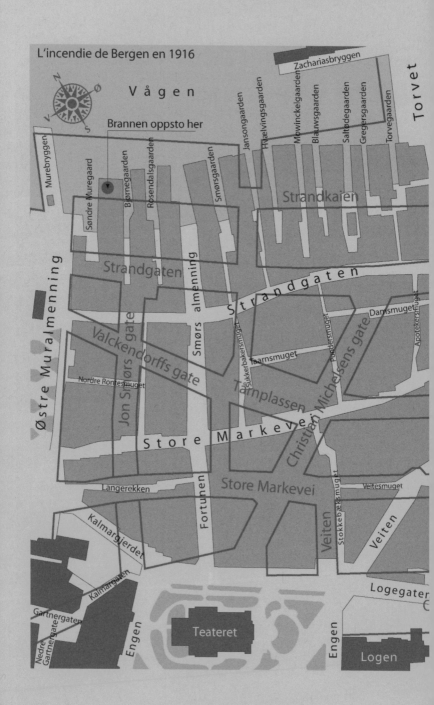

L'incendie de Bergen en 1916

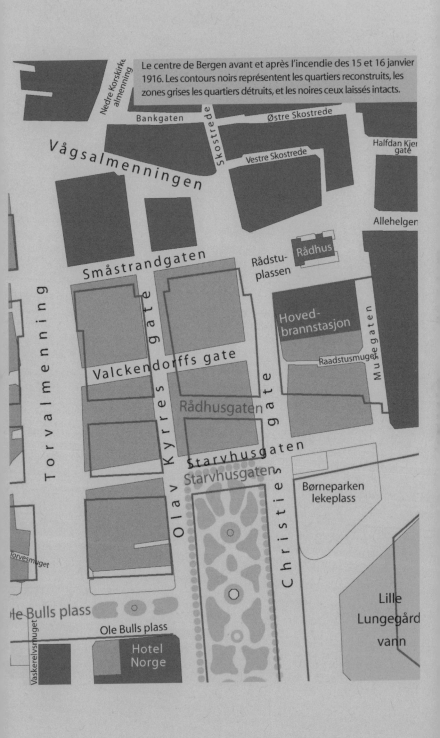

Le centre de Bergen avant et après l'incendie des 15 et 16 janvier 1916. Les contours noirs représentent les quartiers reconstruits, les zones grises les quartiers détruits, et les noires ceux laissés intacts.

45

Vendredi 4 mai 1917, un important convoi attendait dans le Puddefjord le signal qui lui permettrait d'entamer la traversée de la mer du Nord.

Les pertes en bateaux norvégiens entre la côte norvégienne et les îles britanniques avaient été nettement plus lourdes au cours de l'année 1916. Après que l'Allemagne eut déclaré la guerre sous-marine générale, le 1er février 1917, le nombre de torpillages avait augmenté de façon vertigineuse. 1917 devait être la pire année de toute la guerre. 85 bateaux berguénois firent naufrage cette année-là, et 174 marins perdirent la vie.

Dans le même temps, le fret connut un essor considérable. Pour les armateurs qui échappaient aux torpillages, les possibilités de profit étaient énormes, et posséder des bateaux en 1917 ne nécessitait pas que l'on ait fait partie du corps des armateurs de marine avant la guerre. Des garçons de course employés dans des entreprises de renom réussirent à se constituer des fortunes leur permettant d'acheter de grandes maisons dans les faubourgs de la ville et de se comporter en grands seigneurs dans les restaurants locaux, quand l'occasion se présentait.

Ce fut le cas du marchand Brekke. Au lieu d'ouvrir un nouveau magasin dans l'un des quartiers de baraques provisoires installées dès 1916 autour du Bypark et le long de Torvalmenningen en remplacement des immeubles de commerce qui avaient brûlé, il investit la somme provenant de sa compagnie d'assurance dans des parts de bateaux et il en avait tiré un profit si formidable qu'il venait de s'offrir une grosse maison individuelle à Hop, et traitait à présent avec l'un des importants entrepôts de Kristiania pour y obtenir le statut d'associé.

L'armateur Dünner tira lui aussi son épingle du jeu, même si cela n'était pas visible en ce vendredi après-midi de mai 1917. Au contraire, il était d'une mauvaise humeur exceptionnelle, en grande partie à cause de son fils de dix-sept ans, Alfred, qui trois jours auparavant avait solennellement déclaré qu'il arrêtait l'école, quelques petites semaines avant un examen aussi déterminant que le baccalauréat ! Quand son père lui avait demandé non sans sarcasme ce qu'il pensait faire à la place, le fils avait répondu sans hésiter :

« Je veux être marin ! »

Une réponse qui avait plongé sa mère dans de telles crises de larmes que le père avait tout laissé tomber pour s'employer à détourner son fils de ce projet.

« C'est ta faute, avait-elle sangloté en faisant peser sur lui des regards lourds de reproches.

– Ma faute ? » avait répliqué Dünner, mais sans s'appesantir davantage sur ce qu'elle pouvait bien insinuer.

Malgré tout, l'idée ne l'avait pas quitté, et elle le rongeait encore : *Était-ce sa faute ?* Il devait bien admettre que depuis le grand incendie, il avait consacré toute son attention à la gestion de ses affaires, les premiers mois de façon tout à fait temporaire dans un appartement d'Øvre Korsalmenning, puis de façon un peu moins provisoire mais encore très imparfaite dans Vestre Torvgate. Compte tenu des épreuves auxquelles les transports maritimes étaient exposés dans une guerre de plus en plus semblable à un statu quo sur la terre ferme et qui par conséquent se déroulait en grande partie sur les flots, principalement entre l'Allemagne et l'Angleterre, il était difficile de privilégier les intérêts privés alors qu'il exposait ses marins au danger en connaissance de cause. L'armateur Dünner tenait à être un armateur populaire et ne laissait jamais l'un de ses bateaux quitter Bergen sans au préalable être monté à bord pour discuter avec l'équipage et leur souhaiter bonne chance, bien qu'il sût pertinemment que le jour où les torpilles feraient mouche, lui-même se trouverait en sécurité derrière son bureau de Vestre Torvgate pendant que les marins seraient emportés en mer sur des morceaux d'épave, ceints de bouées ou, au mieux, dans des chaloupes de sauvetage.

En y repensant, il se sentait relativement convaincu que cet apparent changement de caractère chez Alfred était une conséquence du grand incendie qui avait eu lieu presque un an et demi auparavant. En tout cas, jusqu'à Noël 1915, il avait eu les meilleurs livrets scolaires qu'on puisse attendre. Dans le courant du printemps 1916, il était devenu de plus en plus net que son implication dans les travaux scolaires s'amenuisait. Les notes baissaient, mais quand Dünner aborda le problème, même les professeurs l'expliquèrent par la période intermédiaire classique que peuvent traverser les élèves les plus doués en classe de seconde[1] quand ils sentent qu'il reste encore beaucoup de chemin à parcourir avant l'examen final.

Les élèves de ce type s'engageaient en revanche d'autant plus dans des activités extrascolaires. À Hugin, Alfred s'était beaucoup investi jusqu'au bal de Noël annulé. Par la suite, à ce que son père avait observé, il n'était plus allé à aucune réunion. Il ne rentrait jamais directement de l'école. Une fois le dîner pris, et quand l'armateur Dünner retournait au bureau après s'être reposé un court instant pour digérer, il allait broyer du noir dans sa chambre. Si on lui demandait ce qu'il faisait, il prétextait ses devoirs, mais il était évident vu ses résultats que si c'était le cas, le travail n'était pas spécialement efficace. À quelques rares reprises, Dünner avait essayé de l'intéresser à des activités sociales, entre autres en essayant de retrouver les camarades de classe avec qui il avait été si lié par le passé, ses cousins Wilhelm Styrk, Bertil et Hjalmar, mais *ils sont en première et ils potassent pour leur examen, papa!* avait été la seule réponse qu'il avait obtenue. Finalement, il avait évacué le problème en se disant que ça finirait bien par passer, comme la plupart des choses dans ce bas monde.

Pour les grandes vacances, il envoya toute la famille dans le Sogn, à l'endroit préféré de l'empereur Wilhelm, Balholm, où ils possédaient depuis très longtemps une résidence secondaire près de la plage. Il resta pour sa part en ville durant tout l'été, et lorsqu'ils revinrent en août et qu'il trouva Alfred aussi pâle que s'il avait passé les vacances dans un puits de mine, il s'inquiéta tant qu'il l'envoya consulter. Il apprit que son fils souffrait sans nul doute d'une forme de dépression bénigne, peut-être en réaction à sa réputation de bon élève et compte tenu des changements qui interviennent dans la vie de toute jeune personne à la puberté.

« Envoyez-le dans une maison close ! avait conseillé le médecin avec un clin d'œil.

— Enfin, Sigbjørn !

— Une boutade, bien entendu...

— *Ah oui ?* »

Sinon... Il doit bien y avoir d'autres filles ! Mais il semblait fuir les filles, pour une raison inconnue.

« Non, il ne ressemble pas vraiment à son père, sur ce point, avait commenté perfidement son épouse lorsqu'il avait soulevé la question avec elle.

« Ah ? Tu fais référence à quelque chose en particulier ?

— Ça, c'est toi qui es le mieux placé pour le savoir...

— Christine, voyons... »

Il avait à nouveau chassé le problème. Et à présent...

Ils étaient à la table du dîner, un mardi soir, Christine, lui-même et leurs deux enfants encore à la maison, Tora et Alfred, autour d'un repas des plus simples, harengs saurs accompagné de chou à la béchamel et pommes de terre vapeur, lorsqu'Alfred avait posé couteau et fourchette avant de déclarer en jetant un regard circulaire :

« À propos... J'ai décidé d'arrêter l'école. »

L'effet obtenu n'aurait pas été plus spectaculaire s'il leur avait balancé une grenade sur les genoux. Tora, qui attendait de son côté que l'on vienne la demander en mariage, lui fit un sourire aigre-doux, comme pour lui signifier : *Ne fais pas d'histoires !* Sa mère le regarda, bouche bée en clignant des yeux, comme si elle n'avait pas clairement compris ce qu'il avait dit, tandis que Dünner venait d'abattre son poing sur la table, faisant sauter verres et assiettes :

« Foutaises, mon garçon ! Tu arrêteras l'école quand je le déciderai, et pas avant !

— Mais j'ai *déjà* arrêté. Ça fait une semaine que je n'y vais plus...

— Quoi ?! Et c'est maintenant que tu le dis ? Mais pourquoi personne ne nous a contactés, et... Christine, est-ce que tu es au courant ?

— Quoi ? Je ne me doutais pas... »

Elle commençait déjà à pleurer.

« Et qu'est-ce que tu vas faire, à la place, si je peux me permettre de poser la question ?

– Je pars en mer ! »

Après avoir gueulé, menacé et même donné à son fils quelques gifles, dans l'espoir de lui remettre les idées en place, Dünner dut avouer – s'avouer, soit dit en passant – que l'heure était venue de changer de tactique. Il avait donc abandonné la résistance et choisi de suivre une autre méthode.

Le vendredi 4 mai, il avait donc prêché, à la table du dîner :

« Toi qui as tellement envie de partir en mer, Alfred… » Il avait capté son attention, le regard était sur lui. «… Tu peux venir avec moi à Nøstet, cet après-midi, sur le *Christine Fredrikke*, tu verras le capitaine et quelques-uns de ses gars, et… tu pourras te faire une petite idée de… ce à quoi ressemble la vie à bord…

– Oh, je peux ?! »

Pour la première fois depuis plusieurs mois, Dünner avait cru distinguer une lueur dans son regard. « À quoi est-ce que tu penses ? s'exclama Mme Dünner. Jeter de la poudre aux yeux à ce gosse, de cette façon… »

Mais chez les Dünner, c'était le père qui décidait, et à 17 heures précises, comme il était convenu avec le capitaine Jørgensen le matin même, le père et le fils étaient arrivés à Georgernes Verft, où le vapeur *Christine Fredrikke* faisait le plein de charbon chez Engelsen & Sars.

« Qu'est-ce qu'il transporte ?

– Du minerai de cuivre à destination de l'Angleterre, et il rapporte du charbon. »

Alfred ne quittait pas des yeux le grand drapeau norvégien peint sur le flanc du navire, sur fond gris.

Le père suivit son regard.

« Oui, tu vois là ce qui était avant une assez bonne garantie de ne pas se faire torpiller, le drapeau d'une nation neutre. Ça ne l'est plus. Aujourd'hui, nous avons besoin d'une escorte de navires étrangers sitôt que nous sommes en dehors des eaux territoriales, et même cela, ce n'est pas toujours suffisant. » Il tendit un doigt vers le convoi en attente. « Tu vois, plusieurs compagnies ont commencé à peindre leurs bateaux dans des teintes de camouflage, plutôt… »

Le capitaine Jørgensen, un grand type costaud au visage sain et au bouc poivre et sel bien taillé, les attendait à l'extrémité de la passerelle.

« Armateur Dünner ! Toujours un honneur… Et voici, hem… Ce doit être la relève, non ? » Il serra la main d'Alfred avec bonhomie, avant de se faire tout à coup sérieux. « Les temps sont durs pour nous autres marins, jeune homme… » Son regard parcourut la terre. « Après l'éclatement du réseau d'espions allemands en février, on aurait peut-être pu se sentir plus en sécurité… mais sincèrement, rien qu'à l'idée que nos compatriotes – oui, certains de mes collègues – aient pu vendre des informations à la marine allemande renseignant sur nos dates de départ pour pouvoir, eux, suivre leurs routes tranquilles… c'est honteux !

– Eh bien, par principe, nous devrions attendre que l'affaire soit passée en jugement…

– Attendre ! Ils devraient tous être exécutés ! Si ces marins d'eau douce savaient à quelles souffrances les marins sont exposés ces temps-ci…

– Oui… Tu as Eriksen à bord, non ? Je me disais… » Dünner jeta un rapide coup d'œil à Alfred.

Le capitaine Jørgensen hocha la tête et se tourna légèrement.

« Maître d'équipage ! Va me chercher Gamle-Erik [2], s'il te plaît !

– Gamle-Erik ? s'étonna Alfred.

– Oui, on l'appelle comme ça. Les gens ont rapidement un surnom à bord, et Gamle-Erik était déjà là quand on naviguait encore à la voile… C'est l'impression que ça donne, en tous les cas, quand il se met à raconter. »

Un homme chenu, qui se tenait penché, arriva en claudiquant vers eux, traînant une jambe en un mouvement décalé et flottant, comme une excroissance superflue qu'il devait charrier contre son gré. Son visage était anguleux et allongé, sillonné de rides profondes, souligné d'une barbe ronde, et il avait une grosse bouffarde fatiguée dans la gueule, qui s'agitait quand il parlait.

Aucun signe de soumission ne fut manifeste chez le vieux marin lorsqu'il s'adressa à son plus haut supérieur, l'armateur âgé de cinquante-neuf ans.

« Alors, vous venez nous donner l'extrême-onction, monsieur l'armateur ? »

Dünner sourit aimablement.

« Je suis venu avec mon fils, Alfred… »

Eriksen baissa un regard indifférent sur le jeune homme.

« Il pense devenir marin », dit-il.

Une certaine curiosité s'éveilla en tout état de cause chez l'ancien. Il se tourna vers Alfred.

« Je ne saurais trop le déconseiller, par les temps qui courent. »

Alfred le dévisagea sans rien dire.

« Oui, c'est vrai que tu as… » commença prudemment Dünner.

Eriksen se pencha vers Alfred, si près que ce dernier sentit l'odeur acide de tabac qui se dégageait de sa bouche.

«Écoute ce que le rescapé de trois naufrages pas moins pourrait te raconter… »

Dünner ne parvint pas à dissimuler un petit sourire satisfait, pendant qu'Alfred répétait :

« Le rescapé…

– Et je peux remercier les puissances divines ! lança Eriksen en levant les yeux vers la fine couche nuageuse au-dessus d'eux.

– Nous t'écoutons, Eriksen, intervint le capitaine Jørgensen avec un petit coup d'œil rusé à l'attention de Dünner.

– J'étais sur le *Davanger*, en juin 1915. On allait de Liverpool à Arkhangelsk avec une cargaison mixte, mais à l'est de l'Écosse, on a été hélés par un sous-marin allemand. Le capitaine est monté à bord pour voir nos papiers, et il y a eu une discussion animée. L'Allemand soutenait que nous naviguions sous un faux nom et une fausse nationalité, et le commandant a eu un quart d'heure pour débarquer vingt-deux hommes dans deux bateaux. On n'a rien pu prendre avec nous ! Et puis les Allemands se sont mis à tirer, et peu de temps après, le bateau entier sombrait. Nous, ils s'en fichaient. On a dû ramer pendant huit heures avant d'arriver jusqu'à un bateau-feu au large, où on a ensuite été récupérés par un bâtiment de surveillance anglais.

– Mais personne n'y est resté ? s'enquit Alfred, qui n'avait pas perdu une miette du récit d'Eriksen.

– Pas cette fois-là, non ! Mais exactement un an plus tard, j'étais sur le *Prosper III* quand il a sauté sur une mine, et seuls l'officier de pont et moi avons survécu. C'est-à-dire, mine ou torpille, on n'a jamais pu savoir. Une explosion terrible, en tout cas. »

Alfred le regardait, les yeux comme des billes.

« Que s'est-il passé ? »

Eriksen raconta avec force grands gestes, moulinant avec les bras et roulant des yeux tous azimuts, sans regarder aucun d'entre eux, comme si ce qu'il voyait réellement était un tout autre endroit, une tout autre époque.

« Nous étions partis des States, à destination de La Pallice, en France, avec une cargaison de rails. Le 4 juin, à l'approche de l'Europe, nous avons été avertis qu'il y avait un sous-marin dans les parages, et le lendemain, nous avons observé des débris flottants. À 5 heures le matin du 6, on a été touchés par quelque chose. Ça a explosé, et quinze secondes plus tard, le bateau avait coulé !

– Quinze secondes !

– Ouaip ! » Il ferma les yeux. « Tout l'équipage a été envoyé par le fond. Il n'y a que l'officier de pont et moi, sur le pont à ce moment-là, qui avons pu nous cramponner à quelque chose. » Il planta son regard dans celui d'Alfred. « Vingt-neuf hommes ont coulé, alors où était-il écrit que je devais être l'un des élus du Seigneur ?

– N-non, je… bredouilla Alfred d'un air honteux.

– Mais le pire de tout, ça a été le torpillage du *Solbakken* dans la Manche, en janvier dernier. Je peux t'assurer que l'eau n'était pas spécialement chaude en juin non plus, que ce soit en 1916 ou en 1917, mais se retrouver à genoux dans l'eau en plein hiver dans la Manche parce que le bateau fuyait, écoper comme un dingue, dans un brouillard terrible… J'ai encore la voix du maître d'équipage dans l'oreille : *Écopez, les gars, écopez, écopez !*… Je n'ai jamais rien vécu de semblable ! Les voiles étaient pourries, les gens tombaient comme des mouches autour de nous, à cause du froid, de la faim ou purement et simplement de peur. Quand on est arrivés à Gijon, en février, j'ai pensé que je ne retournerais jamais en mer… Mais je suis ici, et je ne sais rien faire d'autre, comme l'a dit Martin Luther. »

Au fur et à mesure que le récit du vieux marin avançait, Dünner avait vu avec une satisfaction grandissante son fils pâlir de plus en plus.

Un auditeur de plus s'était joint à eux, après y avoir été autorisé par un coup d'œil approbateur du capitaine. C'était un grand type mince aux cheveux bruns bouclés, avec un petit menton et de grosses lèvres pulpeuses qui pour l'instant exhibaient un sourire narquois. Lorsque Eriksen fit une pause, il lança dans un dialecte claquant du Nordland :

« Oh, bon sang ! Tu mens tellement que tu finis par y croire toi-même !

– Moi, je mens ? Reviens dans quelques jours, quand on sera assis chacun au bout d'un canot de sauvetage en mer du Nord, et on pourra débattre pour savoir qui ment ! s'emporta Eriksen.

– Allons, allons, les gars ! intervint prestement le capitaine Jørgensen. Ne devançons pas les ennuis. Cette fois, nous voyageons sous escorte correcte ! » Il se tourna vers Dünner. « Voici l'un des nouveaux…

– Matelot Ole Karoliussen, Laksevåg, se présenta le type du Nordland.

– Armateur Dünner, répondit son supérieur en soulevant son chapeau.

– Oh ! » Karoliussen s'inclina poliment.

« On aurait plutôt dit que vous veniez de Lakselv, ajouta Dünner avec un petit sourire.

– Ah, mais je suis marié avec une autochtone ! Une de là-bas, précisa-t-il en tendant un doigt au-dessus du fjord. « Avant, je naviguais sur le bateau pour l'Angleterre, mais le salaire est bien meilleur sur ce bateau-ci, et je peux vous dire merci, je crois.

19

– Les bateaux de fret sont plus exposés, et je mets un point d'honneur à bien payer les gens.

– Oui, on aura bien besoin de ce pognon dans l'autre monde », bougonna Eriksen.

Le capitaine haussa le ton.

« Oui, mais les gars ! Nous n'arriverons jamais en Angleterre si nous restons ici !

– Non… »

Karoliussen regardait vers Laksevåg, une expression rêveuse sur le visage.

Dünner posa une main sur son épaule.

« Alors, c'est à votre copine, que vous rêvez, Karoliussen… ?

– Oui, Synneva, et à mes cinq merdeux…

– Cinq ! Cela fait combien de temps que vous habitez ici ?

– Oh, ça fait quelques années, maintenant…

– Bien, capitaine… » Lorsque les deux marins s'éloignèrent, l'armateur Dünner alla vers le capitaine Jørgensen, et ils se serrèrent la main. « Alors il ne me reste plus qu'à vous souhaiter, à vous et à votre équipage, une bonne traversée. Puisse Dieu garder une main protectrice sur vous et votre bateau cette fois encore.

– On ne s'y opposera pas, répondit le capitaine avant de se tourner vers Alfred. Et vous, jeune homme, vous êtes le bienvenu à bord… quand la guerre sera terminée. »

Alfred hocha la tête d'un air penaud, mais ne répondit pas. Sur le chemin du retour, du côté de Sydneshaugen, il était encore plus silencieux qu'à l'accoutumée, ce que l'armateur Dünner interpréta comme la confirmation que ses dons pour la stratégie s'étaient une fois de plus révélés supérieurs à ceux de son adversaire.

Cependant, cette fois-ci, il n'avait pas tenu compte d'éventuels invités. Lorsque le convoi quitta le Puddefjord à 22 heures le soir même, Alfred Dünner se trouvait à bord du *Christine Fredrikke*, dissimulé derrière une grande caisse sur la plage arrière. Les projecteurs de la forteresse de Kvarven furent les derniers signes de vie qu'il aperçut tandis que la ville dans laquelle il avait grandi, pour l'heure plongée dans les ténèbres, disparaissait derrière la pointe proéminente.

46

Qu'il soit endormi ou éveillé, Alfred Dünner était hanté par un cauchemar récurrent, remontant au soir où il s'en était pris à cette jeune bonne d'enfants chez Wilhelm Styrk en compagnie de ce dernier, de Bertil et de Hjalmar, d'une façon qui avait fait passer l'incendie de Bergen du lendemain pour l'avant-goût le plus concret possible du supplice qu'il endurait depuis, ravagé par la mauvaise conscience.

Le pire, c'était qu'avec le temps, le cauchemar prenait le pas sur ce qui s'était véritablement passé, et lorsqu'il se réveillait – en pleine nuit, trempé de sueur et pris d'une telle angoisse qu'il en avait physiquement mal – les deux images se superposaient, les deux scènes s'entremêlaient de telle sorte qu'il avait l'impression d'être dédoublé par le milieu du crâne, qu'un hémisphère appartenait à un violeur impitoyable et l'autre à une victime impuissante.

Constamment oppressé, sentant qu'il pouvait fondre en larmes d'une seconde à l'autre, il lui était devenu impossible de se concentrer sur quoi que ce fût, et certainement pas sur les études. Étourdi et épuisé à force d'essayer de trouver un équilibre entre les deux hémisphères, il fuyait ses camarades, fuyait la gent féminine, et se réfugiait à l'intérieur de lui-même, comme s'il devait s'y trouver quelque part tout au fond une explication au gigantesque et dramatique dérapage de ce soir-là.

L'une des raisons de sa mémoire défaillante était l'abus de boisson. Lui qui n'avait jusque-là bu qu'un verre de bière de temps à autre, et ce, très lentement, avait ingurgité de plus forts alcools – peut-être excité par la soudaine liberté qu'ils avaient ressentie tous les quatre en constatant qu'ils avaient la maison entière et la cave à liqueur de l'oncle Fridtjof à disposition – ces alcools qui lui avaient filé tout droit au cerveau et qui avaient fait basculer toute sa vie, non seulement sur l'instant, mais au cours des quinze derniers mois, comme s'il se trouvait sur un bateau coulant lentement après un torpillage inattendu.

Il revoyait le visage écarlate d'une fille du Sunnfjord impuissante, sentait les petits muscles qui se contractaient sous ses mains, le corps qui se cambrait violemment, Bertil qui avait sa joue contre les cheveux de la fille et une main durement plaquée sur sa bouche, les soubresauts incontrôlés de son corps, comme si elle était victime d'une crise d'épilepsie. Wilhelm Styrk qui pesait de tout son poids sur le bas de son ventre en s'enfonçant à travers des couches de vêtements, jusqu'à ce qu'elle soit totalement exhibée et qu'ils puissent voir la pilosité sombre entre ses cuisses. Mais malgré tout la vision qu'il n'arrivait pas à oublier, c'était Wilhelm Styrk, dont l'expression rappelait celle d'un gymnaste abandonnant la poutre après une prestation particulièrement exigeante, déboutonnant son pantalon pour en sortir son sexe gonflé, tendu comme un avant-bras et terminé par une tête mauvasse surdimensionnée, un véritable poing, qu'il agita triomphalement en direction de ses cousins avant de la planter en un mouvement rude entre les cuisses blanches de la fille, avec une telle force qu'elle enfonça ses dents dans la main de Bertil et que les larmes jaillirent de ses yeux exorbités. Alfred se souvenait avoir eu la nausée, une épouvantable nausée, lorsque Wilhelm avait ressorti son vilain outil, rouge de sang. Comme dans une sorte de torpeur, il se souvenait des gestes de Bertil, ensuite, son derrière nu semé de poils blonds poussés en travers, les mots doux qu'il murmurait, les yeux fermés, à l'oreille de la pauvre fille qui ne résistait même plus ; son propre essai loupé avec ce qui ressemblait à un gant vide entre ses cuisses. « Tu ne supportes pas l'a-ha-ha-lcool ! » avait articulé Wilhelm en hurlant de rire, si possible encore plus triomphalement ; la vision écœurante du sexe sanglant, et à ses yeux chétif, de Tordis ; et lorsqu'il tourna la tête, le visage livide et fermé de Hjalmar qui était resté juste à côté de la porte, sans participer – *mais sans se mouiller !* s'était-il maintes fois répété. Le pire de tout, c'était que dans ce cauchemar, c'était lui qui était sur le lit, le visage dans l'oreiller et le pantalon baissé, pendant que Bertil lui murmurait des mots doux à l'oreille et que Wilhelm se glissait en lui par-derrière, et *cela faisait si mal*, cela faisait si mal, que quand il se réveillait, les joues trempées de larmes et l'anus endolori par une vilaine crampe, tout se mêlait dans son souvenir, le rêve et la réalité, le cauchemar et les faits authentiques.

« Qu'est-ce que tu fous ici ? »

Il reconnut la voix d'Ole Karoliussen et leva les yeux au moment où le matelot dégingandé se retournait vers le pont et braillait :

« Hé, les gars, par ici ! On a un passager clandestin ! »

Il entendit des pas précipités sur le pont.

« Si c'est un de ces espions allemands, on le flanque à la mer !

– Qu'est-ce qu'un espion allemand viendrait fabriquer sur un bateau ?! Et en plus… J'ai bien l'impression que c'est le fils de l'armateur, ça ! s'exclama Karoliussen avec un sourire en coin. Alors l'histoire de Gamle-Erik ne t'a pas fait peur, malgré tout ! Chapeau, gamin, mais je ne crois pas que le capitaine Jørgensen poussera des cris de joie en l'apprenant ! »

Alfred s'était levé et regardait autour de lui les marins qui le dévisageaient. Il reconnaissait dans leurs yeux une expression à mi-chemin entre le mépris et l'expectative, mépris par rapport à son identité, expectative parce qu'ils avaient devant eux un mousse d'une trempe tout à fait particulière.

« Qu'est-ce qui se passe, ici ? » s'enquit la voix autoritaire du capitaine Jørgensen. Les hommes s'écartèrent pour laisser le champ libre au commandant de bord. « Non, me voilà avec… et nous qui sommes en plein chenal ! » Il saisit Alfred par l'épaule et le secoua. « Mais qu'est-ce que tu as dans le caberlot, bonhomme ?! Comment es-tu monté à bord ?

– J-je suis monté en douce juste avant qu'on remonte la passerelle.

– Et il s'est caché derrière cette caisse », ajouta Karoliussen.

Alfred regarda autour de lui. Ils n'avaient pas encore quitté le chenal principal, au sud de Bergen. De chaque côté du bateau, il distinguait un paysage bas de granit composé de terre ferme et d'îles, gris et fantomatique dans l'obscurité. Devant et derrière, il voyait les contours des plus proches bateaux du convoi, et une forte brise marine salée tournait autour de lui, un souffle rafraîchissant et le pressentiment d'être déjà en route pour l'aventure.

« Qu'est-ce que tu crois que ton père va dire de ça ? » poursuivit le capitaine Jørgensen.

Alfred haussa les épaules.

« Je crois qu'il va hausser les épaules, c'est ça ! Tu as conscience que nous risquons de devoir faire demi-tour ? Si nous devons remettre le voyage et attendre le prochain convoi, ça va peser dans la comptabilité de ton père. » Il poussa un soupir et regarda autour de lui. « Bon, bon. On va mettre les choses en route, et on verra la réponse que l'on obtient. Tu viens avec moi.

– J-je ne p-peux pas rester sur le p-pont ? »

Le capitaine Jørgensen lui lança un regard plein de méfiance.

« Si tu ne sautes pas par-dessus bord, alors d'accord ! Karoliussen, tiens-lui compagnie en attendant.

– À vos ordres, capitaine. »

Lorsque le capitaine fut rentré dans ses locaux et que les autres membres de l'équipage se furent retirés d'un pas traînant, Alfred et Ole Karoliussen restèrent près du bastingage à regarder vers la terre ferme. Ils étaient arrivés dans le Korsfjord, mais la mer était calme.

Alfred regarda l'autre.

« Tu as dû faire pas mal de fois la traversée, toi ?

– Plus que je ne saurais le calculer, ricana Karoliussen. Des voyages suffisamment longs pour que ce soit une véritable fête à chaque fois que je rentre retrouver Synneva ! Ah, tu parles d'une fille bien ! Les mecs sans bonnes femmes ne sont pas des mecs ; tu peux te rentrer ça dans le crâne. Tu diras que c'est Ole Karoliussen qui te l'a appris ! »

Ils entendirent de lourds pas traînants derrière eux, et lorsqu'Alfred se retourna, il vit arriver Eriksen, le regard noir.

« Qu'est-ce qui se passe, ici, nom d'un chien ?! Est-ce qu'on peut savoir ce que tu trafiques à bord ?

– Je…

– Je le sens dans ma patte folle. Un mauvais présage. Et c'est toi qui l'as apporté ! grinça-t-il littéralement à l'adresse d'Alfred.

– Là, là, Gamle-Erik, s'immisça Karoliussen. Ne sois pas trop fidèle à ta réputation ! Il… le jeune Dünner, ici présent, est monté à bord par accident. On va bien réussir à le débarquer !

– V-vous ne ferez p-pas ça !

– Oh, je crois que le capitaine en a reçu la consigne, moi », répondit Karoliussen avec un petit signe de tête vers le capitaine Jørgensen, qui était ressorti sur le pont.

Jørgensen n'avait pas l'air de bonne humeur ; il avait un message à la main, traduit du morse.

« Les instructions sont claires, déclara-t-il en plantant son regard dans celui d'Alfred. Nous allons aborder l'un des bateaux du convoi qui va vers l'est et qui est à la hauteur de Marsteinen, le vapeur *Solbjørg*, et nous te déposerons à bord. Le capitaine Abrahamsen aura ensuite la responsabilité de te remettre personnellement à ton père à l'arrivée du bateau à Bergen, demain matin. Ce qui veut dire que nous devons attendre le *Solbjørg* à Marsteinen… conclut-il en secouant la tête.

– Mais je ne veux pas ! protesta Alfred, au bord des larmes.

– C'est ce qui arrivera, que tu le veuilles ou non. Ton père m'a donné l'ordre de te faire mettre aux fers si c'était nécessaire.

– Qu'est-ce que je disais ? Consigne claire…

– On aura vraiment tout vu ! Voilà que les fils d'armateurs se prennent pour des passagers clandestins, maintenant… alors que la pire guerre sous-marine fait rage.

– Et le convoi, capitaine ? Est-ce qu'il part de…

– Oui. Les bateaux d'escorte attendent. Mais ils ont dit qu'ils n'accéléreraient pas, pendant les premières heures après le départ. Reste à espérer qu'on les rattrapera… »

Eriksen regarda tristement les trois autres. Puis il s'éloigna lentement de sa démarche claudicante, en bougonnant pour lui-même :

« J'avais vraiment l'impression d'entendre la voix du maître d'équipage du *Solbakken*… *Écopez, les gars, écopez, écopez !* »

Lorsqu'Alfred Dünner fut conduit du pont à l'intérieur du bateau, la main droite du capitaine Jørgensen lourdement posée sur son épaule, il ressentit subitement une vive brûlure au niveau de l'anus, et pendant une seconde ou deux, il eut l'impression de ne plus être là : « *Non, Wilhelm, non ! Ne fais pas ça...* » Puis il reçut une bouffée de la puissante odeur d'huile, et il revint sur le *Christine Fredrikke*, dans le chenal en direction du phare de Marsteinen, tandis que minuit passait et que le samedi 5 mai 1917 commençait.

47

Il était 18 h 35 en ce samedi 5 mai 1917 lorsque le téléphone sonna dans l'entrée, interrompant le brin de causette que les époux Dünner faisaient au-dessus de leur café.

« Arrh ! Qu'est-ce que c'est, à présent ? » s'exclama l'armateur Dünner qui s'était déjà levé lorsque la bonne apparut à la porte pour annoncer que c'était un coup de téléphone de la compagnie.

« Alors, que veut-il, Tørressen ? »

Mme Dünner se retrouva seule, excitée comme une puce après les événements dramatiques de ces derniers jours.

Alfred était rentré à la maison samedi matin de bonne heure, après que Dünner lui-même était allé le chercher à Festningskaien. Ils avaient parcouru la ville sans échanger un seul mot, à l'arrière de l'une des toutes premières autos de la ville. C'était un paysage désertique qu'ils avaient traversé, car derrière les rangées de baraques basses de Torvalmenningen, les dernières ruines carbonisées du grand incendie dominaient encore, en attendant que le conseil municipal prenne les décisions finales en matière de réorganisation et de reconstruction. Mais, perdus dans leurs pensées, ni l'un ni l'autre ne le voyaient.

Samedi matin, au petit-déjeuner, l'ambiance avait été tendue. Alfred avait écouté en silence l'exposé de son père sur les devoirs d'un fils et ce qu'est l'obéissance. Sans lever les yeux, il avait entendu sa mère l'assurer qu'ils étaient *très heureux* qu'il soit revenu, et que *tout était pardonné*... « Hmm, pardonné ! » avait commenté son père, et après le repas, Alfred était monté dans sa chambre, dont il avait refermé la porte avec fracas.

Lorsqu'ils l'avaient appelé pour le dîner, il était étendu face au mur, et avait répondu qu'il n'avait pas faim. Dünner avait levé une main et promis qu'ils ne le dérangeraient pas.

« Il redescendra bien quand il aura suffisamment faim », avait-il affirmé avec le même air sûr de lui qu'à leur retour de la visite sur le *Christine Fredrikke* la veille.

La journée avait passé. Un doux crépuscule commençait à peine à tomber de l'autre côté des grandes fenêtres, un tout petit peu prématurément en raison des nuages bas et de la pluie fine. Alfred n'était toujours pas descendu.

La porte s'ouvrit, et Mme Dünner leva les yeux.

L'armateur Dünner se tenait à la porte, blafard, choqué.

« C'était Tørressen. C'est lui qui est de garde pour le week-end, au cas où...

– Oui, oui ! Et alors ? Il s'est passé quelque chose ? »

Il posa sur elle deux grands yeux brillants.

« Le *Christine Fredrikke* a sombré.

– Oh non ! s'écria-t-elle en portant les mains à sa gorge. Et... l'équipage ?

– Rien. On ne sait rien. On ne peut qu'espérer.

– Et Alfred qui aurait pu... »

Son regard fila vers le haut. Pendant une seconde, il crut qu'elle allait s'évanouir ; mais elle se reprit.

« Il faut que j'aille au bureau, tout de suite !

– Oui, je comp...

– Je dois juste monter voir Alfred, d'abord. » Il déglutit. « Lui dire.

– Oui ! » acquiesça-t-elle en hochant énergiquement la tête.

Il hésita un instant. Puis il fit volte-face et sortit. Très peu de temps après, elle entendit ses pas dans l'escalier, et la porte du haut que l'on ouvrait. Puis sa voix.

« Alfred ? »

D'abord faiblement, ensuite plus fort, tandis qu'il ressortait dans le couloir.

« Alfred ! Où es-tu ? »

Mais il n'obtint pas de réponse.

Mme Dünner se leva et sortit dans le hall.

« Il doit être… aux toilettes ? »

Mais il n'y était pas non plus.

Ils appelèrent la bonne. Non, elle n'avait pas vu le jeune monsieur.

Ils regardèrent dans le vestiaire pour voir s'il manquait quelque vêtement pour l'extérieur, mais tout était à sa place. Ils cherchèrent ensuite dans la maison, pièce par pièce, jusqu'à ce que l'armateur Dünner sorte vérifier dans la petite cabane de jardin, derrière la bâtisse.

Celle-ci aussi était vide, mais les fenêtres basses donnaient sur le talus descendant vers Olaf Ryes vei et le gros cytise qu'ils avaient eux-mêmes planté. C'est là qu'il l'aperçut.

Il avait grimpé dans l'arbre et attaché une grosse corde à l'une des branches supérieures, tout près du tronc. Puis il avait passé le nœud coulant autour de son cou et avait sauté. Il pendait à présent comme une ombre dense entre les branches tordues, une vrille fanée de l'an passé, trop grosse pour les branches minces.

L'armateur Dünner sortit en trombe, l'attrapa par les jambes et le souleva, comme pour soulager la pression sur son larynx. Mais le poids du jeune corps lui apprit qu'il était bien trop tard. Il n'y avait plus rien à faire.

On raconte à propos de personnes qui vivent de graves chocs que leurs cheveux blanchissent en l'espace d'une nuit. Il n'en fut rien dans le cas de l'armateur Dünner. À ce moment-là, il était déjà chenu. Mais ce fut comme s'ils se fanaient, devenaient plus fins et plantés de façon plus irrégulière, à moins que ce soit simplement une conséquence du manque d'attention qu'il accorda dès lors à son apparence. Dès le lendemain du drame, il fit abattre le cytise, déterrer la souche, évacuer et incinérer le tout. En quelques semaines, il avait arrangé sa succession et partagé sa fortune entre ses deux filles survivantes, sa femme et lui-même, avant de mettre sa propre part de la compagnie en vente à la bourse, part qui atterrit après un combat acharné entre courtiers chez le directeur Helgesen pour un cours très au-dessus de la valeur. Le jour même, il descendit dans les bureaux de Vestre Torvgate et informa le personnel qu'il se retirait des affaires. Il monta ensuite une dernière fois à pied jusqu'à Villaveien, entra dans la grande maison blanche et, à en croire des sources dignes de foi, ne se montra plus avant le matin de Pâques 1929. C'était alors un homme vieilli, tout juste reconnaissable par ceux qui avaient naguère constitué son entourage.

Le vapeur *Christine Fredrikke* sombra corps et biens en mer du Nord dans la nuit du vendredi 4 au samedi 5 mai 1917 après avoir été touché par une torpille tirée depuis un sous-marin allemand. Toutes les personnes à bord, à l'exception d'une, trouvèrent la mort. Le survivant, le matelot Leif Monsen, d'Isdalstø, raconta dans le procès-verbal maritime que le *Christine Fredrikke*, à cause de son retard pris près du phare de Marsteinen, n'avait jamais rattrapé le convoi. Dans la nuit, le vent s'était levé et était monté à force 7, et au petit matin, alors que la plupart dormaient en bas, il y avait eu un choc violent suivi par une puissante explosion. Ce dont il se souvenait ensuite, c'était qu'il était à l'eau, se cramponnant à la poupe d'un canot de sauvetage, comme trois ou quatre autres survivants. Mais les vagues étaient hautes, et l'effort consistant à ne pas lâcher prise était déjà énorme. L'un disparut dans les profondeurs ; puis l'autre. Il n'y eut finalement plus que lui et le matelot Ole Karoliussen. Au lever du jour le samedi matin, Karoliussen aussi avait disparu. Il fut pour sa part tiré de l'eau par un bateau de ligne et ramené à Haugesund, où il fut pris en charge par un médecin avant de pouvoir rentrer à Bergen, après trois jours de repos.

Alfred Dünner, dix-sept ans, fut enterré dans la plus stricte intimité après une cérémonie à la chapelle de Møllendal le vendredi 11 mai 1917. Les familles des disparus du *Christine Fredrikke* n'eurent jamais de sépulture sur laquelle aller se recueillir.

La fête nationale, le 17 mai, fut cette année-là la journée des marins, en mémoire de tous ceux qui avaient perdu la vie lors de torpillages.

48

Perdre un enfant marque un individu. Dans une vie, cela crée un déséquilibre qui ne peut jamais être rétabli.

Torleif Nesbø ne s'était jamais tout à fait remis de la perte de sa fille Kari, alors âgée de neuf mois, le 7 juin 1913. C'est donc avec une sourde angoisse qu'il veillait son fils Nils Olav en ce samedi 24 août 1918. Il ne pouvait pas non plus se défaire de certaines idées, au risque de s'attirer la disgrâce du Seigneur, *en supposant qu'il existe un semblant de puissances*, songea-t-il amèrement en braquant un regard vide vers la fenêtre. *Pourquoi seuls ses enfants étaient-ils touchés, alors que les deux qu'elle avait eus avec les autres, Malvin et Martha, étaient en pleine forme, et avaient à peine été malades un seul jour dans leur vie ! Il y avait une justice, là-dedans ? Il y en avait une ?*

Nils Olav, qui avait maintenant huit ans et qui était en cours élémentaire à l'école de Dragefjellet, s'était déjà plaint de maux de tête en rentrant de l'école le premier jour de classe. Le lendemain, il avait de la fièvre et mal à la gorge, et ils avaient décidé de le garder à la maison.

Trine l'avait regardé avec inquiétude.

« Tu crois que ce pourrait être… » Elle n'avait presque pas osé prononcer le nom. «… la grippe espagnole ?

– Non, non… c'est certainement un mal de gorge tout ce qu'il y a de plus banal… »

Deux jours plus tard, quand il avait commencé à tousser vilainement, à avoir des diarrhées, et que la fièvre avait tellement augmenté qu'il passait la plupart du temps dans une sorte de demi-sommeil agité, ils avaient appelé le médecin. Le jeune docteur l'avait examiné attentivement, l'avait ausculté au niveau de sa poitrine et dans le dos, et avait inspecté les parties enflées dans son cou, sous les oreilles et les aisselles. Pour terminer, il avait affirmé qu'il était important de le surveiller sans relâche. Si les symptômes s'aggravaient, il pourrait même être question d'une hospitalisation.

À partir de cet instant, Torleif et Trine s'étaient relayés pour le veiller, vingt-quatre heures sur vingt-quatre.

Ce que l'on appelait « la grippe espagnole » fut une épidémie de grippe qui arriva en Norvège au cours du printemps 1918 après avoir fait des ravages plus au sud de l'Europe durant les mois précédents. Les premiers cas sérieux furent signalés en mars, et lorsque les premiers décès survinrent, environ un mois plus tard, des discussions eurent lieu pour décider si les écoles devaient être fermées afin de limiter le risque de propagation de la maladie. À Dragefjellet, qui était l'une des écoles les plus modernes de la ville et la seule à posséder deux salles de douches, une pour les garçons et une pour les filles, les élèves reçurent des consignes les informant des meilleurs moyens de se protéger contre la contamination. L'interdiction de cracher dans la cour fut appliquée d'une main de fer, et chaque élève rentra à la maison avec une lettre expliquant que même aux moindres symptômes de rhume, les enfants devaient rester chez eux et être vus au plus vite par un médecin si lesdits symptômes ne cessaient pas.

Lorsque la première vague fut passée et les grandes vacances terminées, ils se sentirent rassurés : il n'y avait plus de danger. Au cours de la semaine de congés de Torleif, la famille Nesbø avait fait le long voyage jusque chez le grand-père et la grand-mère de l'Eksingedal, où malgré le temps frais et pluvieux pour la saison, ils s'étaient sentis revigorés, jour après jour, par l'air pur. Torleif, en particulier, qui au cours de ses travaux de pose de rails pour les chemins de fer, avait pris l'habitude d'inhaler poussière et sable de la chaussée, en plus de la poussière de métal et de l'odeur de peinture du nouveau hall d'usine de Møhlenpris. Il avait vécu cette courte période de congés comme un grand retour dans son enfance ; lui et Nils avaient fait de longues promenades dans les collines, retrouvé des chalets d'alpage auxquels ils n'étaient pas venus depuis des années. Ils avaient pêché la truite de montagne à l'embouchure des rivières et mangé les premières sur place, grillées sur des piques au-dessus d'un feu de bois juste au bord de l'eau, pendant que les poissons qui avaient échappé à la pêche de la journée remontaient hardiment à la surface dans l'eau calme. Ils étaient ensuite redescendus à la ferme, la besace pleine, pour un nouveau dîner plantureux, fait de pain frais, de beurre fraîchement baratté, de truite à la crème et de lait encore tiède du pis – des repas qui semblaient d'autant plus luxueux qu'ils laissaient derrière eux un long hiver froid ponctué de rations strictes, aussi bien en matière de combustible que de denrées alimentaires.

Tout le monde ne fit pas fortune pendant la guerre. Pour beaucoup, ces années furent une longue période de vie chère, de pénurie, de maladie et de manque. Des problèmes de ravitaillement en lait survinrent dès l'automne 1916, et la situation ne s'améliora pas l'année suivante. L'hiver 1917 fut le plus dur de mémoire d'homme, et le printemps à Bergen le plus froid depuis cent ans. À cause du manque de charbon, les gens peinaient pour maintenir leurs maisons au chaud, mais cela créait également des problèmes d'approvisionnement en gaz. Le combustible à usage privé fut rationné, l'éclairage public n'était plus allumé et, dans les logements privés, le gaz était coupé à partir de 21 heures.

Le pire, c'était malgré tout le manque de nourriture. Au printemps 1918, il y eut pénurie de pommes de terre, et un fossé social bien net se creusa entre les foyers qui en servaient au dîner et ceux qui ne le faisaient pas. Chez les Nesbø, le menu courant devint hareng et bouillie à l'eau. En janvier, le rationnement sur le pain, la farine, le sucre et le café fut instauré. En avril, il ne fut plus possible non plus de se procurer du lait sans présenter une carte de rationnement valide : bleue pour les enfants, blanche pour les adultes et rouge pour les malades. Trine Nesbø avait dû apprendre à faire la queue, d'abord dans les épiceries pour obtenir les rations auxquelles elle avait droit, puis devant le dépôt de lait, son bidon à la main, souvent pendant des heures à attendre les livraisons suivantes. Quand le lait venait à manquer, ils devaient le remplacer par du Malt-Korn, un mélange à base de malt soluble dans l'eau chaude censé être nourrissant.

C'est dans ce contexte que l'engagement politique au sein des syndicats se développa. Dès son embauche en 1909, Torleif Nesbø s'était inscrit à la toute nouvelle Association Berguénoise des Fonctionnaires des Chemins de Fer. 1916 avait connu les premières réactions contre la vie chère, mais 1917 avait été l'année la plus agitée de la guerre, ponctuée de grandes manifestations, grèves et cessations de travail. Le 6 juin 1917, mille cinq cents travailleurs avaient manifesté dans les rues encore marquées par le grand incendie, sous le slogan *Pain, liberté et paix*. Torleif marchait sous une bannière portant l'inscription *Oddmund, dehors !*, un message personnel au ministre du Ravitaillement Oddmund Vik. Le défilé se termina sur l'aire de jeux de Møhlenpris, où trois tribunes avaient été installées, une sur chaque partie de la place, de sorte que les manifestants puissent se répartir pour écouter l'un des trois appels lancés par le rédacteur Vraa, le secrétaire de rédaction Krogh et le typographe Arnevik.

Lorsque les employés des Chemins de Fer, après la rupture des négociations sur la vie chère, étaient entrés en grève le 8 juillet, Torleif avait tenu le rôle de représentant des nettoyeurs de rails au comité de grève. Cela faisait neuf semaines que les tramways ne circulaient plus, et ce ne fut que lorsque la commune de Bergen eut racheté la compagnie et que celle-ci put être considérée comme une administration communale qu'un nouveau mouvement était apparu dans le conflit, auquel il avait finalement été mis un terme le 2 septembre en assemblée syndicale.

Son intérêt politique avait été éveillé. Dans le courant 1917 et jusque-là en 1918, il avait participé avec enthousiasme aux discussions relatives aux événements internationaux, la soi-disant « révolution de Février » en Russie au mois de mars, qui contraignit le tsar à abdiquer, et la « révolution d'Octobre », en novembre de la même année, lorsque le palais d'hiver fut envahi. La guerre civile entre les blancs et les rouges avait atteint un summum le 17 juillet avec l'assassinat de la famille du tsar, une nouvelle qu'il n'apprit qu'une semaine plus tard car cette semaine-là ils se trouvaient justement à Nesbø.

Or il se passait également des choses dramatiques en Norvège : lors de son rassemblement national à Pâques 1918 le parti travailliste déclara qu'il devait « se réserver le droit d'appliquer l'action de masse révolutionnaire au combat pour la libération des classes ouvrières », provoquant le départ de toute l'ancienne direction social-démocrate et permettant le retour triomphal de l'aile radicale.

Près du lit de son fils malade, en ce 24 août 1918, il percevait un lien indiscutable entre son propre vécu et les idées politiques qu'il avait commencé à nourrir ces dernières années, comme si cet enfant malade qu'il avait à côté de lui était une victime de l'exploitation du prolétariat par les classes supérieures capitalistes, le symbole de la maladie dont toute la société souffrait. – Mais s'il faisait part de ce genre de choses à Trine, elle se contentait de renâcler :

« La grippe espagnole touche tout le monde, Torleif, qu'on soit riche ou pauvre ! »

Ce qui n'empêchait pas Torleif d'avoir son point de vue. Il songea à sa propre enfance, loin de toute civilisation sur les hauteurs de l'Eksingedal, une existence soumise à la volonté de Dieu ou à l'arbitraire de la nature. Plus il avançait en âge, moins forte était sa certitude qu'il existât une force toute puissante, une entité bonne décidant du sort qui enlevait les enfants à leurs parents avant qu'ils aient eu le temps de goûter à la vie – ou si c'était simplement la loi de la jungle qui régnait : le plus fort survivait. Si les hivers de son enfance étaient longs et froids, le printemps et l'été étaient durs à traverser. Si l'été était trop sec, les récoltes étaient maigres, et il fallait abattre les bovins prématurément. S'il pleuvait trop, la récolte pourrissait sur pied, et la misère frappait de nouveau à la porte. Ses parents s'étaient précocement usés à vivre sur le coteau, isolé et enneigé pendant des mois en hiver, brûlé par le soleil et desséché lorsque la canicule s'installait. Les enfants naissaient, les enfants décédaient ; seuls les plus forts survivaient.

Il se regarda. Ses mains étaient grandes, ses bras puissants, il avait manié aussi bien le maillet que la perceuse sur le chantier de la Bergensbane, et il ne craignait pas de donner un coup de collier au moment de la pose des rails à Bergen. Il ressentait cependant une étrange fatigue, comme s'il avait tout à coup découvert qu'il était allé trop loin, et que le chemin à parcourir était encore plus long dans l'autre direction. Il avait trente et un ans, avait eu deux enfants, mais était le père de quatre. L'un d'entre eux était mort, et l'autre…

Il contempla les joues pâles de Nils Olav et en voyant le regard éteint que lui lançait l'enfant de temps à autre, il ne put s'empêcher de l'imaginer, à peine quelques semaines auparavant, enthousiaste et bien rouge, essayant de libérer entre ses doigts maladroits le poisson à peine tiré de l'eau de son hameçon. Il écouta le gargouillis dans la gorge et la poitrine de l'enfant, et se remémora son rire joyeux sur les hauteurs de la montagne, près de Gullbrå.

La porte s'ouvrit. Trine était allée chercher le médecin. Celui-ci salua avec un regard inquiet à l'adresse des deux parents visiblement épuisés, avant de s'asseoir et d'examiner de nouveau Nils Olav. Il y passa encore plus de temps que la fois précédente, sous la surveillance angoissée des deux adultes. Finalement, il poussa un gros soupir et resta un moment assis, les mains sur les genoux, les yeux baissés, avant de se relever et de se racler doucement la gorge.

« Je crois qu'on va l'hospitaliser. »

Jours et nuits n'avaient fait qu'un pour Torleif comme pour Trine. Le jour, quand il était de service, c'était elle qui avait veillé, déchargée d'une partie du travail par Martha quand celle-ci rentrait de l'école, ou par une voisine quand il s'agissait d'aller faire la queue. Mais elle n'aimait pas laisser Martha à cette place. Même si l'on disait que c'étaient les jeunes hommes et les petits garçons qui étaient le plus durement touchés par la grippe espagnole, elle redoutait fort les risques de contagion pour sa fille. Heureusement, Malvin était absent la majeure partie de la journée. Il était entré en apprentissage à l'usine ferroviaire de Kronstad et ne rentrait jamais à la maison avant la fin de l'après-midi. La nuit, Torleif prenait le relais, mais Trine ne s'apaisait jamais totalement. Elle s'était levée une nuit et avait trouvé Torleif penché en avant sur son siège, profondément endormi, la tête enfouie dans l'édredon de son fils bouillant de fièvre. Elle restait depuis lors dans un demi-sommeil, tendant l'oreille dans l'attente d'une nouvelle crise de toux, mais à mesure que les jours passaient, elle remarqua que ces crises s'espaçaient, parce que la torpeur dans laquelle il sombrait était de plus en plus profonde, et une faiblesse qui n'était pas présente auparavant s'était emparée de tout son corps. Elle pria Dieu pour que Nils Olav retrouve la santé, mais aucun changement ne se produisit, et lorsque le médecin décida que l'heure était venue de l'hospitaliser, ils l'accompagnèrent à Haukeland en ayant l'impression d'accompagner un condamné à mort à l'échafaud.

Il n'y passa pas beaucoup de temps. La situation se dégrada brusquement.

« Pneumonie », constata le docteur.

La fin ne fut pas aussi dramatique que le combat contre la mort qu'ils avaient connu avec la petite Kari cinq ans plus tôt. Il était étendu sur le dos, respirant calmement de ce souffle vaguement rauque auquel ils s'étaient habitués depuis une semaine. Trine tenait une main du garçonnet entre les siennes, sans obtenir la moindre réaction. Torleif s'était levé et posté dos à la fenêtre. Il entendit le tram donner un coup de timbre dans Haukelandsveien, comme un rappel prudent que la vie suivait son cours et les attendait, dehors, lorsque tout serait terminé. Le temps était calme. Il pleuvait doucement. La veille, un orage terrible avait frappé la ville, des arbres avaient été déracinés, les palissades le long de Torvalmenningen avaient été soufflées de Småstrandgaten jusqu'à Ole Bulls plass. Un schooner chargé de planches rabotées était parti à la dérive sur le Puddefjord et avait dû être secouru par l'un des remorqueurs américains. Du côté de Solesjøen, à Austrheim, le vapeur *Masfjord* avait sombré, et sept des passagers s'étaient noyés ou étaient encore portés disparus. Plusieurs d'entre eux avaient des enfants.

Puis, avant même qu'ils en aient conscience, ce fut fini. Un grand soupir sembla parcourir ce corps frêle. Sans que les yeux s'ouvrent, la tête de Nils Olav tomba légèrement sur le côté, le menton en avant vers la poitrine, et un rot profond monta de sa gorge, comme de celle d'un adulte. Torleif pensa après coup que c'était comme s'il avait vu et entendu le souffle vital quitter son fils à cet instant-là, comme un très faible coup de vent par la fenêtre entrouverte derrière lui, *car poussière tu es, et à la poussière tu retourneras*, s'était-il murmuré avant que ne surgisse de nouveau cette certitude en lui, avec une amertume presque écœurante : il n'avait plus d'enfant ; les deux autres, c'étaient… ceux de Trine.

Trine se pencha sur le lit, appuya la tête sans vie du petit garçon contre sa poitrine et poussa un sanglot aussi puissant que déchirant. Torleif alla vers elle, se plaça juste derrière et posa une main sur son épaule, et commença à la faire aller en un doux va-et-vient.

Ils passèrent ensuite un moment assis l'un contre l'autre sur le bord du lit et lorsque le médecin de garde vint examiner l'enfant, il ne put que constater le décès.

Lorsqu'ils se levèrent enfin pour rentrer à la maison, Torleif observa attentivement Trine. Ses yeux étaient rouges et baignés de larmes, sa lèvre supérieure luisante et humide de ce qui avait coulé de son nez et qu'elle n'avait pas pensé à essuyer, mais ce qui le fit réagir, ce fut l'expression de son visage, comme si elle cherchait à identifier des sons très lointains. Elle tenait par ailleurs si mal sur ses jambes qu'il dut la soutenir pour qu'elle ne s'écroule pas.

« Qu'est-ce qu'il y a, Trine ? Tu ne te sens pas bien ?

– Oh, ce n'est rien… juste… un peu mal à la tête », expliqua-t-elle, les joues rougies par la fièvre, le regard fuyant.

49

La toute première rencontre entre Ingrid Moland, treize ans, et Per Paulus Haga, qui en avait presque exactement le double, eut lieu à la maison de prières de

Bethel, à Hjelmeland, dans le Ryfylke, le dimanche 18 septembre 1921.

L'été avait été exceptionnellement froid et humide, même pour le Vestland, et septembre n'avait pas eu non plus un parfum d'été indien dont on eût pu se réjouir. Comme toujours quand le temps n'incitait pas à la vie au grand air, les maisons de prières tiraient leur épingle du jeu et proposaient gaufres chaudes, café et chants réconfortants : *Crois, quand s'assombrit le chemin : le soleil ne s'est pas éteint ! Dans quelques heures seulement, resplendira un nouveau matin !*

Même si ni le vétérinaire ni sa femme n'étaient des visiteurs assidus du lieu, en tant que fidèles de l'église et du prêtre Aafoss, ils n'avaient pas interdit aux enfants d'aller au catéchisme du dimanche à la maison de prières, en particulier parce qu'une grande majorité de leurs camarades s'y rendaient. Ingrid, sa cadette de deux ans Signe et les deux derniers, Lars et Knut, allaient à Bethel – couramment appelée « la maison de rassemblement » – depuis qu'ils avaient cinq ou six ans. Il est vrai que Sverre Moland avait passé un bon moment à expliquer à un enfant légèrement ébranlé que l'enfer n'était pas un endroit où *certains d'entre eux* se retrouveraient mais seulement une image dont certains se servaient pour effrayer les gens et leur faire croire en Jésus, *comme si ce devait être nécessaire.*

« Mais papa, Jésus a dit que celui qui n'est pas avec moi est contre moi ; c'est le prédicateur qui l'a dit, et aussi qu'il n'y avait que ceux qui venaient à la maison de rassemblement qui seraient véritablement sauvés ! avait exposé une Ingrid inquiète.

– Il ne faut pas prendre au pied de la lettre *tout* ce que ces vagabonds racontent, ma bonne amie ! avait sombrement répondu Sverre Moland, qui bouillonnait intérieurement.

– Ces vagabonds ?

– Oui, ces prédicateurs itinérants ! Et si tu rentres de nouveau à la maison avec ce genre de trucs, je devrai envisager de t'interdire d'y retourner !

– M'interdire d'aller… à Bethel ? »

Elle l'avait regardé avec des yeux comme des soucoupes. La conclusion était invariablement la même : sa femme Laura discutait avec lui, pour l'apaiser, mais en son for intérieur, il maudissait toujours Bethel, le mouvement paroissien et tout ce qui allait avec.

Il n'était pas fortuit que Bethel, achevée dès 1840, soit la plus ancienne maison de prières de Norvège. Les villages autour de Hjelmeland avaient été depuis le début un foyer aussi bien de haugianistes[3] que d'autres mouvements laïcs. On évoquait rarement Hans Nielsen Hauge autrement que comme « han Hans[4] » dans ces régions. Lorsque Helga Pedersdotter Vormeland, après une vie partiellement licencieuse, revint « sauvée » de Stavanger en 1829, l'activité connut un essor soudain dans ce qui devint son berceau naturel, le Vormedal, cette vallée derrière les sombres montagnes escarpées plongeant vers le Jøsenfjord. Quelques années plus tard, Elling Eielsen donna l'impulsion nécessaire à un vigoureux renouveau. Les gens venaient en bateau de tout le district pour entendre le représentant personnel de Dieu à Hjelmeland, et il apparut progressivement qu'il fallait une maison de rassemblement plus près de la mer que Vormedal. Ainsi naquit Bethel.

Après 1904, quand Sven Foldøen sema la discorde entre « les anciens » et « les nouveaux » au sein du mouvement, et surtout avec l'installation de personnes ayant une philosophie plus moderne et positiviste, comme le jeune vétérinaire natif de Bergen Sverre Moland, l'aura entourant Bethel perdit peut-être de sa force, mais la culture inhérente à la maison de prières imprégnait encore la population, tout particulièrement quand les soirées sombres d'automne étaient de retour.

L'automne était la période à laquelle s'épanouissaient les prédicateurs itinérants. Au moment où il fallait abattre les bêtes, moissonner le grain, au moment où le manger et le boire ne manquaient pas pour celui qui dormait sous un toit accueillant et recevait davantage que le paysan lui-même, par pure reconnaissance pour de telles manifestations d'altruisme divin, ils faisaient leur réapparition, à peu près aussi certainement que les oiseaux migrateurs au printemps, ces prédicateurs tout de couleurs sombres vêtus, avec leurs dons d'orateur et leurs doigts sensibles. Elles n'étaient pas peu nombreuses, ces jouvencelles qui pour la première fois – et peut-être aussi pour la dernière – s'étaient senties comme la mariée du Christ, lorsqu'elles étaient allées chercher à la demeure du prêtre, tard dans la nuit, le pardon pour leurs pensées impures et la pénitence pour le désir que le VRP de Dieu avait lui-même souvent fait germer entre leurs reins.

À de rares occasions, lors des grandes années de renouveau, ils pouvaient venir en troupeaux si importants qu'ils disposaient d'un bateau pour eux seuls, et les cantiques résonnaient depuis le pont à leur arrivée sur Vågen. Mais ils arrivaient souvent seuls, leur besace pleine de surprises, comme un véritable Espen Askeladd[5] divin allant d'une résidence royale à l'autre dans le but d'avoir le dernier mot sur plus d'une princesse. Certains débarquaient du bateau de Stavanger, d'autres avaient franchi à pied les collines de l'arrière-pays, le balluchon sur l'épaule et une cuiller d'aulne poli accrochée à la ceinture. Ils étaient bien reçus, dévoraient boudin et œufs brouillés, salaisons et saumon fumé, étaient les invités d'honneur des maisons de prières, où les gens affluaient en nombre, même les soirs de la semaine, pour écouter les toutes dernières nouvelles de la paroisse pentecôtiste de Saron.

Peter Paulus Haga, le prédicateur d'Øvre Fjellså, au nord de Flekkefjord, venait – d'après ce que disaient les gens – d'une famille ayant les idées larges, si larges qu'il aurait eu une sœur au théâtre. Mais, en 1914, alors âgé de dix-neuf ans, il avait connu un éveil religieux personnel alors qu'il était parti avec son père et deux de ses oncles pour l'abattage des chèvres dans les collines. Le temps était agité, il pleuvait abondamment et des nuages gris plomb passaient en gros paquets dans le ciel ; puis le silence s'était subitement fait autour de lui, le ciel s'était ouvert, une colonne de soleil s'était plantée dans le sol devant lui, et tandis qu'il tombait à genoux en se mettant à murmurer des phrases dans une langue qu'il ne comprenait pas lui-même, il avait entendu la douce voix de l'un des anges du Seigneur qui lui demandait de se lever, de saisir les écrits saints et de partir célébrer l'office religieux pour les bêtes et les gens, en l'honneur de Dieu et pour que se diffuse l'évangile parmi les païens et les sceptiques. C'est ainsi qu'il l'avait lui-même conté, à tant de reprises et avec une passion telle que bon nombre de ceux qui l'écoutaient s'agenouillaient dans la maison de prières, levaient les mains vers le plafond, criaient *alléluia* et se trouvaient sauvés sans plus de cérémonie, eux aussi. Après ce réveil, il s'était laissé baptiser de nouveau, avait renoncé à son nom terrestre de Per Magne pour prendre à la place le nom du Seigneur, Peter Paulus. Il avait depuis lors parcouru toute la côte entre Kristiania et Bergen, mais c'est dans le Rogaland, à Jæren et à Stavanger, qu'il avait rencontré le plus grand enthousiasme. Il était arrivé dans le Hjelmeland en 1918 et y était devenu un invité annuel.

Ingrid Moland le rencontra pour la première fois pendant la réunion à Bethel qui eut lieu ce dimanche soir de septembre 1921.

Elle était venue avec trois de ses amies, Sara Sæbø, qui habitait une petite ferme, Rebekka Gule, dont le père était pêcheur dans le fjord et qui était l'un des piliers du mouvement de renouveau religieux, et Ingeborg Skaret, la fille du sacristain. Sara avait les joues bien rouges et les yeux pétillants lorsqu'elles s'étaient retrouvées près de la maison de commerce.

« Qu'est-ce qui t'arrive ? » avait demandé Ingrid, et son amie avait regardé tout autour d'elle avant de lui chuchoter d'une voix pleine d'excitation :

« Je les ai eues ! Ce matin ! »

Rebekka et Ingeborg, issues de familles dévotes et qui n'avaient reçu aucune ou très peu d'informations concernant les changements inhérents aux jeunes filles de leur âge, l'avaient regardée sans comprendre.

« De quoi ?

– Mais ça, tiens ! »

Pour Sara, qui avait grandi dans une ferme, où la reproduction du bétail était une étape naturelle dans le déroulement de l'année, et pour Ingrid, qui entendait tous les jours les bêtes mettre bas et, au moment du dîner, des exposés sur les talents de reproducteurs démontrés par tout ce qui avançait sur quatre pattes, ce fut tout sauf une surprise ; plus une confirmation que le grand pas avait été franchi – dès le lendemain, elles pourraient à leur tour être mères.

Les choses étaient tout de même arrivées brusquement, pour Ingrid aussi, lorsqu'elle avait eu ses premiers saignements trois mois plus tard. Depuis quelques jours, elle se sentait bizarre, comme gonflée, comme si elle avait de l'eau dans le corps, et elle avait ressenti une très légère douleur latente au niveau du diaphragme, sans cause apparente, avant de se réveiller un vendredi matin de bonne heure. Elle avait par ailleurs la sensation humide et piquante d'avoir une substance désagréable et visqueuse entre les cuisses. En soulevant l'édredon, elle avait constaté que sa chemise de nuit était trempée de sang. Pendant quelques secondes, un vent de panique s'était emparé d'elle, avant d'être remplacé par une chaleur soudaine, si soudaine que les petites bosses gonflées qui étaient apparues sur sa poitrine l'avaient démangée. Elle s'était laissée lourdement retomber dans le lit et avait goûté un moment à son nouveau statut, avant de se lever silencieusement, pour ne pas réveiller sa sœur qui dormait à l'autre bout de la chambre, et d'aller chercher une serviette dans le couloir. Puis elle était descendue à la cuisine, s'était lavée à l'évier et était remontée se glisser dans la chambre de sa mère, lui avait doucement tapoté l'épaule avant de lui demander ce qu'elle était censée faire à présent. Sa mère avait levé des yeux fatigués qui tenaient difficilement ouverts. Elle avait regardé la chemise de nuit et compris instantanément. Elle s'était levée, avait quitté la chambre avec sa fille et sorti d'un tiroir de la commode dans le couloir les remèdes nécessaires : une sorte de bandage fait de morceaux d'étoffe de lin roulés sur eux-mêmes, qu'elle lui attacha bien solidement sur le bas-ventre grâce à une ceinture large. Durant les jours qui avaient suivi, elle avait ressenti un mélange de fierté et de douleur dans tout son être – fierté parce qu'elle était en passe de devenir adulte, et douleur dont la raison ne lui apparaissait pas à ce moment-là, mais qu'elle définirait plusieurs années plus tard comme la sensation que l'enfance était définitivement terminée ; c'étaient à présent des responsabilités et des devoirs qui l'attendaient.

Elle avait en même temps commencé à considérer les garçons du même âge d'une autre façon, plus dans l'optique des amourettes puériles qu'elle avait pu connaître précédemment, mais avec une curiosité toute adulte : des changements comparables se produisaient-ils chez eux ? Se réveillaient-ils eux aussi un matin en ayant quelque chose de nouveau et de plus gros entre les jambes, du poil poussait-il sous leurs bras et à des endroits dont on ne pouvait pas parler ? Éprouvaient-ils la même sensation excitante d'attente dans tout leur corps, comme quand on est au bord d'un gouffre, en ayant envie de sauter, de plonger dans la mer salée, d'écarter prudemment les lèvres pour sentir une saveur nouvelle, presque comme une sorte de pourriture, contre son palais ? Elle savait ce qui arrivait, quand les animaux se reproduisaient. Elle avait même vu, étourdie d'effroi, un accouplement entre deux chevaux dans un pâturage, et elle n'ignorait pas que cela se passait de la même façon, juste plus précautionneusement et pas si… énorme ! entre deux personnes. Sa mère lui avait expliqué en termes choisis que quand cela arrivait entre deux êtres qui s'aimaient, c'était l'une des choses les plus belles et agréables qui soient ; mais pour cette raison, elle devrait attendre d'être sûre d'avoir rencontré la bonne personne.

« Quand je serai mariée, tu veux dire ?

– Oui… »

Mais elle avait remarqué l'infime temps d'arrêt avant la réponse de sa mère, et elle savait que ce qu'ils disaient à la maison de prières concernant les plaisirs de la chair et la pureté inviolable du mariage ne faisait pas partie des notions auxquelles tout le monde dans ces murs s'efforçait de se conformer, et elle avait commencé à regarder autour d'elle, pour voir s'il y avait certains garçons avec qui elle pouvait envisager *fictivement* de le faire. Elle ne parvint toutefois à aucune réponse définitive et dut plutôt admettre que cela l'effrayait autant que cela la troublait.

Dans la maison de prières, elles étaient assises deux par deux, l'une contre l'autre. Ingrid et Sara rassemblées par leur récente complicité, une sorte de secret frémissant que seules elles et… – elles avaient regardé autour d'elles avec un petit frisson – … toutes les autres femmes en âge de procréer de l'assemblée partageaient ; Rebekka et Ingeborg subitement isolées, encore enfants dans le monde des adultes.

La réunion fut ouverte sur un chant commun, auquel elles se joignirent de tout leur cœur : *Viens, sauveur, entre – Et éclaire de ta paix nos cœurs et nos esprits – Oui, interprète de ton amour la parole vivante, pour faire de ce jour un paradis…*

« Il est là… murmura Sara, tout excitée.

– Qui ça ? voulut savoir Ingrid.

– Peter Paulus Haga ! Le prédicateur ! »

Ingrid se pencha en avant tant qu'elle pût pour voir de qui il était question, mais elle fut gênée lorsque l'un des aînés se leva pour lire un extrait de la Bible d'une voix puissante :

« *La parole de l'Éternel me fut adressée en ces mots : avant de te former dans les flancs de ta mère, je te connaissais ; et avant que tu sortes de son sein, je t'ai consacré, je t'ai établi prophète des nations. – Et je dis : Ah ! Seigneur Éternel, voici, je ne sais point parler, car je suis un enfant. – Et l'Éternel me répondit : Ne dis pas : je suis un enfant ! car tu iras vers tous ceux à qui je t'enverrai, et tu diras tout ce que je t'ordonnerai. – Sois sans peur devant eux, car je suis avec toi pour te délivrer, dit l'Éternel. – Puis l'Éternel avança la main, et toucha ma bouche, et l'Éternel me dit : Voici, je mets mes paroles dans ta bouche.* »

On chanta de nouveau : *Viens avec ton Esprit et ta grâce ! – Viens avec ta joie et ta paix ! – Seigneur, laisse ta miséricorde – Guider les cœurs lourds !*

L'une des femmes, une fermière du Vormedal, se leva alors et lut le texte du jour dans le sermonnaire de famille. Les femmes pouvaient lire prières et textes, mais elles ne pouvaient pas prêcher, Paulus l'avait bien précisé, et il en était ainsi. La femme était blonde et belle, ses cheveux étaient attachés serrés dans la nuque, ses traits ouverts et gais. Elle lut d'une voix bien audible et sonore, presque comme une chanson en solo, et les mots tombaient sur eux comme une pluie légère, se déposant sur leur peau avant de l'imprégner lentement.

Une très courte pause fit suite à la lecture, pendant laquelle tout le monde laissa la paix et la méditation s'installer, à l'exception de quelques murmures d'approbation et « Alléluia ! » épars. Puis Peter Paulus Haga se leva et vint se placer devant l'assemblée. Grand, séduisant, infiniment beau, songea Ingrid. Ses cheveux bruns étaient rabattus en arrière et tombaient sur ses oreilles en boucles plus épaisses que chez les autres hommes. Sa peau reflétait la bonne santé que confèrent les nombreuses heures passées à aller d'un lieu de prêche à un autre, et son visage était sculpté en traits forts et nets, depuis son front haut jusqu'à son menton puissant en passant par le nez droit et les lèvres bien dessinées. Ses yeux bleu barbeau caressaient l'assemblée, s'arrêtant sur chaque visage, souvent avec un petit sourire, comme s'il reconnaissait les gens. Lorsque son regard s'arrêta sur elle, après être passé une première fois pour ensuite revenir, elle eut l'impression qu'un souffle chaud la parcourait entièrement, qu'il faisait émerger la nouvelle femme en elle, qu'il la tournait et la retournait entre ses doigts et la *regardait*, avant de la reposer prudemment – toujours avec ce petit sourire – et de laisser son regard poursuivre sa course. Elle se sentit rougir violemment, et son regard tomba. Elle remarqua à peine que Sara la regardait de biais et pouffait de rire.

Elle n'osa pas relever les yeux avant qu'il débute son sermon.

Il lui faisait un sermon !

Elle était seule, comme sur un piédestal, et il parlait en décrivant de grands cercles autour d'elle. Seuls des fragments lui parvenaient, évoquant Satan qui attendait à la croisée des routes, prêt à vous détourner du droit chemin au moment de procéder aux grands choix de votre vie : « Mais tu ne te laisseras pas séduire par les promesses du Malin, tenter par toutes les merveilles du monde. Souviens-toi de la parole du Seigneur Jésus : Entrez par la porte étroite. Car large est la porte, spacieux est le chemin qui mène à la perdition, et nombreux sont ceux qui entrent par là... »

Ingrid avait l'impression de voir la croisée des chemins, Satan comme une ombre dense et effrayante dans la forêt alentour, tandis que celui qui l'attendait, au milieu de ce carrefour, c'était Peter Paulus Haga en personne, la main tendue, une main si forte et chaude qu'elle en fut tout étourdie quand il saisit la sienne pour qu'ils s'en aillent ensemble, non pas sur le chemin spacieux qui menait à la perdition, mais sur l'étroit sentier montant sur la butte, vers le portail de perles étincelant dans le lointain... Tandis qu'il parlait, le regard braqué sur elle, de ses lèvres rouges comme celles d'une femme, elle eut la sensation qu'il la touchait, pas sur la main, pas sur la joue, mais en bas, dans le petit creux de son corps, d'où sortirait un jour la vie...

« Alléluia ! » s'entendit-elle soudain crier.

Ingeborg et Sara la regardèrent, épouvantées. Rebekka avait fermé les yeux, et son visage exprimait un certain ravissement. Certains aînés dans l'assemblée se tournèrent gravement vers elle et hochèrent la tête, avant de l'imiter :

« Alléluia ! »

« Alléluia ! » cria-t-elle derechef en se levant à demi de son banc.

Il ne la quittait pas des yeux, et il sourit.

« Oui, petite sœur ! Il est avec nous, ici, ce soir ! Il ramasse ses épis, il mène ses moutons à la mangeoire ! Louons le Seigneur ! Alléluia ! »

Après le psaume final, elle rentra en courant à la maison, elle n'osait pas rester, elle craignait d'avoir recommencé à saigner. Mais lorsqu'elle arriva et s'examina, il n'y avait pas de sang, mais un liquide brillant, incolore, comme celui qui se serait écoulé d'une blessure ouverte.

Sa mère la regarda avec inquiétude lorsqu'elle redescendit de sa chambre.

« Qu'y a-t-il, ma chérie ? Tu ne te sens pas bien ?

– Si, maman. Je vais très bien... C'est juste que la réunion de ce soir a été vraiment formidable ! »

Le père leva un regard pensif de la lettre qu'il était en train de lire.

« Oui, ne te laisse pas *trop* impressionner par ces prédicateurs formidables, s'il te plaît...

– Non, je... commença-t-elle en baissant les yeux. Qu'est-ce que tu lis ?

– Oh... » Il leva la feuille blanche d'un petit coup de poignet. « Nous sommes invités à un mariage. À Bergen.

– Oh oui ! s'exclama-t-elle, ravie. De qui ?

– Ta cousine Sigrid et… quelqu'un qui s'appelle Wilhelm. »

50

Il est en principe médicalement établi que l'on peut ressentir des douleurs, nommées « douleurs fantômes », dans un membre que l'on n'a plus. Gunnar Nesbø en fit l'expérience, presque comme de la goutte, alors qu'il se trouvait sur le pont du bateau de ligne américano-norvégien *Kristianiafjord*, lorsque celui-ci s'engagea sur le Byfjord le lundi 22 octobre 1923, exactement dix ans et quatre mois après avoir quitté la Norvège en juin 1913.

Quelqu'un qui l'aurait connu avant son départ aurait vite constaté un changement. Du jeune homme joyeux et optimiste de dix-neuf ans qui était parti, il ne restait plus guère que la dentition irrégulière. Il était toujours de petite taille, mais semblait maintenant plus robuste et sa constitution nerveuse et sèche le faisait paraître plus fin que par le passé. Si un mégot pendait toujours à un coin de sa bouche, l'expression de ses lèvres était cynique et narquoise. La façon dont il regardait ses compagnons de voyage trahissait qu'il était constamment sur ses gardes, comme s'il craignait en permanence que l'un d'entre eux se jette sur lui. Sa caractéristique la plus évidente était malgré tout la manche vide qui pendait de son épaule gauche, soulignant l'absence d'un bras. C'était là qu'il ressentait des douleurs, tandis qu'il regardait depuis le pont de troisième classe la ville prendre formes et couleurs dans la lumière crue d'octobre. Ce ne fut que quand le bateau accosta à Skoltegrunnskaien qu'il remarqua les importants changements, comme si un violent orage avait balayé le centre-ville en ne laissant que quelques bâtiments isolés.

« Qu'est-ce que c'est que ça ? » demanda-t-il à son voisin le long de la rambarde, un grand type efflanqué du

Sunnfjord, sans obtenir autre chose en réponse qu'un haussement d'épaules.

« Tu n'as pas entendu parler du grand incendie de 1916 ? » lui demanda le gars de l'autre côté, un petit bonhomme alerte, debout à côté d'une valise brune. « Ça, là, c'est la pharmacie du Cygne, expliqua-t-il en désignant un bâtiment esseulé qui dominait ce qui avait naguère été Strandgaten. C'est le premier bâtiment qui a été reconstruit. Et regarde, voilà Strandkaien, et ce que l'on bâtit là-bas, ça va sûrement être un nouveau grand magasin moderne, *just like on Fifth Avenue.* »

Gunnar suivit son regard et vit le nouveau quai large du côté ouest de Vågen, où les entrepôts descendaient jadis jusqu'au bord de l'eau.

« Je pensais plutôt qu'il y avait eu un *earthquake* », répondit-il en crachant un morceau de feuille de tabac par-dessus la rambarde avant de rentrer chercher son sac. Il n'avait rien d'autre – ce qui paraissait logique, pour un manchot.

Nul n'était venu l'accueillir sur le quai, mais il n'en fut pas surpris : personne ne se doutait de son retour.

Plusieurs taxis attendaient, et il hocha la tête en reconnaissant les solides Dodge qu'il avait lui-même conduites aux États-Unis. Or ses finances ne lui permettaient aucune extravagance, et il préféra donc marcher. Il avait l'adresse de Torleif, depuis 1913, et l'homme à la valise brune l'avait assuré que l'incendie n'était pas allé aussi loin.

C'était par une journée fraîche qu'il suivit les quais vers le centre, passa devant Bradbenken, où le grand édifice de pierre de la Compagnie des vapeurs composait un contraste saisissant avec le frêle kiosque à journaux installé en plein milieu de la place, avant de continuer dans l'étroite Slottsgaten avec ses hauts entrepôts à droite et ses rangées de maisons mitoyennes à gauche, bordée de bâtiments de six étages, qui les surplombaient comme des montagnes nordiques et attiraient l'œil. En traversant Tyskebryggen, il fut plus impressionné par les dégâts causés sur Strandsiden, et après avoir traversé Torvet et remonté les larges communaux, il eut la brusque impression d'être revenu à l'endroit qu'il venait de quitter : une ville de prairies battue par les vents du Middle West. Le long de Torvalmenningen, seule la maison de Stender, dans Småstrandgaten, avait été reconstruite. La rangée de baraques de commerce provisoires, du côté nord, la soi-disant Torvbarakken, fut par conséquent surnommée par les Berguénois « la ville du Far-West ».

Ce fut une sensation étrange de n'entendre à nouveau que le norvégien autour de soi. Il écouta des dialectes et des intonations qu'il n'avait pas entendus depuis dix ans : parlers paysans, du Sunnfjord, du Sogn et du Hardanger. L'air était clair et pur, et après New York ou Chicago, la ville semblait vaste et ouverte, impression renforcée par les larges communaux et les quartiers touchés par l'incendie. Même s'il y avait davantage de voitures dans les rues qu'en 1913, cela n'avait rien à voir avec les grandes villes américaines, où les gaz d'échappement des automobiles et des bus pouvaient se mêler à la fumée des grandes zones industrielles et au brouillard de la rivière Hudson ou du lac Michigan, pour composer une odeur humide chargée de particules noires. À maintes reprises il avait regretté son Eksingedal natal ou les exploitations ouvertes dans lesquelles il avait passé ses premières années aux États-Unis, comme garçon de ferme à Hope, dans le Dakota du Nord. Il avait ensuite tenté sa chance plus au sud, dans le Minnesota, le Wisconsin et les grandes villes du Middle West, Milwaukee, Chicago et Detroit. Il y avait parcouru plusieurs fois les quais en regardant avec envie les bateaux arborant le drapeau norvégien. Une fois, alors qu'il passait devant le vapeur *Gærnes*, de Bergen, il s'en était fallu de peu qu'il ne monte à bord pour demander s'ils avaient du travail, et mettre de nouveau le cap vers la mère patrie. Mais il s'était contenté de contempler l'imposant flanc gris du navire, sans rien faire, comme si c'était un morceau détaché de Norvège qu'il regardait au bord du lac Michigan. Il avait travaillé aussi bien dans l'industrie du fer que de l'acier, dans les grands abattoirs de Chicago et les usines automobiles qui poussaient comme des champignons à Detroit. Il avait alors encore ses deux bras, et lorsqu'il avait été invité à participer à l'organisation du syndicat à plein temps, après la grande grève de 1919 qui s'était terminée par la défaite des travailleurs, il avait accepté. Le mouvement syndical était en pleine désintégration, entre communistes et anti-communistes, ouvriers qualifiés et ceux qui ne l'étaient pas, mais surtout entre les différents groupes ethniques. En conséquence, il était important d'avoir avec soi un Scandinave qui puisse s'occuper des contacts avec les immigrés de cette partie de l'Europe.

Il traversa devant le Nationale Scene, seul bâtiment d'Engen à subsister parmi les ruines de l'incendie. En arrivant à Oldersmuget, à l'adresse de son frère, ce fut en vain qu'il frappa à la porte. Personne ne vint ouvrir.

« Vous cherchez quelqu'un ? »

Il regarda autour de lui. Une grosse bonne femme était penchée à l'une des fenêtres de la maison voisine.

« Oui, je… mon frère », répondit-il, encore mal à l'aise avec la prononciation norvégienne. « Torleif Nesb…

— Nesbø, oui, l'interrompit-elle avec un hochement de tête théâtral. Ils ont déménagé. Vous savez, après la mort de sa femme, il…

— Qu'est-ce que vous dites ?! Trine est morte ?

— Oui. Vous ne saviez pas ? Elle et deux des enfants.

— Deux… ! Mais de quoi ?

— Elle et le dernier, en tous les cas, c'était la grippe espagnole. Pardi, ça fait cinq ans, maintenant.

— Cinq ans !

— Je les connaissais bien. Malvin, leur fils aîné, c'était le copain de mon petit Hans.

— Malvin… lui aussi, il est… ?

— Non. Lui, il est vivant.

— Ce n'est quand même…

— Mais où diable étiez-vous pendant ce temps-là, pour ne rien en savoir ? En Amérique ?

— Tout juste, répondit-il en hochant tristement la tête, avant de lever un nouveau regard désespéré sur la maison verte. Mais où sont-ils allés ?

— Pas loin. » Elle pointa un doigt vers le sud-ouest. « Dans Trikkebyen[6], comme ils l'appellent, à Møhlenpris. Si vous remontez Sydneskleiven et si vous suivez Dokke-veien jusqu'à l'école d'enseignement ménager, vous y serez. Vous ne pouvez pas le rater. Un pâté de maisons entier, avec entrée particulière et tout le tremblement, rien que pour les fonctionnaires du tramway. »

Gunnar Nesbø se sentit plus troublé que renseigné par ces indications, mais il décida de suivre la direction que lui indiquait cet index. Il remercia pour l'aide apportée, une expression de surprise toujours présente sur le visage. – *Trine, morte ? Et deux des gosses ? Lesquels, alors ?*

Ses vagues souvenirs de Møhlenpris remontaient à sa plus tendre enfance. À l'occasion de l'une de ses premières expéditions en ville avec son père, il était allé voir l'aquarium de Marineholm, mais il n'était pour l'heure presque plus capable de reconnaître quoi que ce fût. On avait construit une grosse école sur le raidillon surplombant le Puddefjord. Deux voies de tram parallèles qui passaient près de ce bâtiment menaient dans un énorme hall au toit plat et pentu, aux fenêtres cintrées et dont la façade entre les ouvertures était constituée de ces colonnes caractéristiques en briques. À proximité immédiate, on avait construit plusieurs groupes d'immeubles. Il trouva celui qu'on lui avait décrit du côté ouest de Thormøhlens gate. Un porche ouvert lui permit de voir une grande cour intérieure qui lui rappela certains quartiers de Chicago. Après s'être renseigné auprès de quelques voisins, il monta l'un des escaliers de gauche jusqu'au premier et trouva le nom de son frère écrit en lettres bâtons sur un morceau de carton collé à l'une des deux portes.

Il attendit un instant avant de sonner. Il ressentit à nouveau la douleur dans ce bras qui n'était plus là, et remua machinalement l'épaule gauche, comme pour l'en chasser.

Personne n'ouvrit.

Au bout d'un moment, il redescendit dans la cour et alla jusqu'à une esplanade donnant sur le Puddefjord, à l'ouest. Une puissante odeur de littoral l'assaillit, et il baissa les yeux. Un terre-plein de graviers séparait le large quai en une partie intérieure depuis les petits hangars à bateaux et les baignades le long de l'ancienne Møhlenpris, et à l'extérieur de Jægtevikten. Dokkeskjæret figurait une île habitée, semée d'entrepôts et de quais.

« Qu'est-ce que vous regardez ? » s'enquit une voix à côté de lui, où deux petits garçons étaient venus se planter, l'un ayant à peine cinq ans, l'autre quelques années de plus.

C'était ce dernier qui parlait.

« Oh, je… »

Les deux gamins portaient des vestes grises et des pantalons un peu trop grands. Ils avaient chacun un bonnet sur la tête, et le nez du plus petit était rouge et vaguement congestionné.

« J'attendais juste quelqu'un.

– Qui ?

– Mon frère. Il s'appelle Nesbø.

– Et tu viens d'où ?

– D'Amérique, répondit-il avec un petit sourire en coin.

– Ohh… » Son regard tomba sur la manche vide. « Tu n'as pas…

– Non. Je l'ai perdu là-bas.

– Ohh… Ce sont les Indiens qui l'ont pris ?

– Euh…

– Oui, parce que tu as fait la guerre contre les Indiens ?

– Non, je… Oui, j'aurais peut-être pu vous raconter deux ou trois histoires… Comment t'appelles-tu ?

– Bjørn. Et lui, c'est Agnar. Mais on l'appelle juste Aggen. Tu as vu, là-bas… » Il pointa un doigt vers l'autre rive du fjord et les baraques rouges de Gyldenpris. « C'est Gyllaren. C'est contre eux qu'on se bat… »

Par-dessus leur tête, Gunnar vit une jeune femme brune vêtue d'un large manteau bleu foncé, d'une capeline blanche et portant un filet à provisions passer rapidement le porche, lancer un coup d'œil indifférent dans leur direction et entrer dans la cage d'escalier qu'il venait de quitter.

« Excusez-moi. Mais il faut que je m'en aille.

– Mais tu avais promis… Tu promets de nous parler des Indiens une autre fois ?

– Oui, oui. Un autre jour. »

Il avait vu juste. Cette fois-ci, on ouvrit lorsqu'il sonna.

La jeune femme avait ôté son manteau et sa capeline, et secouait ses cheveux pour les libérer. Elle portait une robe blanche avec une petite croix rouge sur la poitrine. Elle était mince et bien faite, ses traits étaient beaux et réguliers, ses lèvres naturellement rouges. Lorsqu'elle le regarda avec curiosité à travers ses lunettes rondes à monture d'acier qui semblaient agrandir ses yeux bleus en donnant à son visage des proportions légèrement faussées, il se demanda à quoi il l'avait reconnue. *La couleur de ses cheveux ? Ou peut-être sa façon de marcher ?*

« Martha ?

– Oui ?

– Je ne sais pas si tu te rappelles, mais je suis Gunnar, ton oncle... Oui, enfin d'une certaine façon, en tout cas. »

Elle ne sourit pas.

« Oui, je me rappelle, répondit-elle d'une voix monocorde en secouant simplement la tête. Le 7 juin 1913.

– Mais oui ! C'est le jour où je suis parti ! Toi et Torleif... Tu l'appelles ton père ?

– Non, je... juste Torleif. Mon père, je ne l'ai jamais rencontré.

– Non. Eh bien... Torleif, alors, et Malvin et... oui, le petit garçon... ils sont venus à la gare, m'acc...

– C'était mon anniversaire.

– Ah ? Vraiment ? Je ne...

– Mais ce n'est pas pour ça que je... Tu ne veux pas entrer ? »

Elle sourit pour la première fois, semblant presque éprouver de la honte de ne pas l'avoir fait plus tôt.

« Si, merci. Je suis désolé de ne pas avoir prévenu, mais...

– Non, mais... nous n'avons jamais eu de tes nouvelles de toute façon, si ? »

Il baissa les yeux.

« Non, je n'ai jamais été spécialement doué pour écrire. »

Ils étaient arrivés dans l'entrée. Elle découvrit la manche vide.

« Oh ! Qu'est-ce qui s'est...

– Non, c'est... un accident.

– C'est horrible ! Viens, je vais t'aider... à retirer ta veste...

– Merci... Quel âge as-tu, maintenant ?

– Dix-huit ans, répondit-elle en posant sur lui son regard agrandi. Et toi ?

– Moi ? » Il hésita, comme s'il n'en était pas tout à fait sûr. « Ça doit faire… vingt-neuf, si je ne m'abuse. Tu es infirmière, à ce que je vois.

– Oui, à la clinique de la Croix Rouge d'Olaf Ryes vei. Mais entre t'asseoir. Il faut que je lance le dîner, pour qu'il soit prêt quand Torleif rentrera.

– Il bosse toujours pour le tram ?

– Oui, au Hall, juste à côté. » Elle ouvrit une porte. « Le salon, c'est ici. »

Il entra dans une pièce meublée au plus simple : une petite table, un divan-lit, deux chaises et un secrétaire tout en longueur. Une photo était suspendue au-dessus dans un cadre noir, et il la reconnut. Ses parents, dans l'Eksingedal, l'avaient reçue en cadeau de Noël l'année qui avait précédé son départ. Torleif y dominait d'une tête Trine, tenant dans ses bras la petite fille qui venait alors de naître, à côté de Malvin, alors âgé de douze ans, derrière Martha et le petit dernier assis sur deux chaises devant eux. – Il avait vu Martha, et ce n'était pas non plus Malvin, avait dit la voisine d'Oldersmuget. Ce devait donc être les deux plus jeunes. Et Trine… Il la regarda, se souvint de son sourire un peu timide, comme si elle s'excusait d'exister. Une espèce de deuil habillait ce portrait de famille jauni, comme s'il frappait une vie entière, depuis la naissance jusqu'à la mort, encore plus atrocement parce que des enfants aussi mouraient sans jamais avoir participé à la course. Il ne pouvait se défaire de l'idée que ce devait être douloureux pour Torleif de l'avoir chaque jour sous les yeux et de se voir rappeler, jour après jour, les pertes qu'il avait subies. Une vive douleur traversa la manche vide, et sa gorge se noua.

Il alla à la fenêtre et regarda en bas. Les deux gosses jouaient avec quelques débris de tuiles, ils s'en servaient de craies pour tracer des traits sur la cour dallée. Le plus âgé parlait sans discontinuer, tandis que le plus jeune s'essuyait régulièrement le nez avec le dos de la main.

Il entendit la porte derrière lui, et Martha entra.

« Les pommes de terre cuisent. Tu restes à dîner, j'imagine ?

– Oui, si ça ne dérange pas… » Il fit un signe de tête vers la photo de famille. « J'ai appris que Trine et – plusieurs d'entre vous – avaient disparu…

– Oui, acquiesça-t-elle gravement. La petite Kari est morte le jour où tu es parti, en fait. C'est pour ça que je me souviens aussi bien de la date.

– Le jour où je suis parti ?! »

Elle hocha la tête.

« Oui, je me souviens qu'elle était malade, mais je ne pensais pas que c'était si grave…

– Nils Olav et maman sont morts en 1918, pendant l'épidémie de grippe espagnole, à seulement trois semaines d'intervalle.

– Ça a dû être épouvantable, pour vous autres…

– Oui… Mais le pire, ça a bien sûr été pour Torleif.

– Oui, j'imagine… Mais comment ça va, pour lui ?

– Oh, ça suit son chemin. Il part à Kristiania le week-end prochain, en tant que délégué pour la réunion nationale extraordinaire du Parti travailliste.

– Il s'est lancé dans la politique ?

– Et comment ! Il est on ne peut plus actif depuis les grandes grèves de 1921, tu peux me croire. Oui… » Elle le regarda en plissant les yeux derrière ses lunettes. « Je reçois des consignes sur ce que je dois lire, moi aussi. Je crois qu'il me considère comme une future Rosa Luxembourg, ou Alexandra Kollontaï.

– Il est plutôt dans la mouvance révolutionnaire, autrement dit ?

– Tu vas pouvoir le lui demander ! Il arrive… »

La porte s'ouvrit puis se referma, et ils entendirent des pas lourds dans l'entrée. Après avoir suspendu ses vêtements d'extérieur, il fut soudain à la porte, le visage plus marqué que dans le souvenir de Gunnar, de profonds sillons lui tombant le long du nez et de part et d'autre de la bouche. En apercevant son frère, il s'arrêta et le regarda un instant. Puis il entra dans la pièce et fit un rapide signe de tête.

« Ah, c'est toi », constata-t-il calmement, comme si quelques jours seulement les séparaient de la dernière visite de Gunnar.

Plus tard dans la soirée, après avoir dîné – hareng salé, pommes de terre et chou à la béchamel – et pris le café, chacun en l'ayant agrémenté d'un verre d'eau-de-vie clandestine, ils partagèrent encore un verre ou deux en essayant de combler les années qui s'étaient malgré tout écoulées sans qu'ils se voient.

« Tu as un endroit où loger ? avait demandé Torleif.

– Pas encore.

– Tu dormiras ici, avait décrété son frère en indiquant le divan.

– Mais… où est Malvin ? avait tenté Gunnar.

– À l'est. Il est apprenti chauffeur de locomotive.

– Pas mal… vraiment pas mal… »

Martha était partie se coucher ; elle devait se lever de bonne heure. Il ne resta que les deux frères.

Torleif posa la question qui lui brûlait les lèvres depuis son retour. Il fit un signe de tête vers le bras absent.

« Qu'est-ce qui t'est arrivé, Gunnar ?

– Oh, tu sais, commença son frère avec gêne. Il y a eu des conflits assez durs, *over there* aussi.

– Oui, tu veux dire… C'était pendant un conflit social ? »

Gunnar hocha la tête.

« La grande grève du secteur du fer et de l'acier, en 1919. Tu en as entendu parler ?

– Bien sûr ! Mais qu'est-ce qui s'est passé ?

– Eh bien… Tu sais, il y a eu de vrais combats de rue entre nous et les briseurs de grève, et l'un d'eux… Il m'a planté un morceau de planche avec un clou rouillé dans le bras, le clou est passé au travers. Les choses ont mal tourné, et il a fallu amputer.

– Foutredieu ! » Torleif frappa sur la table, faisant tressauter les verres, et se leva. « Ce n'est pas ce que j'ai toujours dit ? L'ennemi ne recule devant rien ! Si on ne les écrase pas, ce sont eux qui nous écraseront. C'est l'enseignement que l'on a tiré de l'Allemagne, de l'Italie et de la Hongrie. Partout la classe ouvrière est foulée aux pieds, les révolutionnaires abattus de sang-froid – il n'y a qu'à voir Karl Liebknecht et Rosa Luxembourg ! » Il se rassit lourdement. « C'est pour ça que j'ai toujours soutenu Furubotn dans son combat contre les thèses de Moscou, mais quand ils ont élu Gerhardsen au poste de secrétaire d'État à sa place, au dernier rassemblement national en février, j'ai compris. Il n'y avait que deux voix pour faire pencher la balance, et on n'a pas cédé. La grande bataille va se disputer à Kristiania ce week-end ! Et si on ne parvient pas à nos fins… À ce moment-là, on fondera notre propre parti ! » Il regarda de nouveau son frère. « Mais je prêche, je prêche ! Comment ça s'est passé, pour toi… après ? Ils se sont occupés de toi, au syndicat ?

– Oui, j'ai reçu une sorte d'indemnité. Mais tu sais… Les années passent, et de nouvelles victimes tombent. Ils ne sont pas tendres, les combats, aux States, tu peux me croire sur parole.

– Tu m'étonnes, dans le temple du capitalisme… C'est pour ça que la ligne du Komintern est la seule valable. Une révolution mondiale, voilà de quoi nous avons besoin ! » Il leva son verre devant son frère et le regarda par-dessus le bord. « Skål !

– Skål !

– Est-ce qu'on commence à se rebeller contre l'interdiction d'alcool aux États-Unis aussi ?

– Bien sûr. Je crains que ce ne soit pas la chose la plus intelligente qu'ils aient inventée, dans un pays où chaque homme est l'artisan de son propre bonheur.

– Ça a donné un nouvel essor à la contrebande, là-bas aussi ?

– Smugling, *speak-easy's… you name it!*

– Dis voir… Je n'ai pas la même habitude des langues étrangères que toi. Même les représentants russes apprennent le norvégien avant de venir en visite. »

Gunnar eut un petit sourire en coin, comme si la perte de son bras gauche lui avait aussi compliqué les choses pour sourire de ce côté.

« À quelle occasion es-tu devenu aussi radicalement révolutionnaire, grand frère ? »

Torleif poussa un gros soupir, et son regard se perdit devant lui.

« Tu sais, perdre Trine et mes deux gamins, ça aurait pu rendre n'importe qui amer et renfermé. Les années de guerre n'ont pas été marrantes, les prix avaient grimpé et on manquait de tout, et après la guerre, ce n'était pas mieux – crise conjoncturelle et chômage à travers toute l'Europe ! Ici, les besoins en logements étaient encore plus importants à cause de l'incendie de 1916.

– Oui, j'en ai entendu parler. »

Torleif fit un signe de tête vers l'un des murs.

« Tu as peut-être vu les baraques, à Gyldenpris ? Je peux te dire que c'était encore pire à Grønneviksøren, où ils avaient construit une colonie de baraques sur la décharge près de la Møllendalselv. Ça puait les égouts et les déchets de la tannerie, et je revois encore les gosses dégueulasses. Entourés de mouches, avec de grosses plaies ouvertes, ils jouaient dans ce bourbier empoisonné, et ça ne valait pas mieux à l'intérieur. Il y avait entre six et quinze personnes par pièce, le plancher était posé à même la terre, le froid passait sans problème, et des moisissures poussaient entre les fentes du plancher, le long des murs, sur les meubles... Ils avaient la tuberculose, ou pire ; les décès étaient fréquents – surtout chez les enfants. Tu peux sans problème imaginer l'effet que ça m'a fait. Moi qui avais perdu... oui, tu sais... Il y avait comme une odeur de charogne et de putréfaction sur tout le secteur, Gunnar ! »

Son frère hocha la tête.

« J'ai vu des endroits de ce genre dans les bas-quartiers américains aussi, tu...

– Oui, certainement. En tout cas, il y a eu des affrontements violents, surtout en 1920, entre les services d'ordre des ouvriers et les sympathisants bénévoles d'une part, et la soi-disant Aide sociale et la police d'autre part. Les choses sont allées si loin que le directeur de l'association des locataires, Robert Nilsen, a été expulsé du pays, parce qu'il était danois ! Les réactions ont été si virulentes que même le maire s'est fait rosser en pleine rue après une réunion à la Folkets Hus...

– C'est ce que j'appelle une situation à l'américaine, murmura Gunnar, impressionné.

– Mais basta ! Ce n'est donc pas la mort de ma femme et de mes deux enfants qui a fait de moi un révolutionnaire. J'étais membre du syndicat des fonctionnaires du tram depuis le début, et j'avais une vision relativement claire de l'existence, surtout après la grève que nous avions connue à l'été 1917 – et puis la révolution d'Octobre, la même année ! Un jour nouveau se levait pour tout le mouvement ouvrier, Gunnar !

– Oui...

– Et nous sommes encore en plein milieu de ce combat. Mais nous devons nous attendre à en prendre plein la poire, je peux te l'assurer...

– Tu n'as pas besoin de me le dire, répondit Gunnar en baissant les yeux vers la gauche.

– Non, excuse-moi ! Je vais... » Il gambergea un instant. « De la droite, tu peux encore écrire, n'est-ce pas ? demanda-t-il brusquement.

– Oui, bien sûr. Je n'ai pas trop le choix.

– Je vais voir si je ne te trouve pas quelque chose au parti. Je veux dire, avec ton expérience, qui a laissé des traces si visibles sur ton corps, tu devrais obtenir à coup sûr un poste de secrétaire.

– Oh, je ne sais pas...

– Ou bien as-tu d'autres projets ?

– Non, pas vraiment. Mais je pensais aller faire un tour à la maison. Ils sont encore vivants, tous les deux ? »

Torleif hocha la tête.

« Ainsi que nos frères et sœurs, même s'il n'en reste plus trop à Nesbø. »

Il vit soudain une certaine nostalgie sur le visage de son frère, et ce fut comme s'il comprenait pour la première fois ce que signifiait être en exil, si loin de chez soi, sans aucune possibilité de prendre contact, sans même savoir qui vivait et qui était mort. Il n'y avait pas plus d'une bonne semaine de voyage sur l'océan, mais on aurait tout aussi bien pu vivre dans un autre univers.

« Bon, on continuera à en parler demain. Il est l'heure d'aller se coucher, je crois. »

Gunnar se leva. Il regarda son frère lui préparer le divan.

« C'est bon d'être de retour à la maison, Torleif », déclara-t-il quand l'autre eut terminé.

Torleif lui retourna un sourire triste.

« C'est bon de t'*avoir* à la maison, Gunnar. On a encore beaucoup de choses à faire. »

Plus tard, allongé dans le noir sans parvenir à dormir, dans le reflet de l'éclairage public qui baignait légèrement la pièce, Gunnar Nesbø revécut une fois de plus le cauchemar qui le rattrapait toujours et qui l'accompagnerait vraisemblablement toute sa vie : le secrétaire local de l'AFL, Mickey Henderson, qui l'avait envoyé *pour rendre service à un bon camarade*. La courte entrevue dans la pièce arrière du restaurant Big Jim Cosimos, dans South Wabash Avenue à Chicago, et le scintillement des guêtres jaunes de Big Jim sur ses souliers noirs. L'expédition jusqu'à la distillerie illégale de Cicero, dans le camion vert. Les gros fûts d'eau-de-vie que l'on roulait avant de les charger sur la plate-forme. Puis, quand le véhicule fut plein et qu'ils se préparaient à repartir, les ténèbres déchirées par des sons, comme un coup de tonnerre, les flammes des revolvers, le crépitement des mitrailleuses. Terrorisé, il avait plongé derrière le carter du moteur, mais trop tard : une brûlure intense lui avait traversé le bras ; il avait eu l'impression que celui-ci était arraché au niveau de l'épaule, et il s'était trouvé entraîné dans un vortex rouge de douleur avant que tout ne vire au noir. Il ne se rappelait rien d'autre avant de reprendre conscience sur la table crasseuse de la pièce arrière, tandis qu'un charlatan lui extrayait la balle du bras, laissant une plaie qui s'infecterait et conduirait à l'amputation à l'Illinois State Hospital. Alors seulement il apprit que c'était une bande rivale qui avait *hijacked* tout le chargement d'eau-de-vie, et que Big Jim avait été abattu dans son restaurant deux semaines plus tard, le 11 mai 1920. Henderson avait payé son séjour à l'hôpital sur les deniers d'un fonds secret de l'AFL, et on lui avait promis une place sur le registre des salaires jusqu'à la fin de ses jours dès qu'il sortirait, mais cela s'était conclu par une question et un haussement d'épaules : à quoi sert, en fin de compte, un type qui n'a qu'un bras ?

Oui, à quoi ? Cette question, il se l'était posée maintes fois, au cours de chaque nuit d'insomnies, quand le bras manquant lui faisait mal et quand il essayait en vain de repousser le son de la douleur, les éclairs contre le carter de moteur vert, le gravier qui heurtait son front, mais en premier lieu *la honte* ; la honte en pensant que c'était *ainsi* qu'il avait perdu son bras, et pas d'une quelconque manière dont il aurait pu être fier.

C'est seulement quand les premiers bruits du matin lui parvinrent depuis d'autres endroits dans la maison – bruissements dans les conduites, pas lourds d'un bout à l'autre de la pièce à l'étage au-dessus et coups de timbre du premier tram qui sortait du Hall – qu'il sombra dans un sommeil agité.

Loin, très loin, il entendit quelqu'un entrouvrir la porte, et Torleif qui disait à voix basse :

« On va le laisser dormir. Il a l'air vanné.

– Je peux faire du café avant de m'en aller », répondit Martha.

51

Un dimanche après-midi de novembre 1924, trois hommes se rencontrèrent de façon plus ou moins forfuite au Hestestallen[7], le dortoir masculin du centre de la Croix Rouge d'Engen. Il tenait son nom de l'époque où le bâtiment abritait la station de cochers de Bergen. Or en 1907, la ligue antialcoolique chrétienne avait repris les locaux et ouvert ses portes aux victimes de l'alcool et aux sans-logis, quand la famille les avait jetés à la rue et qu'ils ne pouvaient plus décemment dormir dehors. « Hestestallen », la maison de l'Indremisjon dans Hollendergaten et le centre de l'Armée du Salut dans Bakkegaten étaient les possibilités d'hébergement pour les sans-abris lorsque le froid revenait, mais cet automne-là, le temps était resté exceptionnellement doux, aussi bien en septembre qu'en octobre, de sorte qu'il fallut attendre novembre pour que le dortoir commence à se remplir chaque soir lorsque l'heure du coucher approchait.

La salle était propre et bien rangée, mais l'éclairage était réduit, et une odeur âcre et humide de laine mouillée, de corps sales et de pores suant l'alcool bon marché flottait à l'intérieur. Juste derrière la porte, on avait placé un crachoir laitonné aux bords noircis par une utilisation intensive. Un panneau doré encadré suspendu à l'un des murs affichait : *Dieu donne une famille à ceux qui sont abandonnés, Il délivre les captifs et les rend heureux. Les rebelles seuls habitent des lieux arides. – Livre des Psaumes (68-7).*

Aucun des trois hommes n'était rasé. Ils avaient le nez rouge et les yeux délavés. Assis à une table couverte de cicatrices, chacun devant sa tasse de café et un cendrier, c'était tout juste s'ils levaient les yeux quand quelqu'un prononçait un mot. La conversation pouvait souvent tourner en longs monologues débités d'une voix de robot et personne n'était absolument sûr que les deux autres les aient compris.

Pour l'instant, c'était le marin torpillé, Lars Eliassen, qui avait la parole. Son histoire était vieille, et ils l'avaient déjà entendue, mais dans l'histoire locale de la guerre, le naufrage du vapeur *Vaaren*, le 16 décembre 1914 – au cours duquel les premiers marins de Bergen avaient perdu la vie à cause de la guerre – était un événement de taille.

« Je m'en souviens comme si c'était hier », racontait le marin baraqué, mais à présent affaissé.

Sa voix rouillée leur parvenait depuis une bonne grosse prise au coin de sa bouche, ce qui de temps à autre pouvait compliquer la compréhension des mots, le temps qu'il la remette en place d'un coup de langue.

« On allait de Tyne à Neapel, avec du charbon. À 20 h 30, on a sauté sur une mine, et tout le bateau a été salement secoué. Les dégâts étaient importants, et on a reçu l'ordre de monter dans les canots. Mais celui situé à bâbord ne pouvait pas servir, et tout l'équipage, dix-sept hommes, a dû aller à tribord. Quand on a touché l'eau, le bateau s'est retourné, et sept hommes ont disparu d'un coup. Trois gars sont remontés à bord, mais ils n'auraient pas dû. Le canot a été attiré vers les hélices, qui tournaient toujours, et ceux qui étaient à bord, avec le capitaine Walaas, ont été tués par les pales des hélices. Ce n'était pas beau à voir, les gars, j'en fais encore des cauchemars aujourd'hui, rien que d'y penser. Le canot a coulé, mais il est remonté, et nous n'avons plus été que quatre à nous cramponner – tous les autres avaient disparu – jusqu'à ce que nous soyons récupérés par un chalutier anglais qui nous a ramenés en Angleterre. Après ça, on ne m'a jamais fait retourner en mer. Les plus grosses vagues que j'aie vues, ce sont celles qui clapotent dans Vågen…

– Et dans ton verre de bière, intervint Ole Bruvik.

– Oui, dans les pintes, mais ça c'est une brise de coucher de soleil, hein ? »

Ole Bruvik avait les traits tirés. Il était encore plus mince que dans sa jeunesse, mais à présent de façon maladive, comme amaigri, et les longues et violentes quintes de toux qui le tourmentaient pouvaient faire penser à une affection sérieuse, si sérieuse qu'elle était rarement nommée par son véritable nom. C'est pourquoi il gardait également son mouchoir dissimulé entre ses mains quand il toussait et crachait des mucosités vers la fin des quintes, pour ensuite en faire une boule qu'il remettait immédiatement dans sa poche, sans y jeter le moindre coup d'œil.

Ole Bruvik n'était pas loquace. On prétendait qu'il avait été choqué pendant le grand incendie. Il n'était en tout état de cause jamais retourné à son poste chez Helgesen, ni dans Fjellveien ni dans les locaux provisoires de Torvalmenningen, et les rares fois où Helgesen le croisait dans la rue, l'autre filait en toute hâte, pour ne pas se trouver confronté aux questions de son ancien employeur. La seule de ses anciennes collègues avec qui il échangeait encore de temps en temps quelques mots était Mlle Pedersen, mais elle voulait toujours l'emmener à Betlehem pour y « entendre la parole du Seigneur et louer Dieu », comme elle disait, et ce n'était pas sa tasse de thé. Il ne croyait plus en Dieu, et s'il s'en trouvait un, il ne voulait pas avoir affaire à lui. – *Dehors, les chiens, les enchanteurs et les meurtriers – et Ole Bruvik,* ajouta-t-il pour lui-même, et il fut soudain de retour à Muren, ce samedi fatidique de janvier 1916. *C'est la seconde mort, l'étang de feu. Quiconque ne fut pas trouvé écrit dans le livre de vie fut jeté dans l'étang de feu.* Les semaines qui avaient suivi l'incendie, il avait participé aux travaux de nettoyage. Il avait ensuite cherché du travail pendant un bon moment, et s'en était allé pour la seconde fois quérir un poste à la compagnie de tramway, de nouveau sans succès. Il en vint donc à s'inscrire comme journalier sur le port, mais quand la guerre sous-marine éclata pour de bon, les périodes d'inactivité se multiplièrent là aussi. Au bout d'un an, il rentra chez lui. Il tenta vainement sa chance sur un bateau de pêche, mais il était pris de telles angoisses dès que la côte n'était plus en vue qu'il parvenait à peine à accomplir la moitié des tâches qu'on lui avait assignées, et après deux ou trois séances de cet acabit, le capitaine le débarqua. Durant quelques semaines cet automne-là, il aida son père et son frère aîné Torfinn à la ferme, mais c'étaient des gars travailleurs et pieux, qui se levaient en même temps que le soleil et qui ne se couchaient pas avant. C'est avec un mépris mal dissimulé qu'ils le regardaient, lui qui devait constamment s'arrêter pour souffler un peu et qui, le dimanche soir quand les autres allaient à la maison de prières, descendait chez Karl à Sjustøa pour se commander de l'eau-de-vie.

Dès l'automne 1917, il avait vagabondé en ville, pris des boulots au hasard, suffisamment pour entretenir sa consommation d'alcool, et pendant plusieurs années, il s'était trouvé en périphérie du milieu souterrain du Kjøttbasar et des gangs de Hollendergaten, ce qui à l'époque ressemblait à une forme de criminalité organisée, comprenant contrebande, distillation clandestine, achat et vente de marchandises volées. Il avait participé à quelques coups, une fois même à la Pentecôte chez le directeur Helgesen dans Fjellveien, une maison qu'il connaissait parfaitement, et où il avait donc pu trouver sans aucun problème aussi bien les bijoux de Mme Helgesen que les autres objets de valeur.

Il ne fit jamais ce à quoi il pensait souvent. Il n'alla jamais dans le Sunnfjord. Il n'avait aucune idée de ce qui était arrivé à Tordis. Mais même en 1924 au Hestestallen, où il entendait encore et encore le récit du naufrage du *Vaaren* par Lars Eliassen, il ne se passait pas une seule journée sans qu'il se la représente et ne murmure son nom en lui-même, comme un exorcisme – comme si cela devait suffire à la faire surgir de terre, à condition qu'il le veuille suffisamment fort.

« Il n'y a pas de justice, dans ce monde », asséna le troisième, Nils Henrik Hauge, cinquante ans bien sonnés, originaire de l'Eksingedal.

« Mon frère a été tué par la poulaille, lui. »

Ole Bruvik tourna lentement la tête dans sa direction.

« Par la police ? Quand ça ?

– En janvier 1900.

– 1900 ! Mais ça fait plus de vingt ans…

– Bientôt vingt-cinq.

– Qu'est-ce qui s'est passé ?

– Une grosse pointure de la ville, le consul Frimann, a été assassiné, et mon frère a compris petit à petit que c'était lui qui allait porter le chapeau. Il est rentré à Hauge, mais quand les condés sont venus le chercher, il s'est barré – et il a été tué dans sa fuite.

– Mais pourquoi s'est-il enfui, alors ? Je veux dire, si ce n'était pas lui le coupable. »

Nils Henrik Hauge posa sur lui un regard plein de mépris.

« Et tu poses la question ? Tu sais bien comment sont les flics. Il n'aurait jamais eu un procès équitable.

– Mais qu'est-ce que tu en penses, toi ?

– Qu'est-ce que tu veux dire ? S'il était coupable ?

– Oui ? »

Nils Henrik Hauge secoua résolument la tête.

« Moi, je n'ai jamais considéré que cette affaire était terminée. J'ai toujours été persuadé que ce n'était absolument pas Jens Andreas le coupable. »

Lars Eliassen s'immisça soudain dans la conversation.

« Tu as dit vingt-cinq ans ?

– Oui, c'est ce que ça fera, en janvier. Le jour de l'an, pour être tout à fait précis.

– Alors il y a prescription. Le coupable est aussi libre que l'ingénieur qui a conçu la mine sur laquelle a sauté le *Vaaren* !

– Exactement ! Tu trouves surprenant, alors, que je dise qu'il n'y a aucune justice dans ce monde ?

– Il faut que tu fasses quelque chose, répondit Lars Eliassen avec un regard de défi.

– Et quoi ?

– Oh, qu'est-ce que j'en sais ? »

Lars Eliassen haussa les épaules, se leva et alla au crachoir se débarrasser du chargement de mucosités brun noirâtre de la chique qui avait dessiné un fin liseré noir au coin de sa bouche.

« Faire quelque chose ! » renâcla Nils Henrik Hauge en le regardant s'en aller.

52

L'homme qui entra dans le commissariat de police de Bergen ce lundi 24 novembre 1924 avait fait un effort manifeste pour se faire beau pour l'occasion. De petites coupures sombres trahissaient que le rasage avait été effectué à la maison, et que sa main n'avait pas été d'une très grande sûreté. Sa moustache grise était coupée un peu trop court à une extrémité, ce qui conférait à son visage l'expression de quelqu'un qui arbore en permanence un sourire ironique. Son pardessus gris souris souillé de taches et ses chaussures marron avaient été brossés, mais force était de constater que le manteau comme les souliers n'étaient plus de toute première jeunesse. Le bonhomme était en outre complètement trempé à cause du temps fort pluvieux. Avant de s'approcher du planton, il se secoua vigoureusement, tel un chien mouillé, et un nuage de gouttes s'éleva autour de lui, comme d'une fontaine.

Après avoir passé des doigts tremblants dans sa moustache humide, il s'adressa au garde.

« J'aimerais voir l'un des enquêteurs qui s'occupaient de l'assassinat du consul Frimann… en 1900.

– En 1900 ? » Le jeune agent le regarda avec surprise. Pour lui, 1900 ou les guerres napoléoniennes, c'était tout aussi lointain. « Je vais me renseigner. Attendez un instant. » Il composa un numéro au téléphone et répéta la requête dans la trompe de bois. « Moland ? Mais il est sorti ? – Bon, j'attends. » Il fit un signe de tête au bonhomme de l'autre côté du guichet. « Ils sont en train de voir si quelqu'un d'autre là-haut peut… » Il s'interrompit. « Oui ? Berstad ? Bien ! Je peux le faire monter ? Très bien. À vos ordres. »

Il raccrocha son combiné, se pencha par-dessus le guichet et commença à expliquer le chemin pour parvenir jusqu'à la Brigade d'Investigations.

« Berstad ?

– Oui. M. l'inspecteur Berstad. »

Justement, la veille encore, lors de la promenade dominicale en montagne depuis Kvitebjørnen jusqu'à Tarlebø, puis en redescendant le Våkendal pour longer Svartediket, Ole Berstad avait laissé ses pensées vagabonder sur ce qu'entre collègues, on n'appelait jamais autrement que « l'affaire Frimann ».

Depuis son plus jeune âge, Ole Berstad avait été un marcheur invétéré, et il n'y avait pas un sommet à Bergen ou dans ses environs dont il n'ait fait l'ascension, depuis Gulfjellet jusqu'à Storavarden – oui, il pouvait élargir son répertoire à des régions autour d'Evanger ou Voss, entre le Masfjord et la Vikafjell – et aux Hardangervidda.

Lorsque la construction du tout premier chalet dans les montagnes de la ville, Bjørgvinhytten, avait été terminée en 1886, alors qu'il n'avait que treize ans, il avait été un assistant zélé des membres masculins nettement plus âgés que lui de Bjørgvin, le club de sport, qui avait pris l'initiative de ce chalet et était responsable de sa réalisation. C'étaient des garçons du Buekorps local, Skansen Kompani, qui avaient mis Bjørgvin sur pied, dont le ski était l'un des axes principaux. Dans Kalvelien, où les routes autour de Rundemanen rencontraient celles qui montaient de Tarlebø, les pentes étaient suffisamment raides pour que l'on y pratiquât aussi bien le saut à ski que la descente, et sur le flanc ouest de la vallée, où le soleil donnait rarement, la neige restait tous les hivers plus longtemps qu'ailleurs.

Ole Berstad, qui avait vécu toute sa vie chez ses parents dans Fjellgaten, était entré jeune au Buekorps. Lorsque celui-ci avait été réactivé en juin 1887 après avoir végété pendant deux ans, Ole Berstad fut rapidement élu lieutenant, puis quelques années plus tard chef. Le nombre de pelotons avait alors été augmenté, de sorte qu'ils purent défiler la tête haute sous le drapeau tout neuf portant le nouveau nom de la compagnie :

BATAILLON DE SKANDSEN. – Il avait passé de nombreuses soirées et de nombreux week-ends dans le chalet de Bjørgvin, ainsi qu'après 1892 et la création du nouveau club du quartier, Viking, qui avait précédé de peu le changement de nom de leur chalet.

Peu de temps auparavant, Viking avait construit un nouveau chalet, plus grand, au sommet de Vardeggen, et l'ancien avait été récupéré par les gars du club de sport de Pallas, à Hødden. C'était sous le panneau fraîchement forgé de Pallas qu'il s'était reposé, ce dimanche, assis le dos contre le mur blanchi à la chaux, pour savourer son casse-croûte et le café qu'il avait apporté dans un thermos. C'était peut-être justement parce qu'à cet endroit, il était toujours contraint de repartir dans le passé, vers sa jeunesse maintenant disparue, qu'il en vint à méditer sur le temps qui s'écoulait, sur les nombreuses affaires sur lesquelles il avait travaillé – dont « l'affaire Frimann ». *Bon sang, ça va faire vingt-cinq ans*, avait-il songé. *Vingt-cinq ans !*

Pour l'heure, il était assis à un bureau de l'autre côté duquel se trouvait un homme dans la petite cinquantaine, s'étant présenté comme Nils Henrik Hauge. Ole Berstad avait lui-même participé à son arrestation à la fin des années 1890, mais il avait de grosses difficultés à le reconnaître après tant d'années.

Il se renversa sur son siège et contempla ce natif de l'Eksingedal, visiblement nerveux, qui lui exposait les motifs de sa visite en termes hésitants :

« … sinon, avant que l'affaire ne soit enterrée pour de bon, par la poli… que la police y jette encore un coup d'œil, et se demande si c'est vraiment ça la vérité ?

– Avez-vous des informations à apporter, à cette occasion, monsieur Hauge ? s'enquit Berstad avec une politesse savamment étudiée.

– Oh, moi, non ! Tout ce que je sais… Mon frère n'était pas comme ça ! Ce n'était pas un assassin… Je les ai rencontrés, les vrais, ne vous en faites pas !

– Oui, hem… en prison, je suppose ?

– En prison, oui ! Mais dehors aussi ! Et je vous jure que c'est une tout autre espèce que celle à laquelle appartenait Jens Andreas.

– On sait pourtant d'expérience que même la personne la plus paisible peut attaquer, quand elle se sent menacée…

– Et comment Jens Andreas aurait-il pu se sentir menacé par le consul Frimann ?

– … ou par jalousie.

– Jalousie ! C'était inutile, de A à Z ! Il a bien dû comprendre que des fiançailles entre une fille de Bergen si raffinée, même si elle ne venait pas des couches sociales les plus élevées, et un fils de fermier de l'Eksingedal, ça ne pouvait pas marcher ! C'était un rêveur, Jens Andreas. Des touches avec les filles, il en avait toujours, beau et sympa comme il était. Mais jaloux ? Il s'en serait vite trouvé une autre ! »

Berstad le regarda attentivement.

« Vous estimez donc que nous devrions chercher un autre motif ?

– Et d'autres candidats, oui ! Ce n'était pas Jens Andreas !

– Alors pourquoi s'est-il suicidé ?

– C'est ce qu'il a fait ?

– Pourq… » Il s'interrompit. « Que voulez-vous dire ?

– Vous ne l'avez pas tué ? Vous… et l'autre qui était avec vous ? »

Berstad se leva, livide.

« Bon, écoutez-moi attentivement, mon bon monsieur ! C'était un suicide indiscutable, ce que mon collègue aussi bien que moi pouvons attester !

– Ah oui ? Ce n'est pas ce que j'ai entendu !

– Dans ce cas, je crois que nous allons mettre un terme à cette entrevue, monsieur Hauge !

– Oui, je ne peux pas dire que je m'attendais à autre chose ! s'emporta l'Eksingedøl. Mais je me disais qu'à défaut d'autre chose, au moins pour la réputation posthume de Jens Andreas, il fallait qu'on puisse dire… que j'avais essayé, en tout cas.

– Vous avez fait votre devoir, répliqua Ole Berstad. Allez-vous-en.

– Au revoir, monsieur l'inspecteur.

– Adieu ! »

Après le départ de Nils Henrik Hauge, Berstad alla se poster près de la fenêtre. Il devait bien l'admettre : le bonhomme avait réveillé son intérêt pour cette affaire. Il se sentait à présent presque obligé de se replonger dedans une fois de plus – et ce, non seulement à cause de Nils Henrik Hauge, mais aussi vis-à-vis de sa propre conscience.

Après être allé chercher le dossier dans la cave chaulée et bien isolée dont ils se servaient pour archiver les vieilles affaires, il ferma la porte, s'installa confortablement et parcourut méthodiquement tous les documents, en notant sur une feuille à part noms et autres renseignements importants.

Sur le coup de 16 heures, lorsque Moland passa la tête à la porte, il avait pour ainsi dire terminé.

« Qu'est-ce qui t'absorbe à ce point ? voulut savoir Moland.

– L'affaire Frimann. Tu t'en souviens ?

– L'affaire Frimann ? Où diantre es-tu allé rechercher ça ? »

En novembre 1924, Christian Moland avait cinquante-cinq ans. Avec ses bons quatre-vingt-dix kilos répartis sur à peine cent quatre-vingts centimètres, il était indubitablement dans la catégorie la plus lourde, et ce fut avec un profond soupir qu'il s'assit dans le fauteuil de l'autre côté du bureau de Berstad.

« On m'a soumis une demande.

– Qui ?

– Nils Henrik Hauge. Tu te souviens de lui ?

– Oh oui, acquiesça Moland. Il est venu ici ?

– Oui. Tu étais absent, alors c'est à moi qu'on l'a envoyé.

– Et que voulait-il ?

– Nous rappeler qu'il y aurait prescription sur cette affaire à la fin de l'année. Il a prétendu ne pas pouvoir croire que son frère ait réellement pu être le coupable, et il se demandait si la police ne devait pas revoir les documents du dossier encore une fois. Et c'est donc ce que j'ai fait.

– L'inactivité te pèse, je vois…

– Bon… » Berstad haussa les épaules. « Quoi qu'il en soit, j'y ai passé quelques heures.

– Et tu es parvenu à de nouvelles conclusions ? grinça Moland.

– Eh bien… Peut-être de nouvelles questions, en tous les cas.

– Ah oui ? Vas-y, je t'écoute…

– L'affaire en elle-même, je n'ai pas besoin de te la résumer. Tu la connais aussi bien que moi. »

Moland hocha la tête.

« Apparemment, elle a aussi été résolue. Mais… Est-ce qu'il s'est passé quelque chose par la suite, qui la rende de nouveau actuelle ?

– Eh bien…

– Cela fait au moins deux fois que l'on se demande sérieusement s'il pourrait y avoir des liens. La première fois, quand le comédien Robert Gade s'est suicidé, lui aussi… en 1909. Sans laisser aucune lettre.

– D'accord, d'accord, mais on a découvert qu'il y avait eu de tout autres raisons à son suicide…

– Bien ! Je signale simplement que c'est la première fois que nous avons vu ressurgir l'affaire Frimann, et que nous avons une fois de plus interprété un suicide comme des aveux potentiels. – C'était peut-être Robert Gade, le coupable, à l'époque, et non Jens Andreas Hauge ?

– Oui, je me rappelle. Mais c'était en 1909. Maintenant, on est en 1924, Gade et Hauge sont morts depuis si longtemps que…

– Mais je ne dis pas que c'était Gade ! La deuxième fois, c'était en 1914, quand Calle Frimann a passé à tabac cette… demoiselle Pedersen. Et nous nous sommes posé la question : quelle était véritablement la valeur de l'alibi de Calle Frimann, à ce moment-là, en 1900 ?

– Mais il tenait, non ?

– Quelle quantité de travail a-t-on consacrée à le contrôler ? Un autre facteur intéressant, ici, c'est Mlle Pedersen. Le dénominateur commun entre les trois affaires.

– Oui…

– Elle avait peut-être d'autres… comment dire… connaissances, qui se seraient senties choquées en lisant dans la presse que le consul Frimann l'emmenait avec lui à des réceptions officielles, en quelque sorte…

– Eh bien… Mais ça ne sert à rien, bientôt vingt-cinq ans après les faits, de poser les questions que nous aurions dû poser en 1900. Krohn-Hansen est mort, Robert Gade est mort… D'autres, peut-être…

– Et comment ! approuva Berstad en baissant les yeux sur ses notes. La voisine de la famille Frimann, Mme Troye… Mais il y a une autre personne… Tu te souviens de Cathrine Tufte, la bonne des Frimann ?

– Pas plus que ça. »

Le regard de Berstad se perdit devant lui.

« C'est curieux la façon dont certains détails se fixent. Mais en relisant ces papiers, je me suis brusquement rendu compte… Tu comprends, une période datant de dix ou quinze ans, je ne peux rien dire de plus précis… C'est-à-dire, nous étions encore à Rådstuplass, et c'était donc avant 1916… Il y avait une femme qui s'arrêtait régulièrement sur la place. Quelquefois, elle faisait les cent pas, nerveusement, en lançant des coups d'œil vers nos fenêtres. À deux ou trois reprises, j'ai eu l'impression qu'elle était sur le point d'entrer.

– Oui ?

– J'en suis venu à l'observer, plusieurs fois. Et tout le temps, j'avais le sentiment diffus de l'avoir déjà rencontrée. Mais ça m'est revenu, aujourd'hui, quand j'ai vu son nom dans l'une de nos listes, c'était elle. Cathrine Tufte.

– Et ça voudrait dire, d'après ce que tu insinues, qu'elle avait quelque chose, là, qu'elle brûlait de… dont elle voulait nous parler ?

– Par exemple ? »

Moland fit un large geste des bras.

« Eh bien, ça, ce n'est peut-être pas trop tard pour le découvrir. On doit bien pouvoir la retrouver.

– Exactement. C'est en tout cas ce que je compte faire.

– En tout cas ? répéta Moland en se tortillant, mal à l'aise. Il y a d'autres choses ?

– Cette Mlle Pedersen, elle n'avait pas de famille ? »

Moland fit mine de réfléchir.

« Si, une sœur… Et un frère ! Tu ne te rappelles pas, en 1914 ? On l'a vu, rapidement, à Haukeland.

– Non, tu y étais seul, Christian.

– Ah oui, c'est bien possible… Mais quoi qu'il en soit… Le douanier Pedersen, si ma mémoire est bonne.

– Eh bien… Pourquoi ne l'a-t-on jamais entendu, ni en 1900, ni plus tard ?

– Ça… » Moland haussa les épaules. « Tu le sais bien. L'enquête n'a jamais été très approfondie, parce que la réponse a été évidente quasi immédiatement.

– La réponse apparente, oui !

– Oui…

– La dernière question que je pensais aborder avec toi… ou au moins sur laquelle j'envisageais de te demander de réfléchir un peu, concerne *le motif*. Sommes-nous si certains qu'il s'agissait de jalousie ? Et le cas échéant, sommes-nous si certains que cela concernait la relation que nous avons considérée comme évidente et pas une autre ? Et s'il y avait un tout autre motif ? Est-ce que ça n'aurait pas pu être une simple tentative de vol, interrompue pour je ne sais quelle raison ? Pourquoi la source ne se situerait-elle pas dans le milieu des affaires ? Quelqu'un qui lui devait de l'argent, par exemple ? Quelqu'un qui avait été victime des spéculations presque ludiques – à ce que les gens ont dit – de Frimann ?

– Oui, mais on a déjà exploré tout ça, en 1900 aussi !

– Étaient-ce les relations familiales qui étaient derrière ? On a déjà mentionné Calle Frimann. La petite dernière n'avait pas encore deux ans, et on doit donc la considérer comme hors de tout soupçon…

– Imagine, Hedda[8] ! commenta Moland avec un sourire en coin.

–… tandis que son autre fille, Sofie Helene, épouse Sundt, avait dix-sept ans et était à la maison quand son père a été tué. Elle n'a aucun alibi. Mais avait-elle un motif ?

– Tu ne penses pas à…

– Ce que je me demande, c'est si ce ne sont justement pas des choses comme celles-là que les bonnes peuvent remarquer… Je veux dire, des traces de… des choses bizarres entre les quatre murs de la maison ? Est-ce que ça pouvait être des révélations de ce genre qu'elle hésitait à nous faire, dix ou quinze ans trop tard ?

– Eh bien, répéta Moland en effectuant à nouveau un large geste des bras. Il n'y a probablement qu'un moyen de le savoir !

– Demain, Christian, approuva Berstad. Demain.

53

Cependant, le lendemain matin, Moland eut d'autres sujets de préoccupation. À peine s'était-il assis à son bureau que Haldis Stien, l'une des deux inspectrices du commissariat, apparut à la porte.

« Cette nuit, nous avons arrêté quelqu'un qui refuse de parler avec qui que ce soit en dehors de vous, monsieur Moland ! annonça-t-elle avec malice.

– Ah oui ?

– Une vieille connaissance, peut-être ?

– Comment s'appelle-t-il ? »

Très court temps d'arrêt.

« S'appelle-t-*elle*…

– Alors comment s'appelle-t-elle ?! s'énerva Moland.

– Anna Karoliussen, a-t-elle déclaré. *Mademoiselle*, en quelque sorte.

– Anna Karoliussen ? Ça ne me dit rien.

– Peut-être que si vous la voyiez… »

Moland n'appréciait ni ce qu'elle insinuait ni la façon dont elle le faisait, et l'expression de son visage le lui fit bien comprendre. Mais il se leva à contrecœur et descendit avec elle jusqu'aux cellules de détention provisoire aménagées au sous-sol.

Les deux premières inspectrices de police étaient entrées au commissariat en 1912 et avaient rapidement été affectées aux Mœurs, où, pensait-on, elles se rendraient le plus utiles.

Le service abondait en affaires non résolues. Les derniers lupanars de Bergen, dans le quartier portuaire de Nøstet, avaient fermé en 1875, ce qui ne signifiait pas que la prostitution avait été éradiquée. Depuis, ce quartier avait drainé les « racoleuses », qui opéraient depuis des studios du quartier, certaines pour leur compte, d'autres aidées par des « hôtes » ou des « hôtesses » bienveillants.

Haldis Stien était une femme massive aux cheveux lisses gris souris, coupés plus ou moins au bol, comme chez une petite fille. Elle était habillée de façon stricte en tailleur sport brun foncé, chaussures robustes et chaussettes beige.

« Dans quelles circonstances cette femme a-t-elle été arrêtée ? s'enquit Moland dans l'escalier.

– Comportement ouvertement obscène. On l'a observée dans Nøstegaten, où elle avait été abordée par un marin allemand. Ils ont passé un accord, nous avons vu qu'elle recevait de l'argent, et nous les avons ensuite suivis jusqu'à une maison dans Ross-smuget, où elle a été arrêtée au moment où elle entrait dans une chambre au rez-de-chaussée.

– Et le marin ?

– Oh, il a été entendu sur place, répondit-elle en lui jetant un coup d'œil rapide. Son nom et celui de son bateau ont été notés, conformément aux instructions. Il a ensuite été relâché. Un citoyen étranger, si je peux me permettre de...

– Oui, oui... la repoussa Moland. A-t-il avoué... la transaction ?

– Que pouvait-il faire d'autre ?

– Et elle ? »

Elle prit à nouveau un air équivoque.

« Eh bien, encore une fois... Elle a immédiatement demandé après vous. Elle refusait de parler à qui que ce soit d'autre, a-t-elle dit ! »

Moland secoua légèrement la tête.

« Bon, ne me regardez pas comme ça, mademoiselle Stien ! Je n'ai pas coutume d'aller traîner dans ces quartiers !

– Jamais ? murmura-t-elle.

– Pas même dans l'exercice de mes fonctions !

– Oh, je ne fais que répéter ce que cette demoiselle a dit... »

Ils étaient arrivés.

À travers une ouverture fermée par une grille en forme de croix, ils distinguèrent les murs humides et grossièrement bétonnés de la cellule. Haldis Stien fit cliqueter son trousseau et déverrouilla la porte de bois massif. Elle la tint à Moland, le laissant entrer le premier.

La bonde ouverte dans le sol dégageait une odeur âcre. Un plateau en fer-blanc et une tasse renversée occupaient un petit tabouret. La jeune femme qui était assise tout au fond de la paillasse en bois, dans le coin de la pièce, les jambes repliées sous elle et les bras croisés devant la poitrine, le fixait d'un regard mauvais.

Elle s'était enroulée dans la couverture gris-brun que l'on trouvait dans chaque cellule. Les pointes de ses hautes bottines noires apparaissaient en dessous. Ses cheveux étaient sombres et en bataille, ses lèvres pulpeuses et boudeuses. Sa bouche rouge sang et ses yeux bleus pleins de défi soulignés de cercles noirs révélaient un maquillage excessif. Il y avait une forme de beauté sauvage et défraîchie en elle, mais son âge était difficile à déterminer, et il pouvait jurer, en son âme et conscience, ne l'avoir jamais vue.

Il s'arrêta à la porte, et entendit Haldis Stien s'agiter derrière lui.

« Mademoiselle Karoliussen ? » demanda-t-il prudemment.

La femme lui retourna un coup d'œil assassin.

« Je suis l'inspecteur principal Moland. Vous avez demandé à me voir. »

Elle fit un rapide signe de tête.

« Ma tante m'a dit que si jamais... Si la police... Qu'il fallait que je vous demande. »

Moland se tourna à moitié, comme pour s'assurer que sa collègue avait bien tout compris.

« Bien... votre *tante*... et elle s'appelle ?

– Tante Maren. »

Pendant un court instant, il ne la vit plus.

« Maren Kristine Pedersen ! s'emporta-t-elle. Elle a dit que vous la connaissiez !

– Ah... » Moland se ressaisit, encore sous le choc. « Mlle Pedersen... » Il se tourna de nouveau vers Haldis Stien. « Elle a témoigné dans une affaire, il y a longtemps... Et en plus...

– En plus... ? » répéta Haldis Stien avec une lueur presque venimeuse dans les yeux, comme pour dire *vous, les hommes, vous avez bien toujours une excuse sous la main.*

« Oui, elle… commença Moland en agitant vaguement une main… a été victime d'une agression, si je me souviens bien. » Il se tourna de nouveau vers la détenue. « Ça doit faire au moins dix ans… »

La jeune femme haussa les épaules avec indifférence.

« Tout ce qu'elle a dit, c'est que je devais demander après vous…

– Oui, je… » Il s'adressa derechef à Haldis Stien. « Qu'avez-vous prévu de faire ? »

L'inspectrice posa sur Anna Karoliussen un œil sévère.

« Elle est encore inconnue dans nos registres, en conséquence de quoi… Elle va écoper d'une amende, où, à défaut, d'une peine de prison. En cas de récidive, la peine sera plus lourde. Par ailleurs, nous essayons de leur parler, de nous renseigner sur leurs relations secrètes, éventuellement de les aider à trouver un emploi, si c'est possible. »

Les derniers mots furent prononcés sur un ton qui était loin d'augurer le meilleur en matière de résultats.

Moland hocha la tête.

« J'aimerais beaucoup que nous procédions à un interrogatoire formel, là-haut, en votre présence. Ça vous va ?

– Bien entendu. » Elle jeta un coup d'œil devant lui, dans la cellule. « Vous avez entendu ? Venez avec nous ! »

Anna Karoliussen replia la couverture sur le côté et se leva d'un bond. Elle portait une robe mi-longue vert bouteille au décolleté profond et fendue sur le côté d'une entaille qui remontait dix centimètres au-dessus du genou, sur des bas sombres.

Dans le couloir, elle s'arrêta et son regard se perdit devant elle, en attendant que l'inspectrice ait refermé la porte. Elle suivit Moland jusqu'à l'une des salles d'interrogatoire au premier étage, talonnée par Haldis Stien, qui constituait l'arrière-garde.

Ils prirent place autour d'une lourde table rustique. Moland posa un bloc de papier brouillon et un crayon brun devant lui, mais il ne semblait pas décidé à prendre des notes. Haldis Stien aussi avait sorti un bloc, et elle lança un coup d'œil interrogateur à Moland qui répondit d'un petit signe de tête indiquant qu'elle pouvait écrire.

« Votre nom complet, c'est donc…

– Anna Karoliussen.

– Et… où et quand êtes-vous née ?

– À Bergen. En 1903.

– Vos parents…

– Mon père était le matelot Ole Karoliussen. Il est mort au cours d'un torpillage en 1917. Ma mère – Synneva Karoliussen, née Pedersen. »

Moland toussota.

« Et… Vous avez… une profession ? »

Haldis Stien renâcla tout haut, et il la réprimanda d'un regard.

« J'aide ma mère, avec mes frères et sœurs… Sa santé n'est pas bonne, depuis la mort de mon père, elle…

– … Oui ?

– Elle passe son temps à attendre qu'il revienne. Elle n'a jamais perdu espoir.

– Il n'a jamais été retrouvé ?

– Non. Ils sont tous morts, sauf un.

– Je comprends… Combien de frères et sœurs avez-vous ?

– Il y a Karl, l'aîné, qui est marin, lui aussi, et il n'est plus à la maison depuis 1922. Et puis il y a Nilsine, qui a déménagé. Elle a une place de domestique à Fana. Mais Lars, qui est en apprentissage chez un ébéniste, et Sara, qui va à l'école, vivent encore à la maison.

– Où habitez-vous ?

– Dans Nykirkesmittet. »

Haldis Stien toussota.

« Et votre petite chambre à Nøstet, alors ? »

Anna Karoliussen baissa un regard buté.

« Équipée d'un lit et d'un lavabo », ajouta l'inspectrice.

La jeune femme releva brusquement les yeux.

« J'ai besoin d'un endroit où être seule, non ? répliqua-t-elle en fusillant son interlocutrice du regard. Après avoir vécu à la maison, dans une pièce ou deux, pendant toutes ces années… et avoir toujours dû partager une chambre avec d'autres !

– Seule, tu parles ! répéta Haldis Stien. C'était le ramoneur que vous aviez invité chez vous, hier au soir, alors ? »

Le jeune visage se durcit, les lèvres rouges se rétrécirent.

« Personne n'aurait payé pour entrer chez vous, en tout cas !

– C'est une gifle, que vous cherchez ?

– Holà, holà, HOLÀ ! intervint Moland. Et si on terminait notre entretien en personnes civilisées ? Vous admettez donc avoir reçu rétribution de ce... de cet Allemand ? »

Elle pinça les lèvres, mais hocha la tête à contrecœur.

« Ils ne sont pas si généreux, à l'Assistance Publique, si c'est ce que vous pensez ! Si vous connaissiez ma mère... C'est grâce à moi si Sara peut continuer à aller à l'école. Sinon, elle aurait été obligée de se mettre à travailler, elle aussi.

– Mais, il y a d'autres boulots...

– Quand votre mère va si mal qu'elle ne peut même pas s'occuper de la maison ! Qui ferait à manger, qui raccommoderait les vêtements, et *quand* est-ce que je le ferais ? Vous pouvez me le dire, ça, peut-être ? Les nuits, c'est tout ce qu'il me reste !

– Mais votre... tante... Et vous n'avez pas un oncle, également ?

– Si, merci ! M. le douanier et ses merveilleux gamins. On a pu compter sur eux, tiens !

– Mais...

– Oui ?

– Eh bien... » Il fit un large geste des bras. « Vous ne souhaitez quand même pas *mener* une vie pareille indéfiniment ?

– Non, répondit-elle en se tortillant sur son banc. Certainement pas. Ce que je veux, c'est... une vie comme tout le monde... Me marier, avoir une famille, moi aussi – peut-être.

– Oui, c'est ce que j'entendais ! Écoutez, mademoiselle Karoliussen, commença-t-il en se penchant en avant. Voici ce que l'on va faire... Ceci, c'était... quelque chose qui n'aurait pas dû arriver. On tire un trait sur tout ça...

– Quoi ?! s'exclama Haldis Stien. Mais monsieur Moland ! Le règlement...

– Êtes-vous donc totalement dépourvue d'altruisme ?! s'écria Moland. N'entendez-vous pas ce qu'elle vous dit ? Qu'auriez-vous fait dans sa situation ?

– Je me serais plutôt laissée mourir !

– Oui, oui, mais montrons un peu de… d'égards envers un être humain. » Il se tourna de nouveau vers la jeune femme. « Vous rendez votre chambre à Nøstet, vous vous inscrivez à l'agence pour l'emploi – je vais moi-même vous rédiger une lettre de recommandation…

– Sur quelles bases, on peut se poser la question », grommela Haldis Stien piquée au vif, mais à voix basse.

Anna Karoliussen aussi le regarda avec scepticisme.

« Et vous croyez que ça va m'aider ? »

Moland hocha résolument la tête et se leva.

« Je vais maintenant… vous reconduire chez votre mère.

– Ah, mais…

– Si, si, pas de protestations ! »

Il ouvrit la porte et cria dans le couloir.

« Ohé ? Il y a quelqu'un ? »

Un agent passa la tête hors de la pièce voisine.

« Oui… monsieur l'inspecteur principal ?

– Vous pouvez faire venir l'une des deux voitures ?

– Je vais voir s'il y en a une de libre.

– C'est à leur véhicule que l'on reconnaît les personnages importants ! commenta Haldis Stien, qui n'avait pas décoléré.

– En conséquence de quoi l'invitation ne vous concerne pas ! aboya Moland en retour.

– Êtes-vous certain de ne pas avoir besoin… de duègne, monsieur Moland ? »

Il lui lança un regard mauvais.

« Saint Paul avait raison, alors, soupira-t-il. Les femmes *devraient* se taire en public… tant qu'elles n'ont rien de sensé à dire. »

Revenu à la porte, l'agent annonça avec déférence :

« La voiture est là, monsieur l'inspecteur principal.

– Merci. » Avec une élégance pleine d'ironie, il présenta son bras à Anna Karoliussen. « Mademoiselle ? Me permettez-vous ? »

Sans accorder le moindre regard à Haldis Stien, ils passèrent la porte de concert, tel un couple ouvrant le bal.

54

À la fin de leur journée de travail, Christian Moland et Ole Berstad eurent deux conversations – il serait exagéré de les appeler auditions – en rapport avec une affaire Frimann à présent vieille de presque vingt-cinq ans.

À 14 heures, ils avaient rendez-vous avec le douanier Walther Pedersen à son bureau de Tollkammerbygningen, tout au bout de Nordnes. S'accordant une bonne marge, ils empruntèrent la ligne 4 à Rådstuplass et remontèrent en tram la nouvelle Christian Michelsens gate, pour continuer dans Store Markevei. En passant Smørsbroen, après avoir traversé la rue naguère appelée Smørsalmen-ningen, récemment aménagée et qui portait à présent le nom de Jon Smørs gate, ils purent contempler de grandes parties de l'ancienne zone incendiée. En bas, dans Strandgaten, certains des nouveaux bâtiments étaient en cours de construction, avec leurs hauteurs d'étages différentes, et le nouveau schéma de rues émergeait pour de bon.

Ils descendirent au terminus de Haugeveien, au pied de l'imposante école de marine coiffée d'une coupole aux allures d'observatoire. En haut de la rue se dressait le nouveau bâtiment rouge et jaune de l'école de Nordnes, reconstruite en 1903, et en descendant vers Tollbodal-menningen, ils passèrent devant l'ancienne école peinte en jaune qui avait été reconvertie en orphelinat. Du sommet des communaux, ils découvrirent l'agencement anarchique de petites maisons de bois qui exploitaient le moindre espace libre sur les pentes entre Haugeveien et Sliberget. Nordnesveien serpentait parmi un si grand nombre de parties proéminentes qu'il était impossible de voir d'un bout à l'autre.

Le bureau des Douanes datait de 1761. Haut de deux étages et blanchi à la chaux, il ressemblait à une maison individuelle tout en bas des communaux, avec son portail cintré et son grand toit en coupole couvert de tuiles noires vernies. De part et d'autre, se déployaient en hauteur deux cimes de tilleul, nues en ce mois de novembre.

Ils trouvèrent le douanier Pedersen dans son bureau au premier étage. Un homme maigre d'une cinquantaine d'années, aux cheveux sombres, les reçut en les étudiant d'un regard si perçant qu'il rendait vaine toute tentative de contrebande. Tandis que le reste de la société stagnait joyeusement durant les années qui suivirent la guerre, la prohibition avait ouvert un âge d'or pour lui et son administration, ce fut donc un fonctionnaire représentant à la fois la sécurité et irradiant de confiance en soi qui accueillit les deux policiers.

« En réalité, je n'ai pas bien saisi de quoi il était question, expliqua-t-il en prenant place derrière son bureau bien lustré. Une affaire ancienne de bientôt vingt-cinq ans, à ce que j'ai cru comprendre… »

Ce fut Berstad qui prit la parole.

« Il s'agit de votre sœur, Mlle Pedersen.

– Maren Kristine ?

– Vous vous souvenez peut-être que l'ancien fiancé de votre sœur, un certain Jens Andreas Hauge, s'est suicidé en fuyant la police, alors qu'il était soupçonné du meurtre du consul Frimann, assassiné dans la nuit de la Saint-Sylvestre 1899 ?

– Ah, cette affaire-là… Seigneur, ça va faire…

– Exactement. C'est pour cela que nous sommes ici, répondit sèchement Berstad.

– Avant qu'elle soit frappée de prescription, ajouta Moland sur un ton nettement plus doux.

– Mais pourquoi, bon sang ? Que puis-je faire ? Je n'ai jamais eu aucune tendresse particulière pour ce Hauge. C'était un voyou charmant et sympathique, d'accord… mais ces fiançailles étaient une mésalliance, et personne n'a été plus soulagé que moi quand elles ont été rompues.

– Personne ? Si heureux ? tiqua Berstad. Vous aviez une relation particulièrement proche avec votre sœur, peut-être ?

– Particulièrement proche ? » Deux plaques rouges étaient apparues tout en haut des joues de Walther Pedersen. « À quoi faites-vous allusion, exactement ? »

Moland ne le quittait pas des yeux. *Tu n'as pas idée à quel point tu peux avoir raison, Ole ! Tu n'as pas idée...*

« Oh, je pouvais simplement faire allusion à un besoin particulier de la protéger, par exemple. » Devant l'absence de réaction de Pedersen, Berstad poursuivit, sur le même ton artificiellement aimable : « Elle est plus jeune que vous de quelques années, n'est-ce pas ?

– Au contraire ! Elle a un an de plus... Sans que je voie bien l'intérêt que cela peut avoir... Si j'avais su que d'une façon ou d'une autre, elle... Dans ce cas, je l'aurais protégée. Mais la seule fois où, à ma connaissance, elle a subi un préjudice, c'était en 1914, quand elle a été agressée chez elle !

– Par le fils du consul Frimann...

– Oui.

– Vous n'aviez donc pas connaissance de... ses autres fréquentations masculines ?

– Fréquentations masculines ? » Il émit un petit rire dénué de sympathie. « Mon cher monsieur... Maren Kristine est une paroissienne hautement respectée de l'Indremisjon norvégienne, et si vous évoquiez ce genre de chose à Betlehem, l'assistance vous regarderait avec incrédulité.

– Je ne parlais pas d'aujourd'hui, mais de 1899...

– Sur mon honneur, monsieur le policier... Dans ce cas, ce n'est plus de ma sœur, que vous parlez, mais d'une tout autre personne...

– Que voulez-vous dire ? Vous lui refusez votre aide ?

– Non ! Je veux dire que... dans ce cas, vous vous trompez. Ma sœur n'était pas... comme ça. Elle ne l'a jamais été. » Walther Pedersen se leva derrière son bureau. « Et si vous voulez bien m'excuser, messieurs, mais à présent, j'ai d'autres choses auxquelles consacrer mon temps. »

Aucun des deux policiers ne fit mine de vouloir se lever.

« Alors nous allons pouvoir vous révéler quelque chose que vous ne savez pas, monsieur le douanier, commença Berstad d'une voix aigre-douce. Votre sœur était la maîtresse du consul Frimann, et nous avons de bonnes raisons de supposer que c'est précisément pour cette raison... qu'il a été supprimé. »

Le douanier empoigna le dossier de la chaise, comme pour se cramponner.

« La maît…

– Et bien des choses indiquent qu'il n'était de loin pas le seul homme avec lequel elle avait régulièrement des relations. Quel que soit le Seigneur qu'elle loue aujourd'hui, que ce soit à Betlehem ou ailleurs, son mode de vie était relativement différent en 1899. »

Pedersen chancela, mais ne lâcha pas prise.

Vous pourriez en imaginer la raison, peut-être ? Qui fut le tout premier, par exemple ? La question tournoyait dans la tête de Moland, mais elle ne parvint jamais à ses lèvres. Il avait trop à perdre lui-même.

« Oui, et alors ? » murmura Pedersen.

C'était toujours Berstad qui dirigeait l'entretien.

« Nous comprenons que vous êtes une personne à la moralité irréprochable, monsieur Pedersen. »

Une personne susceptible aurait sans aucun doute pu interpréter le silence qu'il laissa planer comme insultant.

« Nous n'envisageons pas comme une impossibilité que vous puissiez choisir de vous conduire comme le chevalier moral de votre sœur en armure étincelante et… eh bien, défendre son honneur, si vous comprenez… »

Le douanier était manifestement ébranlé.

« En d'autres termes, il me reste à vous poser certaines questions concrètes, monsieur Pedersen. Où étiez-vous dans la nuit du 31 décembre 1899 au 1er janvier 1900, disons entre 1 h 30 et 4 h 30 ? »

Pedersen se rassit, si lourdement que les pieds de son fauteuil grincèrent. Les deux policiers l'observaient avec attention pour ne laisser échapper aucun détail dans ses réactions. Il se mit à faire des moulinets avec les bras.

« Mais qui peut s'en souvenir… si longtemps après ? »

Ils le perçurent comme une question rhétorique, et ne se donnèrent pas la peine de répondre.

« C'était donc – la veille du nouvel an… 1899… Je n'ai pas épousé Bodil avant 1904 – oui, je n'avais même pas rencontré… » Il manifesta son découragement par un grand geste des bras. « Non, j'avais dû sortir… faire la fête, avec quelques copains.

– Vous ne vous rappelez pas qui ? »

Il leur retourna un regard plein d'acrimonie.

« Et vous, vous vous souvenez où vous étiez, le soir du nouvel an 1900 ? »

Moland hocha doucement la tête.

« Oui. En raison de ces circonstances imprévues, il se trouve que nous nous en souvenons.

– Bon d'accord ! Mais pour moi, ces circonstances ont lieu aujourd'hui ! Si je dois apporter une réponse, il va falloir que je cherche Dieu sait où… Je ne peux tout simplement donner aucune réponse, et aucun policier au monde ne pourra me convaincre du contraire, aussi longtemps que je saurai, ici… » Il posa une main sur sa poitrine. « … que je n'ai jamais rien fait de mal – comme ce que vous insinuez…

– Vous refusez donc de répondre ? aboya Berstad.

– Refuser ? Je ne peux pas ! Je n'en ai aucune idée ! » s'écria Walther Pedersen. Pour la seconde fois, il se leva de son fauteuil. « Et si vous n'avez rien de plus concret à avancer, je vous prierais de bien vouloir quitter mon bureau sur-le-champ. »

Les deux policiers se levèrent lentement. Le chapeau à la main, Moland lui jeta un coup d'œil de biais.

« Vous avez une autre sœur, monsieur le douanier…

– Oui ? Et alors ? répondit Pedersen avec un regard des plus froids.

– Oh rien, si ce n'est que je suis passé chez elle, un peu plus tôt dans la journée, en compagnie de votre nièce, Anna.

– Ah oui ? »

Pedersen passa devant lui et leur ouvrit la porte d'un geste impatient.

« Vous n'avez plus tellement de relations avec cette partie de la famille, si j'ai bien compris ?

– Non ? Et en quoi cela vous regarde-t-il ?

– Oh, je… » Au moment de remettre son chapeau sur sa tête, il conclut : « Nous apprécierions que vous évitiez de mentionner cette conversation à qui que ce soit, monsieur Pedersen. Particulièrement à votre sœur, Mlle Pe…

– Je peux vous assurer que je ne le ferai pas. Elle en crèverait sur place. De honte ! »

« – Ah oui ? » murmura Ole Berstad lorsqu'ils furent hors de portée de voix.

Christian Moland ne répondit pas.

Dans le tram de Møhlenpris, il resta plongé dans ses pensées. La petite maison de la veuve Synneva Karoliussen et des trois enfants qui habitaient encore avec elle dans Nykirkesmittet lui avait fait une grosse impression. À quarante-cinq ans, la sœur de Maren Kristine était chenue avant l'âge. Elle n'avait pas bougé de son siège dans un coin de l'étroite cuisine, penchée en avant comme si elle souffrait, sale et pas soignée, réagissant à peine quand Moland avait accompagné la jeune femme dans la pièce. Il y flottait une odeur nauséabonde de vieux restes alimentaires et de graisse rance, et même la tentative d'Anna pour passer un chiffon humide sur la table et la paillasse, où un pain entamé et du papier sulfurisé taché de graisse jaunie semblaient figurer les vestiges d'un petit-déjeuner, n'arrangea pas beaucoup le tableau.

« Vous comprenez que je veuille m'en aller ? » s'était-elle écriée avec découragement avant de diriger son agressivité vers le policier d'âge mûr. « Je ne lâcherai pas cette chambre à Nøstet ! Pas question ! – Je… »

Moland avait écarté les bras, ne sachant que faire d'autre, et elle s'était plantée au beau milieu de la pièce, dans une attitude pleine de défi :

« Et d'abord, pourquoi avez-vous insisté pour me raccompagner chez moi ?

– Je voulais simplement m'assurer que vous… »

Elle posa ses poings sur ses hanches.

« Tante Maren m'a dit que vous étiez toujours si… compréhensif… dans votre jeunesse… »

Il l'avait laissée là, sans rien d'autre à dire, sans rien d'autre à faire, s'enfuyant presque.

Ils descendirent du tram au terminus de Thormøhlens gate. Lorsqu'ils furent arrivés à Trikkebyen, Moland regarda autour de lui dans la cour de l'immeuble.

« Mon fils habite ici, avec sa famille…

– Ah ? répondit Berstad sans plus d'intérêt en cherchant du regard le bon escalier.

– Per Christian. Il est conducteur de tramway.

– … Ah oui ? » Berstad fit un signe de tête en direction de l'une des portes. « Ce doit être ici. »

Trouver Cathrine Tufte dans les registres d'état civil n'avait pas été aussi aisé qu'ils l'avaient pensé, car elle avait quitté la commune dès janvier 1900. Après s'être un peu bagarrés avec les données de la cartothèque, ils découvrirent qu'elle était revenue plus tard, en 1909, mais sous un nouveau nom. Ils apprirent malheureusement par la même occasion qu'elle était décédée depuis six ans. – Rendre visite à son veuf, si longtemps après, n'était en conséquence rien d'autre qu'une tentative à l'aveuglette – ou le tout dernier clou dans le cercueil du consul Frimann, comme l'avait formulé Moland lorsque son collègue avait exprimé son projet. Ils montèrent au premier étage, trouvèrent le panonceau T. Nesbø et sonnèrent. Des pas lourds résonnèrent peu après à l'intérieur, et la porte s'ouvrit.

L'homme qui emplit l'ouverture était puissamment bâti, il avait un nez de biais caractéristique, et ses cheveux châtain striés de gris étaient rabattus en arrière. Il posa sur eux un regard clignotant et ensommeillé, en passant à grand-peine une paire de bretelles par-dessus ses épaules.

« Oui ? C'est à quel sujet ? »

Berstad salua froidement.

« Je suis désolé de vous déranger, mais… » Il exhiba sa plaque de police, et le visage de l'homme changea instantanément. « Nous espérions que vous pourriez répondre à quelques questions.

– Sur quoi ? Je l'ai payée, cette amende ! Et je n'ai pas le temps d'aller en prison.

– L'amende ?

– … Ce n'est pas pour la manifestation pendant la grève du secteur du fer ?

– Non, non. Il s'agit de votre fe… votre défunte épouse.

– Trine ?

– Cathrine Tufte… C'est exact ?

– C'est comme ça qu'elle s'appelait, avant qu'on se marie. »

Moland s'éclaircit la voix.

« Excusez-moi, monsieur Nesbø, mais nous pourrions peut-être entrer ?

– Oui… pardonnez-moi ! »

Avec une expression de grande perplexité, il les conduisit dans le tout petit salon, où il y avait une couverture en laine sur le canapé, et une assiette sale prune près d'une tasse à café sur la table.

Les deux policiers s'assirent – après y avoir été invités par Nesbø – chacun sur une chaise, et Berstad reprit la parole.

« Il se trouve que nous effectuons quelques recherches autour du meurtre de son ancien employeur, le consul Frimann…

– Mais au nom du ciel, monsieur ! Ça doit faire au moins cent ans…

– Pas plus de vingt-cinq, répliqua sèchement Berstad.

– Mais pourquoi venez-vous me voir, moi ? Je ne sais rien sur le consul Frimann ! Je n'ai rencontré Trine qu'en… 1904.

– Non, bien sûr… » Berstad jeta un coup d'œil dans son petit carnet de notes noir. « Votre épouse est décédée en 1918…

– Oui, soupira lourdement Torleif Nesbø. Cette saloperie de grippe espagnole ! Elle a aussi emporté mon plus jeune fils !

– Avant qu'elle ne décède… ou avant… vous a-t-elle jamais raconté… Je veux dire… a-t-elle évoqué des choses sur le meurtre du consul Frimann, qui pourraient avoir de l'importance pour l'enquête ?

– Non. Jamais.

– Vous en êtes sûr ?

– Nous ne parlions jamais de lui ! »

Moland se pencha en avant, fit signe à Berstad d'approcher un peu son bloc et y jeta un long coup d'œil avant de toussoter :

« Votre fils aîné, Malvin…

– Oui ? Qu'est-ce qu'il y a ? répondit Nesbø en lui jetant un regard mauvais.

– Il est né… en 1900. Quand, dans l'année ?

– En été. En juillet.

– Vous savez qui est le père ? »

Nesbø ne répondit pas.

« Oui ? Si vous ne répondez pas, il nous faudra aller voir dans le registre paroissial, alors il n'y a aucune raison de…

– C'était lui !

– Le consul Frimann ?

– Oui ! »

Moland expira et se rassit sur sa chaise. Berstad émit un sifflement bas : une note longue, descendante.

« Il s'est cru tout permis ! s'emporta Torleif Nesbø. Elle n'avait que dix-sept ans !

– C'est pour cela qu'elle a quitté ce poste, alors ?

– Elle a été renvoyée, oui ! Par madame.

– Par Mme Frimann en personne… Elle devait donc être au courant de la situation ?

– Bien sûr. C'était difficile à cacher, à ce moment-là. »

– Mmm. » Les deux policiers échangèrent un regard.

« Est-ce qu'il est arrivé… Savez-vous si votre épouse a pris contact avec Mme Frimann ? Par la suite ? »

Nesbø secoua la tête.

« Certainement pas ! Elle me l'aurait dit.

– Il est vrai que les lois Castberg destinées à protéger les enfants n'ont été adoptées qu'en 1915, mais à la suite de cela, votre fils adoptif aurait en réalité un droit sur le patrimoine du consul Frimann.

– Cette idée ne m'a jamais effleuré ! Et Trine n'en a jamais parlé. »

Moland regarda autour de lui.

« Est-ce qu'il habite ici ?

– Malvin ? Non, il est à Kristiania, à l'école des Chemins de Fer.

– Eh bien… » Moland regarda Berstad. « Tu avais autre chose ?

– Non, je… » Berstad récupéra son bloc, le referma et le fourra dans sa poche. « Puisque Mme Nesbø ne disait rien à son mari, il n'y a rien à apprendre ici… » En se levant, il jeta un bref coup d'œil à Nesbø. « Votre fille aînée… ajouta-t-il. Elle est née en 1905…

– Oui. »

On sonna à la porte, et Nesbø se leva.

« Mais vous ne vous êtes mariés qu'en 1909, à ce que je vois. Est-elle…

– En tout cas, elle n'est pas du consul Frimann ! le coupa Nesbø en se dirigeant vers la porte.

– Non. Mais est-elle de vous ? »

– Est-ce que ça a un rapport avec votre affaire ?

– Strictement parlant, non.

– On est d'accord ! »

Nesbø était arrivé dans le couloir.

Les deux policiers se regardèrent, haussèrent les épaules et lui emboîtèrent le pas.

« Entre ! » invita Nesbø en faisant entrer dans le couloir un jeune homme bien mis vêtu d'un manteau gris, d'une casquette brune et portant une lourde valise de cuir.

« Ils s'en allaient. »

Alors qu'il passait devant eux en se dirigeant vers l'intérieur de l'appartement, l'homme aux cheveux châtains et au visage grave fit un signe de tête mesuré aux deux policiers. Berstad se tourna légèrement et le regarda s'éloigner.

Torleif Nesbø attendait qu'ils prennent congé.

Arrivés à la porte, ils s'arrêtèrent. Moland le regarda d'un air un peu gêné.

« Je suis désolé pour le dérangement. Nous sommes bien conscients qu'il peut être difficile pour vous de parler de ce genre de choses. »

Nesbø fit un petit signe de tête, sans rien dire.

« Bien, bonsoir, alors », salua Berstad en passant.

« Tu l'as reconnu ? s'enquit Moland dans les escaliers. Celui qui arrivait ?

– Il me semble que c'était Hjalmar Brandt. »

Moland s'arrêta à mi-volée et jeta un coup d'œil vers le haut.

« Le fils du consul Brandt ?

– Oui. Il devait avoir environ deux ans en 1900, ajouta Berstad avec sarcasme.

– … Ce n'est pas lui qui a écrit ce livre ? »

Berstad hocha la tête, et le sarcasme était toujours présent.

« Si, c'est lui qui a écrit… ce livre.

– Et que diantre vient-il faire ici ?

– Les rumeurs disent qu'il est communiste, lui aussi.

– Lui aussi ?

– Oui. Si Nesbø a été verbalisé durant la grève du secteur du fer, ce n'est certainement pas pour rien ! »

– Ça… »

Dans la cour, Moland s'arrêta à nouveau.

« Et que penses-tu de… Mme Frimann ? »

Berstad poussa un soupir.

« Quel âge peut-elle bien avoir, maintenant, à ton avis ?

– Oh… Je dirais… la soixantaine bien passée. Elle était dans la maison, quand il est rentré. Elle avait un motif.

– Oui. Est-ce que toi, tu t'imagines demandant au chef de bureau une autorisation de l'entendre ?

– Je te vois venir, rétorqua Moland en le regardant sévèrement. Mais *avons-nous* besoin d'une autorisation ?

– Tu en assumes les conséquences si ce n'est pas le cas ? Il te reste combien de temps à faire ?

– C'est toi qui as pris l'initiative d'examiner cette affaire de nouveau. Tu as une meilleure idée ?

– Non, répondit Berstad en laissant un regard noir se perdre devant lui. Bien au contraire. Mais si on avait su en 1900 ce que l'on sait maintenant, les choses auraient été différentes.

– Peut-être. Alors, qu'est-ce que tu en dis ?

– On y réfléchit, deux ou trois jours. »

Ils y réfléchirent, un bon paquet de jours. Ils aboutirent finalement à la conclusion qu'ils n'avaient même pas de raisons, fussent-elles approximativement bonnes, pour aller ennuyer la veuve Frimann avec des soupçons parfaitement hypothétiques, vieux de vingt-cinq ans.

Le vendredi 2 janvier 1925, en vertu de la loi norvégienne, l'affaire fut frappée de prescription. S'il se trouvait un autre coupable que Jens Andreas Hauge, il – ou, au besoin, elle – pouvait dorénavant se présenter et avouer son crime sans être passible de poursuites ou de sanctions.

Mais personne ne se présenta, et la plupart, dont Christian Moland, considérèrent en conséquence que l'affaire était définitivement classée.

Ole Berstad conserva malgré tout les notes qu'il avait prises en novembre. Sans en faire mention à personne, il les emporta chez lui et les enferma dans un petit coffret à l'épreuve des flammes dans lequel il gardait par ailleurs quelques papiers et objets de nature tout à fait personnelle. Il rangea ensuite celui-ci dans le tiroir supérieur droit de la commode de sa chambre à coucher, qu'il verrouilla grâce à la clé passée à un anneau conservé dans sa poche intérieure gauche, au bout d'une chaîne. Il ne se couchait jamais le soir sans s'être assuré au préalable que toutes les clés étaient bien à leur place, et la première chose qu'il faisait en se levant le matin était de s'assurer qu'aucune n'avait disparu dans le courant de la nuit. Vu comme cela, elles n'auraient pas pu être plus en sécurité à la banque.

55

Trois ans plus tard, en 1928, le comédien et metteur en scène Normann Johannessen fut nommé directeur du Nationale Scene. En se remémorant sa vie dans la maison, il se dit que la fonction de directeur de théâtre représentait sur la vie d'autrui un pouvoir rarement égalé en démocratie. Deux événements l'avaient, plus que tout le reste, convaincu qu'il s'agissait d'un pouvoir si grand qu'il fallait revenir à l'absolutisme éclairé pour y trouver des équivalents historiques.

L'un de ces événements eut lieu quand il avait dix-neuf ans et faisait son apprentissage au théâtre. Il avait découvert le comédien Robert Gade mort dans sa loge après avoir avalé un flacon de poison, selon toute probabilité parce qu'on ne lui avait pas attribué de rôle pour les représentations s'étalant sur trois jours à l'occasion de l'ouverture du nouveau théâtre. Il avait alors constaté avec une perspicacité effrayante que, dans ce genre de cas, un directeur de théâtre avait pouvoir de vie et de mort, tel un dieu tout-puissant derrière son impressionnant bureau ; et c'était avec un respect et une soumission d'autant plus grands qu'il avait par la suite approché la personne qui occupait cette position.

L'autre événement, c'était l'incident dont il avait été témoin le vendredi 13 février 1925, en pleines répétitions du *Magdalene* de Gustav Esman, lorsque deux comédiennes avaient manqué de s'entretuer à cause d'une attribution de rôles.

Torborg Hagen et lui-même étaient alors sur scène, elle dans le rôle-titre et lui dans celui du commerçant obséquieux. La pièce avait déjà été jouée, rencontrant un succès modéré, en 1921. On la travaillait à présent pour l'avoir en réserve, au cas où la mise en scène coûteuse de *Mille et une nuits*, de Holger Drachmann, serait un échec.

Torborg Hagen était la nouvelle étoile montante du théâtre parmi les comédiennes relativement jeunes. Personne ne pouvait remarquer qu'elle venait de la campagne la plus reculée de la côte sud-ouest, mais il est vrai qu'elle avait longtemps étudié au Nationaltheatret, où elle s'était défait de ses *r* grasseyés et avait soigné son intonation natale, de sorte que seule l'oreille la plus attentive aux nuances dialectales aurait été capable de la situer à plus de cinq cents mètres à l'ouest de Frogner[9]. Elle était arrivée au Nationale Scene en février 1923, à l'âge de vingt-six ans, et avait suscité un vif intérêt en Ophélie émouvante dans *Hamlet*. Le succès n'avait pas été moindre à la fin de l'hiver l'année suivante, dans le rôle d'Agnes dans *Brand*. À l'automne, elle avait joué un certain nombre de rôles de jeunes femmes, et elle tenait pour l'heure celui de l'une des trois filles Tschöll dans l'opérette *Das Dreimäderlhaus*, basée sur la vie de Franz Schubert et construite sur des airs tirés de thèmes célèbres de sa composition. On venait de lui attribuer le rôle de Desdémone, dans une mise en scène où lui-même avait obtenu le même matin, de façon très flatteuse, le rôle de Jago. La liste des rôles, qui était affichée sur le mur du foyer des comédiens, avait suscité une telle joie chez Torborg Hagen qu'elle s'était jetée à son cou. Norman dut avouer qu'il avait été ravi de se retrouver entre les bras d'une si belle femme, qui au cours des répétitions de la matinée avait conféré à son jeu une chaleur si séduisante que cela se reflétait aussi certainement dans sa propre contribution.

Torborg Hagen était purement et simplement une femme dont il était aisé de s'éprendre. « Tomber amoureux » était une expression qu'il n'aurait pas aimé employer, car ce n'était pas une femme dont on tombait amoureux ; l'impression qu'elle faisait était trop forte pour cela. Torborg Hagen venait, voyait et vainquait, telle un Jules César de l'amour. Elle conquérait avec une assurance équivalente, et on se laissait donc très facilement capturer.

Non contente d'être une femme exceptionnellement belle à l'apparence presque méridionale – cheveux vaporeux, yeux bleu outremer et corps ferme et souple aux formes des plus féminines – elle avait en outre une voix bien modulée qui pouvait être douce comme du velours ou tranchante comme un couteau aiguisé de frais. Elle pouvait crier sa douleur pour que le public en ressente un coup au cœur ou le charmer des strophes les plus légères et musicales, comme dans le chant d'ouverture de *Das Dreimäderlhaus*. Sa principale qualité, que ce soit en tant que comédienne ou en tant qu'individu, résidait malgré tout dans une sensualité vibrante et immédiate, qui, combinée à une expérience si grande qu'il s'interrogeait toujours sur les personnes qu'elle avait pu rencontrer et ce qu'elle avait pu faire pour arriver là si jeune, faisait tomber comme une mouche n'importe quel homme s'intéressant un tant soit peu au sexe opposé. Oui, même des hommes ayant des penchants déviants se laissaient duper par ses assauts de charme.

Quant aux autres femmes, en revanche… De leur point de vue, les choses étaient bien évidemment différentes. Elles ne se laissaient pas charmer.

Ils étaient assis l'un contre l'autre sur scène, sur deux chaises de bois rudimentaires supposées représenter ce qui serait plus tard une chaise longue, et tout en lançant un regard félin dans la salle obscure, elle s'était penchée vers lui :

« Dis-moi, avait-elle murmuré. Qui est le jeune homme assis à côté de Bruland ? »

Il s'était tellement penché en avant que sa bouche avait pratiquement touché l'oreille blanche et bien formée de sa collègue :

« C'est Hjalmar Brandt, l'auteur. Il est censé avoir remis une pièce, et le patron a dit qu'il devrait suivre les répétitions pendant un moment, pour apprendre ce que c'est réellement que le théâtre.

– Ah oui ? Il a un visage intéressant…

– Alors, vous vous y mettez ? cria le metteur en scène, Sigurd Bruland, depuis la salle. Nous attendons ! »

Ils jetèrent un coup d'œil dans la salle, comme pris en flagrant délit – Torborg Hagen non sans une expression coquette, lui un peu plus coupable.

« *Tu n'as pas idée de comment il est*, déclama-t-elle alors à haute voix dans sa réplique suivante.

– *Est-ce qu'il est brutal avec toi ?* s'enquit Normann Johannessen.

– Si seulement il lui avait fait sa fête une bonne fois pour toutes ! » cria-t-on à l'improviste depuis les coulisses.

Ils regardèrent tous deux en direction du cri, et Normann Johannessen nota la façon dont Torborg Hagen se rapprochait de lui, comme à la recherche d'une protection.

Sans qu'elle figurât sur la liste des rôles, Margareta Willmer pénétra sur scène en sifflant comme une furie.

« Je sais bien comment tu as eu Desdémone, espèce de petite traînée des champs ! Ce n'est pas pour tes talents *sur scène* !

– On voit chez l'autre ce qu'on ne veut pas voir chez soi ! » répondit vertement Torborg Hagen en se levant de son siège, si brusquement que celui-ci bascula.

Margareta Willmer avait trente-deux ans. Son allure était froide, nordique – d'aucuns auraient dit « sculpturale ». Ce n'était pas sans raison que Hjørdis, dans *Guerriers de Helgeland*, était l'un de ses rôles à succès. Avant l'arrivée de Torborg Hagen, elle avait été le premier choix évident pour les plus grands rôles féminins, et même aujourd'hui, la plupart des gens du théâtre avaient supposé que le rôle de Desdémone lui reviendrait. Elle était à présent changée en walkyrie ; ses yeux vert glacier étincelaient, et elle leva une main droite aux doigts écartés et aux longs ongles acérés tout en s'approchant de Torborg Hagen.

« Ohhrr ! feula-t-elle. Je ne sais pas ce qui me retient de te tuer pour ta fausseté !

– Mesdames ! cria Bruland depuis la salle. Qu'est-ce que c'est que ces bêtises ?

– Lui qui n'*aime* même pas les femmes !

– En tout cas, *moi*, il m'a bien aimée ! »

Margareta Willmer frappa. Torborg Hagen leva un avant-bras, et sans l'intervention de Normann Johannessen qui lança une main en avant et saisit Mme Willmer au poignet, les conséquences auraient pu être catastrophiques pour le beau visage de la jeune femme. Les ongles de Margareta Willmer étaient affûtés comme des dagues.

En outre, elle ne manquait pas de force. Normann eut toutes les peines du monde à la maintenir en place, et elle retourna sa colère contre lui :

« Non mais, pauvre chéri ! Encore un minet en renfort ! Et c'est tout juste si vous savez dans quel trou il faut vous introduire !

– Madame Willmer ! »

Sigurd Bruland descendait entre les rangées de fauteuils.

Ils s'immobilisèrent quelques secondes sur scène, oscillant dans une épreuve de force réciproque, Margareta Willmer les griffes toujours prêtes à frapper, Normann Johannessen lui tenant toujours le poignet, Torborg Hagen le coude toujours levé. Elle envoya alors un coup de pied dans les jambes de Margareta Willmer, pour lui faire perdre l'équilibre. Celle-ci recula et esquiva, entraînant Normann Johannessen avec elle, le coup de Torborg Hagen ne rencontra que du vide, et tous les trois s'écroulèrent sur scène dans un gémissement de Johannessen et les piaillements teigneux des deux femmes.

Ils s'emmêlèrent sur scène dans un enchevêtrement houleux où bras et jambes se nouaient et se dénouaient, des mains attrapaient des touffes de cheveux et des pans de robes étaient déchirés jusqu'à la taille. Lorsque Sigurd Bruland parvint enfin sur la scène, il vit davantage de guibolles féminines qu'il en avait vu depuis l'automne 1924, lorsqu'il était parti en voyage à Berlin grâce à une bourse, et un court instant, il se dit que s'il attendait qu'elles s'arrachent encore davantage de vêtements… Mais le devoir prima.

« Madame Willmer ! Madame Hagen ! On n'a pas idée ! »

Au risque de se faire casser les doigts, il fit quelques tentatives peu enthousiastes pour en attraper une et les séparer.

« Si vous ne cessez pas, je vais chercher le directeur du théâtre ! »

Le conflit mourut subitement. Les deux femmes se relevèrent en chancelant, et essayèrent dans un état quasi second de réparer les dégâts causés à leurs tenues. Margareta Willmer sanglotait nerveusement, ses cheveux blonds dans le plus parfait désordre sur ses épaules, le cou orné de taches rouge vif, les mains appuyées sur le ventre. Torborg Hagen hoquetait en silence. Elle retroussa complètement sa jupe pour raccrocher ses bas défaits à une jarretelle, avant de la laisser retomber. Elle rejeta sèchement la tête en arrière et lança un regard de défi à Sigurd Bruland. Normann Johannessen gisait entre elles, jambes écartées, appuyé sur les bras, et il regardait les deux femmes en semblant craindre qu'elles se sautent à nouveau à la gorge sans prévenir.

Dans la salle, sans que personne ne lui montre la moindre attention, Hjalmar Brandt contemplait l'ensemble, bouche bée, tandis que l'idée d'une toute nouvelle pièce germait dans son crâne.

« Madame Willmer ! insista Bruland. Pouvons-nous obtenir la promesse que ces répétitions pourront se poursuivre en paix ? »

Margareta Willmer posa sur lui un regard glacial tout en faisant une tentative peu convaincue pour remettre un peu de discipline dans sa coiffure. L'une des manches de sa robe avait été arrachée, et une grande déchirure courait le long d'une couture de l'habit bleu foncé.

« La maison tout entière est devenue un véritable bordel ! » déclara-t-elle avec mépris. Elle transperça Torborg Hagen du regard, plissa railleusement les lèvres en regardant Normann Johannessen, fit volte-face et se dirigea vers la porte la plus proche du côté femme.

« Mon mari va être mis au courant, je peux vous le garantir ! » cria-t-elle d'une voix bien claire avant que la grande porte métallique ne se referme silencieusement derrière elle.

Au bout de quelques secondes d'un silence oppressant, Bruland toussota faiblement.

« Bon, on va peut-être finir par s'y remettre ? »

Tandis que Normann Johannessen se relevait et que Torborg Hagen apportait encore quelques corrections à sa tenue massacrée, le metteur en scène redescendit dans la salle à pas lourds, passa devant les fauteuils d'orchestre, le parquet et retourna à l'endroit où la table de la régie était installée. En reprenant place à côté de Hjalmar Brandt, il se pencha sur le côté.

« Il existe deux façons d'obtenir à coup sûr de bons rôles dans n'importe quel théâtre, déclara-t-il sèchement sans regarder le jeune auteur. L'une, c'est d'être marié à un membre de la direction. L'autre, c'est de coucher avec le directeur du théâtre. »

Le restant de la journée, ils purent répéter en paix, mais l'ardeur enthousiaste des premières heures de répétition avait disparu. Torborg Hagen paraissait distraite, peu concentrée, et Normann lui-même se sentait déséquilibré après la violente collision avec Margareta Willmer.

Lorsque le réalisateur arriva des coulisses pour faire savoir que la répétition était terminée, elle lui répondit d'un signe de tête aussi bref que fugitif, traversa l'avant-scène, descendit dans la salle et alla droit à la table de régie. Mais ce ne fut pas à Sigurd Bruland qu'elle s'adressa ; ce fut à Hjalmar Brandt.

Bien qu'il vît la scène de loin et ne comprît que vaguement ce qu'elle disait parce qu'elle lui tournait le dos, l'impression qu'elle fit au jeune homme se refléta si nettement sur le visage de ce dernier que Normann Johannessen n'eut aucune difficulté à comprendre.

« Vous trouvez que c'est intéressant d'être au théâtre ? »

Il vit Hjalmar Brandt hocher la tête, faire un sourire un peu gêné et agiter une main en direction de la scène. Et il entendit le rire de la jeune femme – aussi grave, sombre et ensorcelant que quand elle jouait Antoinette dans ce vaudeville, avant Noël.

« Vous venez avec nous ? »

Il n'en fallut pas plus. Elle passa son bras sous le sien, et le bonhomme suivit docilement, comme un mouton en route pour l'abattoir.

Normann Johannessen ne put qu'admettre qu'il la comprenait. C'était un assez beau jeune homme.

56

Hjalmar Brandt rencontra Torborg Hagen le 13 février 1925. Il avait toujours été persuadé que le cours de sa vie future était tracé depuis longtemps, que ce soit sur le plan politique, littéraire ou conjugal.

Bien qu'il vînt de la haute bourgeoisie, il avait été profondément marqué par les rapports de la révolution russe de 1917, de la guerre civile de 1918 et de l'oppression brutale de Spartacus et la commune de Berlin en janvier 1919. Il s'était jeté avec un bel appétit sur les nombreux volumes des œuvres de Marx, Engels et par la suite Lénine. Lorsque les campagnes pour le logement avaient démarré pour de bon à Bergen, alors qu'il était nouvellement inscrit au Rassemblement pour la Jeunesse, il n'avait pas été fortuit qu'il soit amené au commissariat avec une poignée d'autres activistes pour cause de participation active aux manifestations. Lorsque son père eut vent de la chose, il fit immédiatement venir son fils pour le réprimander avant de l'envoyer en mer.

« Pour que tu puisses apprendre la vie pendant une année… Sinon, je te déshérite ! » avait tonné le consul Brandt.

Hjalmar avait obéi, au moins parce que cela lui donnait la possibilité de voir des cieux auxquels il s'était jusqu'alors contenté de rêver. En tant que plus jeune embarqué sur le *Gærnes*, de Bergen, il avait participé à un voyage de quatorze mois, depuis Bergen jusqu'à New York, puis le long de la côte jusqu'à New Foundland et dans les *lakes* vers Detroit et Chicago. Ils étaient ensuite descendus dans les Caraïbes et au Venezuela, avaient retraversé l'Atlantique à destination de l'Afrique de l'Ouest avant de revenir à New York, de passer le Canal de Panama en direction de San Francisco, d'où ils étaient partis pour l'Australie. Leur périple les avait ensuite conduits à travers le Canal de Suez jusqu'à la Méditerranée et en Europe, un voyage qui lui avait apporté des expériences si chèrement acquises que lorsqu'il revint au bercail, au beau milieu des grandes grèves de mai et juin 1921, il choisit de faire profil bas pour ne pas provoquer encore davantage son père. Sans le raconter à personne – pas même à Cecilie – il avait commencé la rédaction de ce qu'il espérait devoir à terme devenir un livre.

Il avait rencontré de nouveau Cecilie Frimann lorsqu'il avait été invité au mariage de son cousin Wilhelm Styrk Helgesen avec Sigrid Brekke, au restaurant Bellevue, le 22 octobre 1921. Il se rappelait encore des fragments de la conversation qu'ils avaient eue tandis qu'ils dansaient :

« Faudra-t-il que nous restions longtemps ? avait-elle murmuré.

– Oui… Il y a un problème ?

– Je ne me suis jamais sentie particulièrement à mon aise, au milieu de tout ce monde.

– Ah non ?

– Je n'arrive pas à m'empêcher de penser à…

– Oui ?

– Je pense… Il y a peut-être l'un d'entre eux qui *sait* quelque chose…

– Qui sait quelque chose… sur quoi ?

– Sur ce qui est arrivé à papa, à l'époque. Je veux dire, ils le connaissaient, quand même ! Alors que moi, ça n'a jamais été mon cas…

– À ton père ? Tu penses à… Mais ça a été éclairci, non ?

– Oui, d'une certaine façon. Mais… Quand j'en parle à maman… C'est comme si elle y pensait toujours, elle aussi ! Comme si elle aussi, elle *savait* quelque chose… À ce moment-là, je me dis… » Elle avait regardé tout autour d'elle. «… que c'est injuste, que quelque part, il y a peut-être quelqu'un qui sait… Moland, le père de Svend Atle, par exemple… Il participait à l'enquête. Tu le savais ?

– Non, à la maison, on n'en a plus jamais parlé, mais… l'affaire a été résolue ! Elle l'a bien été, non ?

– Mmm… » Elle l'avait regardé. « Si on s'en va maintenant, tu me raccompagnes à la maison ? »

Ils étaient partis peu de temps après, et il l'avait raccompagnée chez elle. Ils avaient descendu la côte abrupte de Bellevuebakken jusqu'à Gamle Kalvedalsvei et avaient traversé Kalfarlien en direction de Forskjønnelsen ; et là, parmi les feuilles qui tombaient et dans un vent d'octobre glacial qui leur ébouriffait les cheveux, ils s'étaient embrassés pour la première fois, avec application, prudemment, comme pour ne pas détruire la pellicule invisible que le gel avait créée sur leur peau et qu'ils sentaient bien distinctement lorsqu'ils plissaient les lèvres vers l'avant. Il l'avait serrée contre lui, et avait senti l'odeur de l'antimite que dégageait le renard argenté autour de son cou, mêlé au parfum de muguet et de sa peau de jeune fille. Il l'avait finalement reconduite chez elle, dans Allégaten. Là, sous le porche sous lequel le consul Frimann était passé pour la toute dernière fois au petit matin du 1ᵉʳ janvier 1900, il l'avait embrassée en lui souhaitant bonne nuit, à moins que ce ne fût pour lui dire bonjour. Il avait ensuite parcouru seul le long trajet qui le séparait de Fjøsanger. Les sommets autour de lui étaient couverts des premières neiges de l'hiver, comme si le ciel étoilé les avait saupoudrés de farine. Il avait eu la sensation d'avoir un orchestre symphonique au grand complet dans la poitrine : *une cantate ! Je vais lui écrire une cantate !* Et ce matin-là, dans sa vieille chambre de garçonnet, il avait écrit un poème qu'il n'avait jamais essayé de faire publier, mais qu'il lui avait remis en main propre, joliment manuscrit, lorsqu'ils s'étaient revus quelques jours plus tard.

Ils s'étaient fiancés neuf mois plus tard. Il s'était présenté pour son premier dîner dominical dans Allégaten en col amidonné, manchettes repassées et cravate soigneusement nouée.

« Sur quoi comptez-vous miser, monsieur Brandt ? Je veux dire… Quelle profession ? lui avait demandé sa future belle-mère, Mᵐᵉ Frimann, avant même le plat principal.

– Poète ! » avait-il répondu avec un geste de la main digne de Bjørnson[10].

Elle l'avait regardé avec le plus grand scepticisme, et le frère de Cecilie, Calle, qui était récemment revenu de son exil involontaire en Angleterre, avait renâclé avant de lancer : « Peuh ! avec l'héritage maternel, il peut vivre de ses rentes jusqu'à la fin de ses jours ! » Plus tard, une fois Calle parti et sa mère montée s'allonger à l'étage supérieur pour se reposer après le dîner, Cecilie et lui étaient restés assis dans la pénombre, avec encore le goût aigrelet du surstek[11] sur le palais, et sans qu'elle protestât, il avait dégrafé les boutons du haut de son chemisier, passé la main à l'intérieur, tout contre la peau, l'avait doucement refermée sur l'un de ses seins et avait senti son extrémité pointer et se durcir. Un soupir apparemment sans fin l'avait traversée, elle avait basculé vers lui, tourné son visage vers le sien et l'avait embrassé avec plus d'ardeur, un souffle plus chaud et une langue plus joueuse que jamais. Quelques mois plus tard, presque pour se prouver l'un à l'autre combien ils étaient matures, ils avaient confirmé leurs fiançailles de la manière la plus irréversible qui fût, en emménageant à Fjøsanger. Lorsqu'elle s'était retrouvée nue et chaude entre ses bras, presque invisible dans les ténèbres, et aussi près de lui que possible, comme pour qu'il ne puisse pas la voir, elle s'était pourtant donnée avec une telle fougue et une telle chaleur qu'il en avait été surpris – la différence était si flagrante avec les à-coups mécaniques de la fille des rues avec qui il avait perdu son pucelage dans cette pension bon marché du Havre.

« C'était la première fois pour toi aussi ? lui avait-elle murmuré dans le noir.

– Mmm, avait-il répondu avec un hochement de tête en la serrant tout contre lui.

– Mais ce que tu as écrit… dans le chapitre que tu m'as montré…

– Ce n'était pas moi, ça, tu sais… »

Il y avait deux choses surtout qui avaient choqué les Berguénois lorsque le premier livre de Hjalmar Brandt, le roman *Mon bateau est chargé de…*[12] était sorti à l'automne 1923.

L'une était la description du quotidien des marins, leur labeur vain dans des conditions souvent ingrates, et le réconfort qu'ils trouvaient dans une bamboche exagérée, des beuveries et des rapports sexuels avec des filles douteuses ; la description sans détours de la syphilis et des cuites, des estaminets les plus lugubres aux bordels les plus chichement meublés, des tableaux si directs et brutaux que l'un des critiques avait écrit dans sa chronique que « les parents qui ne veulent pas que leurs fils partent en mer peuvent les laisser lire ce livre. Je crois qu'ils en perdront l'envie ».

L'autre utilisait manifestement des faits réels, comme lorsque le personnage principal du roman, le jeune Andreas, va se pendre à son retour dans un arbre du jardin de son enfance, un thème dont des lecteurs choqués estimèrent qu'il avait été « copié », pour ne pas dire « volé », au suicide du camarade de classe de l'auteur, Alfred Dünner, en mai 1917.

Le livre fut un succès en librairie, surtout pour un premier opus. Il fut traduit en plusieurs langues, et consécutivement à ces parutions, Hjalmar avait effectué au cours de ces dernières années une série de voyages à l'étranger. La rencontre avec la nation russe lui avait fait une impression particulièrement forte. En dépit de la famine, des désordres intérieurs et des luttes de pouvoir après la mort de Lénine, l'optimisme et la foi en l'avenir qui animaient le citoyen soviétique lambda enfin libéré des chaînes de la tyrannie avaient apporté une nouvelle ardeur à ses propres spéculations politiques. Il revint en Norvège en communiste encore plus convaincu que quand il en était parti. À Moscou, il avait assisté à une représentation ponctuée de scènes collectives si prenantes et dramatiques qu'elles en étaient presque cinématographiques, et il était rentré à Bergen avec le premier jet d'un roman à moitié écrit dans sa valise, qu'il avait mis sans délai de côté. La scène allait être conquise. Le rideau allait se lever sur une ère nouvelle !

Il avait toujours été attiré par le théâtre. Il se souvenait encore de sa première visite, à cinq ou six ans, avec ses parents et son frère de neuf ans plus âgé que lui, Trygve, lorsqu'ils avaient vu *La Belle au bois dormant* à la vieille Komedihus d'Engen. Le consul Brandt, qui avait longtemps siégé à la direction du théâtre, avait veillé à ce que l'on inculque au petit de la famille des visites régulières au théâtre et, que ce soit comme écolier ou par la suite, Hjalmar s'était souvent glissé jusqu'aux places debout du second rang puis à travers les rangées de sièges peu occupées, pour assister à bon nombre de représentations. Pendant un temps, il s'était même demandé s'il devait tenter sa chance sur scène, lui aussi, comme son vieux copain de classe Bertil Gade. Mais le manque de succès de Bertil et ses nombreux rôles de simple figurant lui avaient rapidement mis d'autres idées en tête. Lorsque l'idée d'écrire pour le théâtre l'assaillit soudainement, il s'écoula peu de temps avant qu'il couche son premier drame sur papier, une satire des couches sociales élevées, qui, il est vrai, ne vit jamais le jour – et encore moins la scène.

Au début du mois de février 1925, après avoir été contacté par le directeur du théâtre Munthe en personne, c'est avec solennité et expectative qu'il avait approché de l'entrée du théâtre côté scène, littéralement dans le dos de Bjørnson, de sa statue à l'inauguration de laquelle il avait assisté en tant qu'écolier, le 17 mai 1917. Munthe avait été l'amabilité même, il l'avait invité à boire un verre de sherry bien que l'on fût en plein après-midi, et s'était dit désolé de ne pouvoir défendre la représentation de cette pièce, mais M. Brandt ne pouvait-il envisager d'assister à quelques répétitions, pour voir à quoi ressemblait véritablement le théâtre ?

Munthe avait ensuite fait venir un jeune assistant répondant au nom de Halvorsen, et lui avait confié la mission de faire visiter la maison à Hjalmar. Tout en inspirant profondément à intervalles réguliers – comme pour sentir le parfum poussiéreux et un peu fadasse du théâtre lui descendre dans les poumons jusqu'à devenir une part du bâtiment même – il avait suivi le jeune homme blond-roux plein de vivacité, qui devait avoir pratiquement son âge, à travers la réserve nue et haute de plafond derrière la scène. Les rideaux y pendaient en gros rouleaux le long de l'un des murs, prêts à être dépendus et utilisés sur scène quand on aurait besoin d'un bois, d'une salle des fêtes ou d'un extérieur de château princier. Ils passèrent devant les loges des comédiens, où des visages qu'il reconnut pour les avoir vus sur scène se croisaient à vive allure, lui paraissaient des plus banals et sans charme. Ils poursuivirent leur parcours au plus profond des catacombes, où les costumes étaient suspendus à des tringles tels les vêtements liturgiques d'un clergé souterrain, puis tout en haut dans les cintres. Il fut alors saisi d'un brusque vertige en voyant la scène à la verticale à travers un plancher partiellement ajouré, comme s'il était Dieu en personne, dans son ciel, découvrant quelles catastrophes il avait initiées sur Terre. Il sentit les courants d'air des lucarnes tout en haut sous la coupole, qui charriaient le parfum univoque de fumée de cheminée au-dessus de la scène, et il songea brusquement que *c'était comme cela, exactement comme cela* qu'il voulait que la réalité du dehors s'infiltre dans le théâtre à travers sa prose également – comme le bruit des tramways, le vacarme des hauts-fourneaux, le choc sourd des torpilles contre la coque, en bref : la vie, la vie grande et irrésistible, là, dehors !

« Alors, on redescend, ou tu te sens mal ? » lui avait demandé Halvorsen en le regardant avec curiosité, avant de le mener à l'échelle métallique abrupte de l'autre côté de la scène qui les fit redescendre de deux étages, jusqu'au second où ils purent ressortir par une porte latérale.

Tandis qu'ils passaient près d'un projecteur, Hjalmar Brandt s'était dit : *Dans cette lumière, inspiré par Meyerhold et Stanislavski, je créerai le théâtre des temps futurs ! Mettre mon époque sous la lumière de ces projecteurs !* Il était déjà, comme tant d'autres avant lui, captivé par le théâtre et tout ce qui allait avec.

Aussi, lorsque la comédienne Torborg Hagen, à la fin de la répétition du vendredi 13 février 1925, descendit de scène et vint vers lui, aussi ensorcelante que la fée dans *La Belle au bois dormant* de son enfance, il se leva, comme hypnotisé, s'inclina profondément mais sans la quitter des yeux un seul instant, et répondit sans réfléchir à toutes les questions qu'elle lui posa.

« Vous trouvez que c'est intéressant d'être au théâtre ? »

Il hocha énergiquement la tête.

« Vous venez avec nous ?

– Avec plaisir !

– C'est si rare d'avoir l'occasion de discuter avec un dramaturge vivant. Je veux dire… Ibsen, Shakespeare… ils sont tous morts, n'est-ce pas ? »

– Oui… » En marchant vers la sortie, elle glissa tout naturellement son bras sous celui de Hjalmar Brandt, et lorsqu'ils passèrent au niveau de Bjørnson, elle leva un visage coquet vers lui :

« Je ne vous propose pas une tasse de café, si ? J'habite juste là, dans Sydneskleiven. »

57

Certains allèrent en Amérique et en revinrent. Pour d'autres, le voyage entre le Sunnfjord et Bergen fut amplement suffisant.

L'Ytre Sunnfjord est l'un des secteurs de fjords les plus variés en Norvège. Arrivant directement de la mer du Nord, où le Buland et le Værland constituent deux postes de garde sur les flots, avec comme points culminants les caractéristiques Norske hesten sur Alden et Svarte fjellhatten sur Atløy, la partie extérieure du fjord est large, claire et ensoleillée, faite de collines luxuriantes, boisées au sud et de couches montagneuses plus dépouillées au nord. Il y a très longtemps, l'endroit reçut le nom de Fjalir[13], car un peu plus à l'intérieur des terres se trouvent des montagnes qui ressemblent à de grandes planches posées sur la tranche et enfoncées dans le socle rocheux par une main divine – ou un glacier en balade – à une certaine époque du matin des temps.

Les montagnes ont toutes leur caractère : Dokka, une concubine gigantesque pétrifiée qui invite, renversée en arrière, aux jeux de l'amour quand le bétail paît ; l'arc long de cinq kilomètres de Heileberget et les formations polies, gris-bleu qui constituent Kringla et Blegja.

Laukelandsfossen se déploie en un rapide vertical blanc
d'écume, qui fait bouillonner le bord du fleuve, avant
que la partie intérieure du fjord, entre Sætenes et Bygstad,
s'ouvre comme un livre d'images de la Norvège romantique : Kvamhesten et son sommet enneigé, le miroir
du fjord qui se change en pâturages verts, et les plans
montagneux successifs en différents tons de bleu, jusqu'à
l'embouchure où le bassin de la Gaular rencontre le fjord
à la manière d'un couteau nouvellement aiguisé qui
ouvre une entaille dans un morceau de peau tendue.

La petite exploitation Veum se trouvait sur la rive sud
du fjord, vers la limite extérieure, côté gauche, de la
commune rurale qui avait porté jusqu'en 1911 le nom
d'Ytre Holmedal, mais avait ensuite retrouvé son ancien
nom norrois, modernisé en Fjaler. La petite ferme jouxtait
Brendehaug au sud-est et la lande en descendant vers le
fjord, au sud de Kjøssneset. Vingt chèvres, cinq vaches
et un bœuf, deux cochons, quelques poules et le poisson
qu'ils pouvaient pêcher dans le fjord maintenaient en vie
un foyer de huit personnes : Kristian Anderson Veum,
né en 1874, sa femme d'un an plus âgée que lui, Helga
Torsdotter, de Sylte, plus haut dans le Lonedal, et leurs
cinq enfants Anders, Peder, Tora, Lars et Anna, nés
entre 1906 et 1913, et Gamle-Anders, le père de Kristian,
qui vivait en viager chez eux, à près de quatre-vingts ans.

Anders avait à peine vingt ans en ce jeudi 8 avril 1926
lorsqu'il se planta dans le pré devant la ferme, un sac de
marin sur l'épaule, et regarda vers le coteau derrière
l'exploitation voisine de Teinås. Il était 18 h 30, le soleil
baissait, et il était impatient de s'en aller.

« Alors, il arrive, papa ? » grommela-t-il.

Son frère Peder, qui devait l'emmener à la rame à
Gjølanger prendre le vapeur, se mit à renâcler bruyamment :

« Tu sais, il n'est pas fou de joie à l'idée que tu partes
en ville.

— Qu'est-ce que ça peut bien faire, puisque de toute
façon, tu as décidé de reprendre la ferme ? Et que ça a
beaucoup d'intérêt pour toi !

— Tu sais, l'héritage, c'est l'héritage », répondit son
frère en lui lançant un regard de biais.

Les deux frangins étaient assez dissemblables. Petit et fluet, Anders avait des cheveux fins et raides, blond foncé, coupés court dans la nuque et autour des oreilles. Peder était plus grand, plus costaud, avec un nuage transparent de cheveux blonds et frisés au-dessus d'un visage aux joues bien rouges. De la sorte, Anders ressemblait à leur mère et Peder à leur père, et Anders trouvait tout naturel de laisser son frère reprendre la ferme lorsque le moment serait venu.

Rien encore n'indiquait que leur père eût l'intention de déposer les outils. Au contraire, il s'activait dès le petit matin en partant en bateau sur le fjord, le plus souvent en compagnie d'Anders ou de Peder, pendant que la mère et Tora allaient à l'étable pour nourrir les bêtes et traire les vaches avant que Tora, Lars et Anna partent pour la petite école de Hellevika, plus à l'intérieur des terres.

Leur mère non plus n'avait pas été spécialement enchantée lorsqu'il avait fait savoir qu'il projetait de rejoindre la ville pour y chercher du travail.

« Tu as vu comment ça s'est passé pour Tordis », l'avait-elle mis en garde.

Elle avait raison. Tordis Sylte, leur cousine, était partie en ville comme domestique en 1914. En janvier 1916, elle était subitement revenue sans vouloir donner d'autre raison qu'elle ne s'était pas plu en ville. La cause fut pourtant relativement évidente quelques mois plus tard lorsque son ventre eut commencé à grossir. Elle avait alors déjà emménagé « comme gouvernante » chez Bertel Nygård, un célibataire de trente ans plus âgé qu'elle, qui ne sembla pas accorder d'importance au fait que le fils qu'ils eurent en octobre, Nils Ole, avait dû être conçu bien avant qu'elle eût emménagé chez lui. Mais ils eurent en tout état de cause le temps de se marier avant, en août. Ils n'eurent pas d'autres enfants. Des personnes dignes de confiance dirent de Tordis que personne ne l'avait jamais vu sourire après son retour de Bergen, hormis les fois où elle se penchait sur le petit enfant. Ce n'était alors qu'à lui qu'elle souriait, et à personne d'autre. Bertel avait à présent près de soixante ans, quatre ans de plus que leur père à eux, Tordis faisait dix ans de plus que son âge réel, tandis que Nils Ole avait eu neuf ans et était dans la même classe que leur plus jeune sœur Anna.

Anders contempla longuement les collines en plissant légèrement les yeux.

« Il devait juste s'occuper de ses chèvres.

– Oh, tu sais, il a dû trouver quelque chose à faire là-haut, au chalet. Il y a toujours quelque chose à réparer. »

Anders tira la montre qu'il avait reçue de ses parents pour sa confirmation, une partie de l'héritage de son grand-père maternel. « On va finir par se mettre en retard. »

Peder cracha.

« À moins que tu puisses voler. »

Leur mère et les trois sœurs sortirent dans la cour. Tora, qui avait seize ans, faisait penser à sa mère, petite et brune. Son frère Lars, plus jeune d'un an, se démarquait davantage, trapu comme il était, tandis que la petite dernière Anna l'avait complètement rattrapé en taille au cours de ces derniers mois. Elle aussi avait les cheveux blond foncé, et elle était d'une nature puérile et turbulente.

Helga Veum était une femme courtaude à la bouche si petite qu'on pouvait avoir l'impression qu'elle n'avait qu'une incisive, car l'une avait poussé devant l'autre. Son dos bien droit, ses bras longs et noueux, dénotaient qu'elle n'avait jamais ménagé sa peine, mais la peau de son visage était étonnamment lisse et blanche, ses joues roses, et son regard bleu et clair.

« Alors ? Il va bientôt falloir que vous y alliez, déclara-t-elle.

– Oui... J'espérais que papa...

– Il ne viendra pas, trancha-t-elle. Je le connais trop bien. Mais demain, il s'en voudra. Il a toujours été comme ça.

– Il ne viendra pas ? Mais nous... nous ne nous reverrons peut-être pas avant... un bon moment.

– Oh, tu reviendras bien pour Noël, j'espère ? »

– Oui... » Ils se regardèrent un court instant. Ils faisaient à peu près la même taille, et pour Helga, il fut tout de même clair que c'était *le dernier regard*. Dorénavant, il sortait de son champ de vision. Elle ne pourrait désormais plus l'avertir ni le protéger. L'aîné était sur le départ.

Ils avaient eu de la chance, Kristian et elle. Tous leurs enfants avaient pu grandir. Mais ils venaient de familles fortes, plus exposées à la pauvreté, la mort et les disparitions en mer qu'à la maladie, qu'elle soit ponctuelle ou qu'elle vous emporte. Les parents de Helga avaient tous deux dépassé les quatre-vingts ans quand ils étaient morts. La mère de Kristian était morte en couches.

Ils avaient la réputation d'être solides, ces habitants du Sunnfjord. Il était rarement difficile pour un natif de cette région de trouver du travail lorsqu'il arrivait en ville, que ce soit comme sous-officier, dans le corps des agents, comme travailleur dans l'industrie ou comme matelot. La route postale de Trondheim passait tout naturellement par le Sunnfjord ; sur ce tronçon, au moins, le courrier était entre de bonnes mains.

Anders poussa un soupir et regarda vers la mer. Puis il haussa les épaules.

« Bon, alors j'y vais.

– Et il est grand temps ! cracha Peder.

– Je peux ramer !

– Tout le trajet ?

– Allons, allons, les enfants », soupira la mère.

Elle s'immobilisa sur le pas de porte. Anders la trouva tout à coup étonnamment petite.

Il lui fit un signe de tête, à dix mètres de distance.

« Portez-vous bien. Salue… papa de ma part. »

Elle hocha la tête en réponse, sans rien dire.

Il jeta un dernier coup d'œil autour de lui. Il vit le petit pré devant la ferme, marqué des chemins bien nets qu'ils avaient l'habitude d'emprunter entre les jeunes touffes d'herbe. Il entendit une vache meugler à l'étable, comme si elle lui disait adieu, elle aussi. Il ne vit pas le grand-père ; il devait se reposer un peu. Les fenêtres du bâtiment principal peint en jaune reflétaient encore la démarcation entre les montagnes et le ciel, comme une fente en travers des carreaux. Mais le crépuscule qui tombait, non seulement sur le paysage mais aussi sur toute son enfance, était déjà en train de tout effacer. *Le pays de l'enfance*, songea-t-il. *Ce temps est maintenant révolu. Je m'en vais. Mais tout demeure. Rien ne change si l'un de nous s'en va. Quoi qu'il arrive, tout reste à l'identique.*

Encore une fois, il fit un signe de tête à l'intention de sa mère. Puis, se retournant, il descendit derrière Peder vers le bateau. Il y avait une bonne distance à parcourir à la rame ; ils devaient contourner Kjøssneset pour entrer dans Gjølangen et arriver jusqu'au quai.

Ce n'est que vers 20 heures, quand la nuit fut complètement tombée, que Kristian Andersson redescendit de la montagne. « Il est parti ? » demanda-t-il d'une voix rauque en versant une larme de café de la cafetière noircie.

« Oui, il est parti comme prévu, répondit Helga en faisant mine de lever les yeux de son tricot le plus brièvement possible.

– Oui, j'imagine », conclut Kristian. Et il n'en dit pas plus à ce sujet.

Le vapeur *Fjalir* avait mis quatre heures et demie et s'était arrêté huit fois entre Bygstad et Straumsnes lorsqu'il accosta à Gjølanger, avec cinq minutes de retard sur l'horaire prévu. Il y avait habituellement trois bateaux qui tournaient sur le Dalsfjord, le *Fræmnes*, le *Fjalir* et le *Hornelen*. Mais après que le *Hornelen* eut coulé au nord de Skjelanger dans le Fedjefjord au cours de la nuit du 11 février cette année-là, les deux autres durent se partager le travail, et le *Fjalir* n'était pas le plus rapide. Il n'avait pas été modernisé depuis 1894, et fonctionnait encore avec son moteur d'origine, qui datait de 1858.

Il y avait peu de voyageurs en plus d'Anders, et le navire ne resta pas longtemps à quai. En repartant, il passa à la hauteur de Peder, qui resta appuyé quelques minutes sur les avirons en faisant des signes à son frère. Anders regarda la petite barque jusqu'à ce que celle-ci ait disparu dans les ténèbres. L'arrêt suivant était Askvoll, vers 22 h 30. Ensuite, le *Fjalir* gagnerait directement Bergen.

Anders voyageait en troisième classe, mais bien qu'il y ait peu de passagers juste après Pâques, il dormit mal. Lorsque le bateau approcha de Bergen, au petit matin, il était sur le pont et regardait en direction de la ville. Le vent venait du nord avec un temps variable. Au moment où ils passèrent Nordnespynten, à 7 h 15, une brusque averse mêlée de grêle survint, s'interposant comme un rideau gris entre lui et la ville, ce qui renforça d'une certaine façon son sentiment d'avoir pris une décision lourde de conséquences. Il ne pourrait jamais rentrer chez lui comme l'avait fait Tordis Sylte. Il avait quitté son foyer pour de bon.

Après avoir passé Sjøtønnen[14], la darse et le grand bâtiment des douanes portant le monogramme royal de Christian VII tourné vers la mer, ils arrivèrent à une zone ouverte semée de ruines noires et calcinées allant de Tollboden jusqu'à Nykirken.

« Ce sont les restes du grand incendie de Bergen ? demanda Anders à un matelot qui était à côté de lui avec la haussière d'amarrage à la main.

– Non, non. C'est plus à l'intérieur. Ça, ce sont les traces de l'incendie du vendredi saint, le 10 avril de l'année dernière. À présent, pratiquement tout Strand-sida a brûlé depuis le début du siècle. »

Il eut soudain l'impression que l'ensemble du paysage urbain était enveloppé de fumée, comme si les braises de tous les incendies n'étaient pas encore éteintes. Le temps froid et humide faisait descendre la fumée des cheminées d'usine et de toutes les cheminées des maisons vers les rues, où elle s'étalait en minuscules taches de suie sur le pavé avant que la pluie ne vienne la rincer.

Un peu plus tard, lorsqu'il remonta l'étroite Strand-gaten et passa au niveau d'un camion vert qui crachait un nuage gris-brun de gaz d'échappement et de vapeur d'essence, il le ressentit pratiquement comme un nappage sur la langue. Ce fut comme s'il réalisait alors seulement qu'il se trouvait dans un autre monde, loin des pentes odorantes de Fjaler, du parfum salé du Dalsfjord et de la senteur familière des selles d'animaux dans la rigole de l'étable.

Le long de Strandgaten et en descendant vers le nou-veau Strandkaien, plusieurs bâtiments de hauteurs diffé-rentes avaient vu le jour, et d'autres étaient en cours de construction. Sur les palissades et les façades, il reconnut des noms qu'il avait entendus à plusieurs reprises à la maison : Wallendahl & Fils, Kløverhuset et Helgesen & Brekke. De l'autre côté, en remontant vers Store Marke-vei, c'étaient encore les zones incendiées qui dominaient, même si le bâtiment d'angle vers la nouvelle Fortunen était à moitié construit, tandis que la pharmacie du Cygne et les immeubles de F. Beyer des deux coins de rues suivants étaient terminés depuis longtemps.

Après avoir déposé son sac chez un cousin éloigné de sa mère, Ananias Sylte, ferblantier-zingueur et propagandiste ayant atelier et logis dans Nygårdsgaten, il alla se présenter sur les conseils de Sylte comme demandeur d'emploi à l'Agence pour l'Emploi de Nygaten. On lui indiqua une lettre qui venait d'être affichée sur le mur. Il s'approcha tout près, plissa légèrement les yeux et lut :

Les postes suivants sont vacants à la Compagnie des tramways de Bergen. Seulement pour des hommes rapides, motivés, de préférence domiciliés à Bergen.

Conducteurs et contrôleurs : remplaçants : 1,40 couronnes par heure ; employés entre 21 et 24 ans : 3 200 couronnes par an ; plus de 24 ans : 3 500 jusqu'à 4 500 couronnes. Supplément pour voitures à conducteur-contrôleur : 10 øre par heure. Indemnité d'uniforme : 200 couronnes par an. Réserver un uniforme. Condition d'âge : entre 18 et 36 ans.

L'embauche ne peut être définitive qu'après un an de service. Les employés seront affiliés à la caisse de retraite sans compte.

Travaux de nettoyage (femmes): travail de nuit : 1,65 couronnes par heure ; travail de jour : 1,25 couronnes par heure.

Les demandes, personnelles ou écrites, doivent être adressées au bureau : Thormøhlens gate 40, où de plus amples informations sont disponibles.

58

Le même jour, lorsqu'il approcha de Thormøhlens gate avec une demande écrite en poche, Anders Veum fut surpris de constater qu'il n'avait pas encore vu un seul tramway. Ce fut seulement en parvenant aux abords du hall des trams et des locaux de l'administration de la compagnie, qu'il vit les premières voitures. Elles étaient vides et abandonnées sur la place devant le grand hall d'atelier. Quelques agents en uniforme discutaient ardemment avec un groupe de civils, dont certains arboraient un brassard rouge, sur lequel était peint un texte dont il ne pouvait lire que des fragments : QUET D, E GRE, VE – PI.

Au moment où Anders arriva, l'un des civils pointa l'index dans sa direction.

« Là, on en a enfin un ! » cria-t-il.

Un peu surpris, il vit toute l'attention du groupe se tourner dans sa direction, et il comprit que la présence des policiers était la seule chose qui les retenait de venir l'entourer.

« Les bureaux de la Compagnie des tramways… C'est ici ? demanda-t-il à l'un des agents.

– Un péquenaud ! s'exclama l'un des hommes en civil. Voilà que les bouseux viennent nous piquer notre boulot aussi, nom d'un chien !

– Oui, c'est là-bas, répondit l'agent en lui indiquant la direction.

– Rentre chez toi, retourne à tes galets, ploucard ! » cria un autre Berguénois.

Des murmures véhéments l'accompagnèrent jusqu'à l'entrée.

Dans les locaux administratifs, quatre ou cinq bonshommes d'âges différents, depuis le sien jusqu'à la cinquantaine, faisaient la queue près du bureau devant lui. Personne ne disait rien. Ils répondaient simplement aux questions que leur posait le petit employé au crâne dégarni.

Après avoir obtenu les réponses nécessaires, il déposait la demande sur une pile méticuleusement dressée à droite de son bureau, et appelait à haute et intelligible voix :

« Suivant ! »

Quand ce fut le tour d'Anders, il réagit immédiatement à son dialecte.

« Vous n'êtes pas de la ville ?

– Non, du Sunnfjord.

– Mais dans l'annonce il était clairement précisé que les demandeurs devaient de préférence être originaires de Bergen.

– Oui, j'habite ici, maintenant.

– Ah oui ? Et où, si je puis me permettre de vous poser la question ?

– Chez un oncle, dans Nygårdsgata.

– Vous savez donc où se trouve Nygårdsgaten ? répondit l'homme sur un ton aigre-doux. Bien, bien, c'est toujours un début… »

Il jeta un coup d'œil à la file d'attente derrière Anders et en reçut une approbation enjouée.

« C'est bon, maintenant ? s'enquit Anders en regardant sa lettre, que l'employé avait toujours à la main.

– Oui, oh oui, elle va aller sur la pile, avec les autres, bien sûr. Mais je ne me ferais pas trop d'illusions, si j'étais vous. » Il déposa la demande au sommet de la pile et reprit sa ritournelle : « Suivant ! »

En ressortant, il fut accompagné par un autre demandeur d'emploi, un homme entre deux âges aux yeux soulignés de lourdes poches et dont la bouche exprimait un certain mécontentement. Il dégurgitait légèrement en parlant, comme s'il avait des difficultés à avaler.

Le bonhomme toisa Anders, comme pour se faire une idée de ses chances d'embauche par rapport aux siennes.

« Maintenant, ils vont voir ce qu'ils ont déclenché, ces enfoirés de bolcheviks !

– Déclenché ? De quoi ?

– Enfin, tu es au courant que c'est la grève, non ?

– Non, la grève… Qu'est-ce que ça veut dire ? »

Le type leva les yeux au ciel.

« Mais bonté divine de saperlipopette, de quel coin reculé du globe est-ce que tu sors ? Tu es tombé de la lune, ou quoi ?

– Je suis arrivé du Sunnfjord ce matin de bonne heure.

– Ah, mais ça explique tout ! Pourquoi crois-tu qu'il y a tant de postes vacants, alors ? Tout le personnel a été viré. Et maintenant, ils embauchent de nouveaux employés.

– Ah, c'est comme ça… répondit Anders en ayant une fois de plus la désagréable sensation de s'être lancé dans quelque chose dont il ne percevait pas les contours.

– Oui, moi, ça fait huit mois que je n'ai pas de travail. Moi, je ne dis pas non aux salaires qu'ils touchent à la Compagnie des trams ! C'est plus que ce que je gagnais avant… »

Lorsqu'ils ressortirent dans la rue, le vent remontait Stubs gate en bourrasques glacées. À peine s'étaient-ils montrés que les insultes du piquet de grève plurent de nouveau sur eux.

L'un des types avait sorti un appareil photo qu'il braqua sur eux, comme s'il s'agissait d'une arme.

« Qu'est-ce que tu fabriques, pauvre singe ?! s'écria l'homme qui avait accompagné Anders.

– Tu vas avoir ta tronche imprimée dans *Arbeidet*[15], briseur de grève antisocial ! cria l'un des autres en retour.

– Je t'en donnerai, du *Arbeidet* !

– Tu préférerais être à la Billedgalleri[16], hein ?

– … foutus terroristes… »

La grève était principalement due à la suppression de la prime pour la vie chère dont le personnel bénéficiait depuis la guerre. L'ensemble des propositions de réductions de salaires de la part de la commune représentait une économie d'environ vingt pour cent pour l'ensemble de l'effectif. En janvier, la direction avait en outre diffusé une circulaire sur la mise en place d'un service assuré par une seule personne sur la ligne 4 à destination de Nordnes. L'objectif de ce changement était une rentabilisation de l'exploitation, mais il ne rencontra aucune adhésion des employés. Tous les efforts de conciliation échouèrent, et le conflit devint une réalité le mardi 9 février.

Les fonctionnaires des tramways élurent un comité de grève composé de Karl Furuskjeg, Oskar Jensen, Olav Askeland, Bernhard Thomassen, Torleif Nesbø et Magnus Mundal, suppléés par Hjalmar Meyer, Hans Fauske et Hjalmar Larsen. À la première grande réunion de grève, Furuskjeg déclara que ça allait être une lutte longue et acharnée, « notamment parce que cette fois, nous ne luttons pas contre des propriétaires privés et des capitalistes, mais contre notre propre commune ! »

Dans un Bergen enneigé, les tramways étaient immobiles. Pour les habitants, c'était pratiquement comme s'ils étaient remontés dans le temps, jusqu'avant 1897 – si ce n'est qu'il y avait un nombre sans cesse croissant de véhicules à moteur, en majorité des camions, mais également des taxis, des véhicules de police et des motos, qui se firent encore plus remarquer dans les rues durant la grève. Le train de banlieue de Nesttun vit sa fréquentation augmenter de façon significative, en particulier pour les deux gares proches du centre-ville, Minde et Kronstad. À Ytre Sandviken, on ressentit cruellement le vide laissé par le *Louise* et le *Triangelen*, qui avaient cessé en 1916 d'assurer une liaison régulière dans cette direction, ouverte au milieu du XIXe siècle. Des bateaux particuliers devaient à présent se charger du travail, en plus des camions loués tout spécialement qui emmenaient aussi bien fonctionnaires de bureau que travailleurs classiques sur leur lieu de travail. Malgré la couche de neige qui recouvrait la ville depuis le 10 février, on alla également chercher les vélos dans les descentes de cave pour les soumettre à un rapide nettoyage de printemps avant de les remettre en circulation, non sans un certain risque sous-jacent pour l'intégrité physique du cycliste. Compte tenu des problèmes que la grève créa de la sorte dans le reste de la population, qui s'était habituée au tramway et en avait fait un moyen de transport courant et un élément acquis dans le tableau urbain, les employés du tram ne reçurent ni enthousiasme ni soutien notoire de la part de leurs concitoyens.

Au bout d'un mois de conflit, chacun des grévistes reçut personnellement une lettre de la direction, avec une nouvelle grille des salaires. La lettre exprimait la menace claire que si ces conditions n'étaient pas acceptées et s'ils ne se présentaient pas au travail le 15 mars à 9 heures précises, ils pouvaient se considérer comme « *ne faisant plus partie des effectifs de la Compagnie des tramways* ».

À la réunion suivante du comité de grève, Nesbø tapa du poing sur la table. Il était temps que les employés eux-mêmes prennent le pouvoir ! Il lança l'idée que ceux-ci envoient un courrier à la commune de Bergen en proposant de reprendre l'exploitation de la compagnie par concession.

« La commune a toujours affirmé que les tramways sont une entreprise déficitaire incapable de payer des salaires élevés ! On va leur prouver le contraire, dès maintenant ! »

La lettre fut remise le 17 mars. Le seule réponse qui leur parvint fut que dans sa réunion de la journée – contre les voix du parti travailliste – la commission exécutive habilitait la direction de la Compagnie des tramways à annoncer la vacance des postes, « aux conditions de travail et de salaires que la direction et le comité de négociations collectives sur les salaires établit, avec l'accord de la commission exécutive », de sorte que le trafic puisse reprendre dès que l'on aurait formé suffisamment de personnes qualifiées.

Les contrôleurs furent chargés de s'occuper eux-mêmes de la formation, mais ils étaient peu motivés pour se charger d'une mission aussi impopulaire. Dans une lettre à la compagnie datée du 19 mars, ils informaient que «*pendant la grève actuelle*», ils étaient d'accord pour «*n'effectuer que ce que l'on pouvait attendre d'eux dans des conditions normales*». Ils poursuivaient : «*Particulièrement puisque nous craignons de nous trouver dans une situation des plus délicates concernant la mission d'obéir à l'ordre éventuel de former de nouveaux employés ou de suivre les instructions qui doivent être appliquées. Ces dispositions ne doivent pas être interprétées comme étant en faveur de l'une ou l'autre des parties en présence, mais nous les soumettons car nous pensons que toutes les parties y gagnent...*»

Le directeur des tramways répondit en posant une date butoir à laquelle les contrôleurs devraient accepter de former les nouveaux employés ; si les contrôleurs acceptaient de retirer leur courrier avant expiration de ce délai, la compagnie pourrait de son côté considérer l'écrit comme non reçu.

Les contrôleurs restèrent sur leurs positions, et à la réunion de direction de la compagnie le 8 avril, la majorité décida que les contrôleurs qui refusaient d'effectuer leur mission devaient être congédiés. Ceux-ci avaient un droit de réponse d'une semaine.

Le vendredi 9 avril, on lança donc des annonces pour recruter de nouveaux employés. Dès le lendemain midi, entre soixante-dix et quatre-vingts personnes avaient déposé une demande écrite.

Deux des contrôleurs s'étaient alors déclarés prêts à se charger de l'enseignement nécessaire. Les autres restaient solidaires de leurs collègues en grève, et ils apprirent à la réunion de direction du 17 avril leur mise à pied pour trois mois.

Le soir même, Torleif Nesbø faisait les cent pas dans son salon en parlant tout haut pour lui-même et en faisant de grands gestes avec les bras, comme s'il était déjà à la tribune de la Maison du Peuple, en plein appel enflammé à l'adresse des grévistes.

Une espèce d'énergie du désespoir émanait de son corps puissant, et lorsque Martha rentra de sa garde de l'après-midi, il se jeta sur elle.

« La colère gronde, ma petite !

– Il y a du nouveau ?

– Ils ont mis les contrôleurs à la porte ! Tous sauf deux qui ont courbé l'échine… Maintenant, tout le monde sur les barricades !

– Qu'est-ce que tu veux dire ?

– Que c'est maintenant que la grande bataille va avoir lieu. Si nous ne gagnons pas dans ces circonstances, autant ne jamais reprendre le boulot !

– Jamais ? » reprit-elle en le regardant avec scepticisme.

Il fit soudain demi-tour et se rendit à la commode.

« Regarde. J'ai noté tous les détails. Tu peux courir porter ça à Gunnar ? Il faut qu'il fasse paraître ça dans l'édition de lundi ! »

Elle hocha la tête, souleva légèrement ses lunettes et se passa rapidement une main sur les yeux.

« Tu es fatiguée ? Tu as faim ?

– Non, j'ai mangé quelques tartines à l'hôpital… Donne-moi ça…

– J'ai une réunion avec quelques camarades dans les catacombes. On doit mettre au point la meilleure façon d'agir. »

Peu de temps après, elle passait Sydneshaugen, où Gunnar Nesbø avait trouvé une petite chambre dans un grenier de Dragesmuget.

Les deux frères de l'Eksingedal avaient commencé à jouer un rôle prépondérant au sein du mouvement communiste de la ville, Torleif comme syndicaliste et meneur de grève, Gunnar comme agitateur et journaliste à *Arbeidet*.

Torleif pouvait faire référence à son expérience sur la Bergensbane et à son engagement dans le syndicat des fonctionnaires des tramways depuis le tout début. Gunnar se faisait remarquer, entre autres à la tribune, grâce à son expérience dans les combats ouvriers aux États-Unis, une lutte dont son bras gauche manquant constituait un symbole amer. Il était depuis longtemps admis dans les sphères du NKP qu'on avait dû l'amputer de ce bras après l'agression sauvage d'un *scab*, l'expression américaine désignant un briseur de grève.

Lorsqu'on frappa à la porte ce samedi soir, il était comme à son habitude penché sur sa table de travail, occupé à écrire. Les articles et les reportages qu'il devait réaliser durant la journée ne suffisaient pas ; il fallait en outre préparer et coucher sur papier des exposés et des interventions de débat. Au beau milieu de tout cela, il rassemblait de surcroît des notes en vue de ce qu'il espérait vaguement être un jour une œuvre politique assez importante, une représentation du développement politique de la Norvège depuis l'ancienne société de paysans et ses ping[17], en passant par la puissance royale, sous le joug étranger et jusqu'à ce qu'il considérait comme « le semblant de démocratie » de l'époque actuelle, avec le parlement et le prolétariat manipulé par les classes bourgeoises pour maintenir les classes ouvrières en état d'infériorité.

Il s'était forgé une façon particulière d'écrire, en remplacement du bras qu'il n'avait plus. Avec un gros livre sur le bas de la page, il laissait le bec de plume effleurer tout juste le papier tout en tenant sa main et son avant-bras au-dessus – une technique qui lui causait d'intenses douleurs dans le bras quand il avait beaucoup écrit. Au journal, il tapait à la machine, et il devait hériter de l'une des plus anciennes Remington dès qu'ils auraient les moyens d'en acheter des neuves.

Son dos craqua au moment où il se leva. Il traversa la pièce et ouvrit. Il sourit en voyant qui lui rendait visite et fit un pas de côté. Martha posa légèrement une main sur son bras en passant devant lui.

« Je suis désolée de venir si tard, mais c'est Torleif… Il avait des notes pour toi, si tu pouvais écrire quelque chose dessus dans le journal ? »

Elle lui tendit deux feuilles pliées.

Il hocha la tête.

« Il y a du neuf concernant la grève ?

– Oui. C'est là-dedans. Tout. »

La pièce n'était pas grande. En plus de la table à laquelle Gunnar écrivait, elle contenait une chaise en bois, un lit fait, une bibliothèque, un radiateur à rayonnement brun avec des fils rougeoyants en plein milieu et un lavabo dans un coin. Le peu de vêtements qu'il avait étaient suspendus à des patères fixées à l'un des murs, et elle put voir sous le lit le sac de toile qu'il avait avec lui en revenant des États-Unis il y avait de cela bientôt trois ans.

« Tu ne veux pas t'asseoir ? demanda-t-il en tournant la chaise près de la table. Je peux faire… tu veux une tasse de thé ? »

Elle savait que le cas échéant, il devrait descendre à la cuisine à l'étage inférieur, et elle secoua la tête en souriant.

« Ce n'est pas nécessaire.

– Ça ne prendra pas longtemps. »

Assise sur la chaise, elle se tourna vers le bureau.

« Sur quoi écris-tu ? »

Il lui retourna un regard un peu gêné.

« Ce soir, ce sont simplement quelques notes… Tu sais, des remarques qu'on se fait…

– Ah oui ? » Elle se pencha en avant, rajusta ses lunettes et lut à voix haute : « *La nécessité d'avoir une armée populaire… C'est une vérité absolue que dans tous les conflits ouvriers de ces dix dernières années, l'armée a été du côté des détenteurs du pouvoir dans les combats, bien que la sympathie des soldats ait souvent été pour les grévistes. On peut dire la même chose du pouvoir politique…* » Elle leva les yeux avec un petit sourire en coin. « Vos méninges ne se reposent jamais, hein ? À Torleif et à toi ? »

Il la regarda. Ses yeux étincelaient, l'expression de son visage était intense.

« Nous n'avons pas le temps de nous reposer, Martha ! L'optimisme des années qui ont suivi la révolution d'Octobre est en train de se transformer en… quelque chose d'autre, de plus amer. En Italie, les fascistes ne sont pas tendres avec les travailleurs. D'autres pays suivent. Regarde le régime de Zankov en Bulgarie… Des milliers

et des milliers de travailleurs et de paysans tués en prison !
Et l'Allemagne ? Le pire peut arriver là-bas, le terrain y est
propice pour tout, après la défaite de 1918… Et il nous
faudra être préparés, Martha ! À ce moment-là, il faudra
savoir manier un fusil… Même le parti travailliste reconnaît que la grève militaire de 1924 était une maladresse. »

Martha écoutait sa voix, l'intonation vibrante et la
conviction pleine d'ardeur. Elle regarda son visage étroit,
ses dents irrégulières, les poils de barbe sombres qui
apparaissaient. Il avait onze ans de plus qu'elle, et si elle
avait été la fille de Torleif Nesbø, Gunnar aurait été son
oncle. Mais Torleif *n'était pas* son père ; il n'y avait aucun
lien de parenté entre Torleif Nesbø et elle.

Elle hésitait néanmoins à soutenir son regard trop
longtemps. S'il devenait trop intense, elle baissait les
yeux.

« Mais ce qui nous trahit dans ce combat, c'est que
nous sommes complètement désunis ! Avec trois partis
travaillistes, c'est difficile de remporter une adhésion
politique totale sur une grève comme celle-ci, par
exemple. D'accord, Bergen est une capitale pour le NKP,
et nous avons le seul journal en ville qui soutienne les
grévistes, mais pense à la force que ça aurait été si nous
avions été unis ! »

Il s'assit lourdement sur le rebord du lit, à cinquante
centimètres seulement d'elle. Il parut tout à coup épuisé,
et elle le vit porter quasi inconsciemment la main à son
bras disparu, comme pour calmer un élancement.

Lorsqu'il releva les yeux, ils avaient une tout autre
expression.

« Comment ça va, chez vous ? demanda-t-il avec tendresse. Vous dînez tous les jours ? »

Elle haussa les épaules.

« Je mange à l'hôpital, plusieurs fois dans la semaine.
Torleif marche au hareng et aux pommes de terre. Il est
d'une sacrée trempe, lui aussi.

– Il a dû supporter pas mal de choses, expliqua-t-il
tristement en levant de nouveau la main droite vers son
flanc gauche tandis qu'il regardait avec découragement
droit devant lui.

– Oui, ça a sûrement été votre cas à tous les deux. »

Elle se pencha imperceptiblement en avant, tendit une main et la lui passa doucement sur la joue.

Il sursauta.

« Je… »

Elle se pencha un peu plus, et en poussant un petit soupir, elle passa les bras autour de son cou et posa son visage contre sa joue.

Pendant un instant, il resta immobile, comme pétrifié. Puis il tourna lentement le visage vers elle, et sans devoir chercher, il trouva ses lèvres, douces, chaudes, lisses.

Le lundi, son article était dans *Arbeidet*, comme convenu. Simultanément, la situation devenait incontrôlable, que ce soit pour les meneurs de grève ou pour la commune.

59

Dès la réunion du conseil municipal du 12 avril, les échanges de points de vue avaient été animés à propos du conflit et de l'emploi par la commune de briseurs de grève dans la lutte contre ses propres employés.

L'ancien vice-président du conseil municipal, Albert Nicolay Arnevig, du parti travailliste norvégien, avait été l'auteur de l'invective suivante : De quel droit les contrôleurs de la Compagnie des tramways sont-ils menacés de licenciement immédiat s'ils refusent de former au poste de conducteurs les briseurs de grève qui demandent un emploi au sein de la compagnie ?

Et il ne s'était pas contenté de cela. Dans son intervention principale, il ajoutait :

« Nous venons de passer l'un des moments importants du calendrier chrétien, Pâques. Cette date rappelle un nom qui est tout particulièrement d'actualité ces temps-ci, celui de Judas. Il y a au demeurant un trait sympathique chez cet homme-là. Lorsqu'il comprit quel acte infâme il avait commis, il se procura un morceau de corde et se pendit. Je ne crois pas que les Judas de la

Compagnie des tramways de Bergen auront ce même sens de l'honneur… »

Lorentzen, le maire, avait pris la parole et blâmé l'allusion indécente à la religion de la part d'Arnevig.

« Je n'ai pas fait usage d'insultes. Judas est un nom lié à un acte bien déterminé, et on doit avoir le droit d'utiliser ce nom concernant des gens comme ceux dont il est question ici !

– Écoutez, écoutez ! s'écria Fridtjof Helgesen, qui représentait la droite. Il n'est absolument pas surprenant que nous ayons parmi nous un valet des juifs de Moscou, qui ne craint même pas de railler la chrétienté pour construire une argumentation facile ! Mais vos méthodes sont bien connues depuis longtemps ! La grève des tramways doit cesser immédiatement, et tous les moyens d'action démocratique doivent être employés.

– Oui, démocratiques, c'est le mot, bougonna Gunnar Nesbø depuis les rangs de la presse sans rencontrer de soutien particulier de la part de ses collègues des autres journaux.

– Sinon, je propose que l'on étudie la question du transfert à des gestionnaires privés ! » conclut Helgesen, en rencontrant une approbation modérée des autres représentants bourgeois.

Les résultats de l'annonce des postes avaient été impressionnants, selon toute vraisemblance à cause de la longue période de chômage. Près de quatre cents demandeurs d'emploi s'étaient présentés, dont soixante-dix femmes. Entre soixante-dix et quatre-vingts furent embauchés à la section circulation, un nombre légèrement inférieur dans les ateliers. Les nouveaux venus reçurent en premier lieu un apprentissage théorique derrière des portes closes dans le hall des trams. Dans le même temps, on planifia les premiers cours de conduite.

Le jeudi 15 avril, il y eut une nouvelle tentative ratée de conciliation.

Le dimanche 18 avril, le vice-président de l'association des communes norvégiennes, Torbjørn Henriksen, lança un appel enflammé dans un Eldorado plein à craquer, lors d'une réunion de grève qui avait relégué le prédicateur laïc Rein Seehus au Tivoli, de l'autre côté d'Olav Kyrres gate. Torleif Nesbø prit lui aussi la parole pour un bref appel, qu'il termina en ces termes :

« Le moment est venu, camarades ! Nous devons nous dresser contre l'injustice et empoigner les armes que nous avons à portée de main : notre propre force, notre solidarité et notre cause commune ! Nous ne laisserons pas les détenteurs du pouvoir réaliser leurs désirs – ni aujourd'hui, ni demain ! Nous ne nous rendrons jamais ! »

Les applaudissements furent assourdissants, on n'avait pas entendu de telles ovations depuis bien des années à l'Eldorado.

Le lundi 19 avril, l'heure de la première grande confrontation avait sonné. Les nouveaux employés devaient apprendre à conduire les trams sur le tronçon long d'environ quatre ou cinq cents mètres entre l'école de Møhlenpris et Marineholmen, et un grand nombre de spectateurs, grévistes ou curieux, s'attroupaient. Pour calmer les esprits, on avait en outre fait venir un nombre assez conséquent de policiers, qu'ils soient en uniforme ou en civil – dont une partie disséminés dans le public.

Tous les policiers ne manifestaient pas un enthousiasme sans bornes pour leur mission. L'agent de police Svend Atle Moland était l'un d'eux. Déjà en tant qu'élève à la toute nouvelle école de police de Kristiania, des idées subversives avaient pris racine en lui. Les importants combats de rue pendant les grandes grèves de 1921, quand même les aspirants avaient été appelés pour faire cesser les désordres ouvriers, lui avaient donné la désagréable impression de participer à un jeu auquel il n'adhérait pas. *Et vous-même ? Le puissant policier ? Vous êtes si bien payé ? Vous ne devriez pas être du côté des grévistes, et non être un serviteur soumis à la tyrannie ? Et la soi-disant « aide sociale », était-ce autre chose que du bris de grève organisé ?* Beaucoup des désordres qu'il avait contribué à faire cesser n'étaient-ils justement pas le résultat de provocations de ce genre ?

En tant qu'agent fraîchement émoulu, il avait été présent à l'assemblée des membres du syndicat des policiers de Kristiania en mai 1923, lorsque la déclaration de soutien au combat du mouvement ouvrier pour une société plus juste avait été votée, en même temps que le syndicat invitait les Gardiens de l'Ordre Public Ouvrier, l'antithèse de l'Aide sociale, à poursuivre leurs activités. Comme une conséquence de ces dissensions internes, dix fonctionnaires furent congédiés par le directeur de la police. Le Syndicat de la police norvégienne, que dirigeait depuis 1924 Henrik Rutledal, du commissariat de Bergen, protesta énergiquement. On devait en finir avec cette façon arbitraire de traiter les officiers de la fonction publique ! La houle ne s'était pas encore calmée, ni à Oslo, ni à Bergen.

C'était une chose que Svend Atle ait choisi de marcher dans les traces de son père. C'en était une autre, et nettement plus inconfortable dans la situation présente, alors que son frère Per Christian se trouvait de l'autre côté, dans le rôle de l'un des conducteurs de tram licenciés.

Certes, la nature paisible de Per Christian avait évité que sa tête s'élevât particulièrement haut dans la bagarre ; il suivait plutôt le courant par vieille habitude. Un licenciement définitif aurait malgré tout des conséquences catastrophiques pour lui et sa famille, son épouse Lina, ses fils Agnar et Terje et sa fille Sissel.

De son poste au coin de Stubs gate et Thormøhlens gate, Svend Atle cherchait le visage de son frère dans la foule. Sans le trouver.

Un murmure sembla parcourir l'assistance. Le troupeau avança, certains tendirent le cou, d'autres un doigt. Le bruit sourd de roues de tram sur les rails et un petit coup de flûte attirèrent toute l'attention vers la sortie du hall. Et là, pour la première fois depuis plus de deux mois, le jaune de la Compagnie des tramways apparut dans les rues gris-brun de Møhlenpris.

Quelques spectateurs applaudirent, émerveillés. D'autres manifestèrent bruyamment leur désapprobation à travers des sifflets, des cris et des insultes.

« Judas, Judas, Judas ! »

Le refrain était scandé tandis que la voiture qui emportait une poignée d'employés nouvellement recrutés contournait le coin en direction de l'aire de jeu et Marineholmen. Les visages pâles des employés regardaient à l'extérieur, vers les poings levés et les expressions hostiles de ceux qu'ils avaient remplacés.

« Tenez les rangs ! cria Torleif Nesbø. Il va peut-être en venir d'autres ! »

Effectivement. Une nouvelle voiture sortit tout de suite après, celle-ci aussi pleine d'élèves ne demandant qu'à apprendre.

Anders Veum était dans la deuxième voiture. Les yeux grands ouverts, il contemplait cette foule effrayante, en imaginant la tempête sur le palais d'hiver, tel que l'instituteur Myklebust, de l'école de Hellevika, la leur avait décrite de façon si vivante. Il songea à la famille royale qui avait été exécutée, à des spectateurs anodins qui avaient été terrassés par des tirs de fusil, à toutes les victimes innocentes de la révolution. *Est-ce comme cela que ça va se passer, pour moi aussi ? Oh, Seigneur, j'aurais dû rester à la maison !* Si seulement il avait été comme son frère, fort, courageux, il serait certainement descendu du tramway et leur aurait donné une leçon, à tous ! *C'est ma faute, peut-être ? Je n'ai rien fait d'autre que répondre à une annonce, à la fin ! Je ne savais même pas qu'il y avait des grèves !*

« Regardez comme ils ont la pétoche ! cria-t-on dans la foule.

– Et ils ont de bonnes raisons pour ! » répondit quelqu'un d'autre en agitant un poing.

Un grondement puissant résonna soudain dans Wolffs gate. Peu de temps après, les deux motos de la police surgirent pour permettre au tram d'arriver en toute sécurité jusqu'à Marineholmen. La vue des motos éveilla des souvenirs désagréables chez les spectateurs qui avaient participé activement aux grandes grèves de 1921, quand la police avait équipé un camion de plaques de fer avant de l'utiliser comme voiture blindée contre la foule pendant un rassemblement à Strandkaien. Le « Taubåten », renforcé avec des grilles devant les phares et le pare-brise, n'était pas non plus un élément inconnu des manifestations des années 1920. Le « Taubåten » était la fierté de la police, un Scania Vabis que Bergen s'était procuré dès 1917, en tant que premier commissariat de Norvège, et avant que Stockholm et Copenhague n'aient commencé à se fournir en véhicules motorisés. Dès 1919, le parc automobile avait été agrandi grâce à une Buick et deux motos, dont l'une avec side-car, toutes deux de la marque Harley Davidson.

« Judas ! Judas ! » criait la foule.

Les motos firent demi-tour et dégagèrent la route pour les deux tramways à travers le croisement de Wolffs gate et en direction de Marineholmen. La foule leur emboîta le pas tandis que les manifestations de mécontentement pleuvaient :

« Dehors les briseurs de grève ! Dehors les briseurs de grève ! »

Anders ne suivait que d'une oreille distraite les informations qu'on leur donnait. À sa grande surprise, on lui avait attribué un poste et, à son arrivée, il avait trouvé son nom sur la liste des contrôleurs. Sa mission consisterait en premier lieu à vendre et à vérifier les billets, en plus de donner le signal du départ au conducteur lorsque tout serait en ordre. Il n'avait pas besoin d'une formation très poussée pour cela. Lors du trajet-test du 19 avril, il eut plutôt le sentiment de participer en tant que spectateur.

Lorsque ce fut terminé, tous les nouveaux employés furent retenus dans le hall tandis que le directeur les remerciait pour leur attitude positive et leur souhaitait la bienvenue pour le lendemain.

« Mais faites bien attention, quand vous partirez d'ici, conclut-il. Les autres sont au bord du désespoir, à présent. Il est impossible de savoir ce qu'ils peuvent inventer ! »

Comme on pouvait s'y attendre, Per Christian Moland était resté dans les tout derniers rangs au cours des essais de conduite. Cela ne lui ressemblait pas de monter sur les barricades pour crier des slogans ; il n'était pas non plus convaincu que sa baisse de salaire justifie à elle seule de mettre en péril tout son avenir. En outre, Svend Atle était de garde, là-bas… Quelle allure ça aurait, si lui et son frère en venaient aux mains en pleine rue ! Mais en dépit de sa position pondérée, il avait réagi avec amertume quand la direction avait déclaré que les postes des grévistes étaient désormais vacants. Ceux qu'ils mettaient à la porte n'étaient quand même pas des fauteurs de trouble ! C'étaient des pères et des soutiens de famille,

ayant de nombreuses années d'ancienneté ! Il était pour
sa part dans la boutique depuis 1915, et conduisait depuis
cinq ans. Sans l'emploi de Lina comme femme de ménage
à l'école de Møhlenpris trois après-midi par semaine, les
choses auraient été nettement moins reluisantes pour eux.
Même ces temps-ci, ils mangeaient du hareng et des
pommes de terre la plupart du temps, et le lait qu'ils
avaient les moyens d'acheter était réservé aux enfants. Ils
dormaient peu. Il se tournait et se retournait dans son lit
jusque tard dans la nuit, se demandant avec angoisse ce
que l'avenir allait bien pouvoir apporter. Fallait-il alors
s'étonner qu'il se sente flapi et pas très en forme ?

Lorsque les portes du hall se refermèrent derrière les
briseurs de grève et que tout retomba, il remonta avec
quelques-uns de ses anciens camarades de travail à travers le Nygårdspark. Malgré quelques nuages, c'était un
beau temps de printemps. Il avait plu tôt dans la matinée,
mais les nuages gris avaient disparu, et une lueur mauve
de boutons prêts à éclore flottait sur les cimes des arbres
du parc. Les oiseaux volaient très au-dessus en chantant
avec insouciance en direction du ciel. Ils ne faisaient pas
la grève, eux ! L'été arrivait, de toute façon…

Ils s'assirent sur les bancs de l'esplanade située devant
le jet d'eau, de là ils voyaient toute la partie inférieure du
parc. Il y avait Jens Mikkelsen, Klaus Kleppe, Nils Monsen, Hans Knappskog et lui-même.

Tout à coup, Jens se leva et tendit le doigt. Trois
hommes étaient entrés dans le parc près de l'aire de jeu.

« Là ! Ce sont des briseurs de grève ! On va les choper !

– Oui ! s'exclama Klaus en sautant sur ses pieds avec
un cri de joie. On va leur casser la gueule ! Venez ! »
s'écria-t-il en se retournant vers les autres.

Jens avait déjà commencé à descendre l'escalier. Les
trois autres suivirent. Per Christian ne bougea pas.

Klaus se retourna.

« Allez, viens, Piddi ! Tu n'as pas les foies, quand
même ?

– Non, je… »

Il suivit à contrecœur.

Anders les vit arriver. C'était par le plus grand des
hasards qu'il avait suivi les deux autres, un Berguénois

qu'ils appelaient simplement Olsen et un gars d'Åsane du nom de Leif Sætre.

« Regarde ! » s'exclama-t-il en saisissant Olsen par le bras. « Il y a du monde qui arrive !

– Et merde, ce sont des grévistes ! »

Sætre regarda derrière lui.

« On va devoir se barrer, et le plus tôt... »

Mais il était trop tard. Les deux premiers, de solides gaillards tous les deux, étaient déjà arrivés. Deux autres les talonnaient de près, tandis que le cinquième se trouvait un peu en retrait.

Le premier coup survint, dur et net. Sætre partit à la renverse. Olsen avait levé les mains pour se défendre et il put contre-attaquer rapidement. Il atteignit Klaus Kleppe à la mâchoire d'un coup qui résonna, mais le lourd ouvrier des tramways poursuivit sa course vers l'avant, et ils s'écroulèrent tous les deux sur le sol.

Dans l'intervalle, Sætre s'était relevé. Sa bouche saignait. Jusque-là, Anders était resté passif, mais il fut atteint sur le côté de la tête par un coup si puissant que l'écho se répercuta à l'intérieur de sa boîte crânienne.

Pendant ce temps, Kleppe et Knappskog se déchaînaient sur Olsen, qui tourna la tête et gueula :

« Courez chercher de l'aide, quelqu'un ! Allez chercher la police ! »

Sætre obéit instantanément et partit au triple galop vers l'aire de jeu.

« Hé ! Arrêtez-le ! cria Jens Mikkelsen. Piddi ! Cours-lui après ! »

Anders n'en comprit pas davantage. Un nouveau coup l'envoya mordre la poussière, et une sorte de petit pling ! tinta quelque part dans sa tête.

Sætre courut comme un dératé vers Møhlenpris, traversa en biais l'aire de jeu et disparut par le portail donnant sur Thormøhlens gate. Per Christian Moland le suivait avec une conviction toute relative.

Arrivé dans la rue, Sætre aperçut un uniforme dans le lointain.

« Au secouuurs ! hurla-t-il. Une agression ! »

Le policier réagit immédiatement. Ils entendirent le bruit de son sifflet et le virent arriver en courant vers eux, sans qu'il cesse pour autant de souffler dans son sifflet.

Per Christian s'arrêta complètement. Il s'appuya à la palissade bordant l'aire de jeu et chercha à reprendre son souffle.

L'homme qu'il avait poursuivi était arrivé jusqu'au policier. Il faisait de grands moulinets avec les bras, et ne tarda pas à se retourner pour montrer du doigt d'abord le parc, puis Per Christian.

Le policier hocha la tête, lui glissa quelques mots, tendit une main vers le hall des trams et se remit en mouvement, en direction de l'aire de jeu. Lorsqu'il fut suffisamment près pour voir de qui il s'agissait, il ralentit progressivement jusqu'à ce qu'ils se retrouvent face à face, immobiles, se regardant l'un l'autre avec un mélange de dégoût et de trouble dans les yeux.

Ils étaient assez similaires de constitution, ayant tous deux l'apparence puissante de leur père. Svend Atle était malgré tout plus mince et plus athlétique que son frère, qui à seulement trente ans faisait déjà nettement plus. Ils étaient blonds l'un comme l'autre, Per Christian un peu plus foncé que Svend Atle, et l'aîné avait une moustache courte tandis que Svend Atle était complètement rasé.

« Je n'aurais jamais cru ça de toi ! s'exclama Svend Atle.

– Ce n'est pas ce que tu crois, gémit Per Christian. Ce n'était pas voulu. Je n'ai fait que suivre…

– On me l'a déjà servie, celle-là, malheureusement, répliqua sèchement son frère.

– Ça te surprend qu'on en ait eu gros sur la patate, peut-être ? Lourdés après plus de dix ans dans la boutique ! »

Svend Atle ne répondit pas. Durant quelques secondes, il ne fit que regarder son frère.

« Rentre chez toi ! ordonna-t-il alors sur un ton découragé. Je n'ai pas le temps de te parler maintenant ! »

L'instant suivant, il courait vers le parc.

Per Christian partit dans la direction opposée, tête basse. Que dirait Lina, si cela devait se savoir ? Et Svend Atle, attaquerait-il son propre frère en justice ? Témoignerait-il contre lui, peut-être ?

Lorsque Svend Atle Moland arriva à l'endroit où avait eu lieu l'agression, au nord du sinueux étang aux canards, les oiseaux s'étaient envolés. Un jeune homme de dix-neuf ou vingt ans était assis à même le sol, l'air passablement déboussolé. L'autre type, plus vieux de quelques années, était debout, et tenait un avant-bras devant son nez tout en pointant un doigt vers Parkveien.

« Ils ont filé par là, monsieur l'agent !

– Combien étaient-ils ?

– Quatre… cinq ! L'un d'eux a poursuivi Leif. Par là où vous êtes arrivé…

– Oui, j'ai appelé des renforts, expliqua Svend Atle avec un hochement de tête. On est déjà à leur recherche. »

L'autre évacua un peu de sang et de mucosités par le nez.

« La vache… Je comprends sans problème qu'ils soient en pétard contre nous, mais de là à procéder à une attaque en règle…

– Eh bien… Les temps sont durs, pour eux aussi. Beaucoup d'entre eux ont une famille à laquelle ils doivent penser.

– Ils auraient dû y penser avant ! rétorqua le bonhomme en plissant de petits yeux soupçonneux vers Svend Atle. Dites-moi, de quel côté êtes-vous, en fait ? »

Ah, ça, mon gars, songea Svend Atle Moland en se tournant vers le jeune assis par terre.

« Et toi, comment ça va ? Tu as besoin d'aide ?

– Il va sûrement falloir… Je ne me sens pas… au mieux de ma forme », répondit Anders Veum avant de se pencher sur le côté et de rendre tripes et boyaux dans l'herbe ocre-jaune.

60

On était en pleine nuit, en cette fin du mois de mai. Martha Nesbø était debout sous un vasistas dans Dragesmuget et regardait les étoiles au-dessus d'elle. Elle avait son manteau sur les épaules, comme si elle était sur le départ, mais sous son manteau, elle était nue.

Par la fenêtre entrebâillée, elle percevait vaguement le parfum du début de l'été, les merisiers et les lilas des jardins les plus proches. Le jour avait à peine commencé à poindre, et le ciel ressemblait à une énorme bille de verre bleue sur laquelle les étoiles formaient comme des gouttes de condensation laissées par un souffleur de verre invisible, occupé pour l'heure à y insuffler une nouvelle vie.

Dans le lit derrière elle, Gunnar Nesbø se retourna et murmura une rafale de mots indistincts. Elle frissonna et serra un peu plus le manteau sur elle.

Elle ne ressentait aucune honte. Elle se considérait comme une femme moderne, et personne ne l'avait contrainte. Tout en regardant les étoiles, c'était à sa mère qu'elle pensait. Qu'aurait-elle dit, elle, si elle avait su ? L'aurait-elle mise en garde, l'index dressé : *Tu as vu ce qu'il est advenu de moi, Martha ! Deux mômes avec deux gus différents, avant de rencontrer Torleif…*

Il n'était pas le premier avec qui elle le faisait. Un apprenti menuisier rencontré lors d'une fête à l'Association ouvrière deux ans plus tôt l'avait servie en vin maison qu'il conservait dans une flasque glissée dans sa poche intérieure. Jeune et inexpérimentée qu'elle était, elle l'avait suivi chez lui, dans une chambre en sous-sol de Marken, où les rats faisaient un tel foin derrière les panneaux muraux qu'elle s'était plus attachée à savoir si l'un d'eux cherchait à venir les rejoindre qu'à ce que l'autre trifouillait entre ses cuisses. Mais il était charmant avec son foulard rouge autour du cou, et si excité à l'idée de réussir ce qu'il avait entrepris que tout avait été expédié en un tournemain ; elle avait alors pensé : *si je me retrouve avec un enfant maintenant…*

Mais ce ne fut pas le cas. À peine six mois plus tard, elle s'était laissé transporter par un oto-rhino-laryngologiste qui, bien que marié, lui avait apporté l'expérience dont elle avait besoin, aussi bien pour garder un secret que concernant les façons d'éviter de tomber enceinte. Elle avait alors considéré l'ensemble avec un certain détachement, un peu comme si elle avait retiré ses lunettes et ne voyait par conséquent pas distinctement ce qui se passait. Aux alentours de Noël, quand elle avait remis ses lunettes, elle avait retrouvé une vision normale et avait mis un terme à la relation.

Elle avait lu Kollontaï et Nini Roll Anker, et savait que ce qui distingue une femme moderne de sa congénère des siècles passés, ce n'est pas en premier lieu la conscience politique, même si l'accession au droit de vote n'est pas négligeable, mais c'est sa liberté sexuelle, la libération du joug masculin, de la morale sociale victorienne et de l'oppression chronique de ses propres instincts sexuels, aussi bien dans le couple que dans la vie publique. C'est pourquoi elle avait décidé très tôt de faire ses propres choix, dans ce domaine également. Depuis l'expérience de la toute première fois, elle n'avait plus jamais bu d'alcool. Personne ne posséderait son corps, et aucun homme ne le prendrait sans qu'elle l'ait décidé elle-même au préalable.

Ce qu'elle avait vécu avec Gunnar Nesbø avait été différent. Depuis l'instant où le manchot, que la plupart considéraient comme son oncle, était apparu à la porte presque trois ans auparavant, elle avait ressenti un mélange de curiosité et de tendresse qui l'avait attirée vers lui, lentement mais inexorablement, comme les vagues de l'océan parviennent à déplacer le chargement arrimé dans les cales d'un bateau.

Ce qui avait tout d'abord été un contact familier prudent, renforcé par l'engagement politique de Torleif et de Gunnar, avait évolué en une amitié proche, pour finalement se changer en quelque chose d'autre, de spécial, qu'elle n'était pas en mesure de nommer avec précision. – *Das muss die grosse Liebe sein* [18], disait l'un des schlägere allemands les plus populaires du moment – mais le grand amour, qu'est-ce que ça pouvait bien être, sinon un château en Espagne, une illusion pour rêveurs et romantiques, incompatible avec les réalités de ce nouveau siècle soucieux de politique. C'était aussi convaincant que de croire à un Dieu qui aimait le monde au point de donner son fils pour lui, et de l'y laisser crucifier... Quand Martha avait décidé de coucher avec Gunnar Nesbø, c'était parce qu'elle avait ressenti à son égard une tendresse qu'elle ne pouvait manifester autrement qu'en se donnant à lui, complètement, pleinement.

Au tout début, deux semaines plus tôt, il n'avait d'abord pas voulu retirer sa chemise. Elle avait alors perdu toute timidité, s'était jetée sur lui et s'était dressée à genoux sur le lit, en étirant son long buste vers le plafond et en écartant les bras :

« Je ne me suis pas mise nue pour toi ?

– Mais il ne s'agit pas d'être nu, Martha ! Il y a quelque chose qui… qui manque.

– Ce n'est quand même pas avec le bras qui te manque que tu as prévu de me faire l'amour, si ? »

Plus tard, allongée dans le lit, elle avait caressé la cicatrice grossière et le petit moignon pitoyable qui pointait de l'épaule gauche, comme si c'était la tête d'un enfant prématuré, et elle l'aimait justement pour cette raison plus que n'importe quoi d'autre.

Elle se détourna de la fenêtre, retourna silencieusement vers le lit, se pencha et sortit l'une des cigarettes qu'il avait roulées de l'étui portant l'inscription *Michigan Bay Stompers*, impressionnante quelle qu'en soit la signification. Elle la coinça entre ses lèvres et l'alluma.

Il entendit le craquement de l'allumette et ouvrit les yeux. Son visage était maigre et osseux. Manifestement, il semblait avoir grand besoin de tout son sommeil. En clignant des yeux, il se tourna sur le côté et tendit son unique bras vers elle. Elle inhala profondément la fumée de cigarette, si intensément qu'elle la sentit descendre jusque dans le bas de son ventre. La main légèrement arquée, il la caressa doucement sur le ventre et sur son sexe sombre. Elle fit un mouvement des épaules de telle sorte que son manteau tombe. La cigarette incandescente à la bouche, elle fit un petit pas en avant, à cheval sur son bras, et la tête renversée en arrière, elle passa lentement une main sur la pointe de ses seins tandis qu'il l'attrapait par l'arrière des cuisses pour l'attirer vers lui et plaquer son visage contre les poils sombres couvrant la fente ouverte et humide qu'elle sentait comme une dépression chaude et aspirante. Elle retira ses lunettes, éteignit sa cigarette à tâtons dans le cendrier et le repoussa doucement mais fermement dans le lit avant de reprendre encore une fois possession de lui, de son corps jeune et fort, comme une révolutionnaire russe, assise à cheval sur le tracteur en route vers le soleil couchant. Le petit moignon de l'homme s'agitait désespérément vers le ciel, comme la nageoire d'un phoque captif. Mais l'autre bras la tenait si solidement qu'elle espéra qu'il ne relâcherait jamais son étreinte.

Quelques heures plus tard, elle rentra chez elle. Le ciel nordique, blond en été, avait alors mis les étoiles en fuite depuis longtemps, et le chœur des oiseaux saluait depuis les cimes, le long de Dokkeveien, le soleil qui s'élevait comme un gigantesque zeppelin au-dessus des montagnes à l'est. La ville était encore paisible. L'école de Sydneshaugen paradait avec majesté sur les hauteurs de Christianberg, tournée vers le Puddefjord, mais pas un élève n'était visible derrière ses hautes fenêtres. Les usines de Laksevåg ne tournaient pas et les premiers tramways du matin ne circulaient pas encore.

Arrivée à Trikkebyen, elle entra prudemment, ôta ses chaussures et se glissa sur la pointe des pieds dans le couloir, lorsqu'elle entendit la voix de Torleif dans le salon.

« Martha ? C'est toi ?

– Oui. » Elle se présenta à la porte.

Il était assis devant la fenêtre, face à une pile de papiers et un livre ouvert.

Elle put voir qu'il avait veillé toute la nuit. Non parce qu'il l'avait attendue, mais parce que la grève des trams subissait le coup de grâce.

61

Dès le lendemain de l'apprentissage dans Marineholmen, le mardi 20 avril, les quatre premiers tramways apparurent dans les rues de la ville. Lentement, les nouveaux employés les conduisirent sous la surveillance des anciens contrôleurs, autour de Marineholmen et Florida, par Nygårdsgaten et Olav Kyrres gate, puis jusqu'à Småstrandgaten. Le cortège fut accompagné par les motards de la police, et on vit le directeur d'exploitation, Christian Joachim Mohn, à bord de la première voiture. Les tests se produisirent sans incidents, abstraction faite de quelques passagers qui n'étaient pas au courant du conflit et voulurent monter à bord des voitures lorsque celles-ci s'arrêtèrent dans Småstrandgaten, mais durent être repoussés. Lorsque les tramways passèrent devant le parc Nygård, au retour, quelques gamins leur lancèrent des pierres, et deux vitres furent brisées.

Des désordres nettement plus importants survinrent à la fin de la journée de travail, lorsque les nouveaux employés quittèrent le hall de Møhlenpris. Un gros troupeau de curieux et de grévistes s'était formé dans les rues adjacentes, et au moment où les briseurs de grève s'apprêtaient à rentrer chez eux sous escorte policière, ils furent suivis d'une foule de fonctionnaires licenciés, accompagnés de leurs femmes et de leurs enfants, qui les huèrent copieusement. Au sommet d'Olaf Ryes vei, la police barra la rue et fit usage des matraques pour repousser la foule. Plusieurs des manifestants furent interpellés et durent décliner leur identité avant de pouvoir regagner leurs pénates.

Le noyau dur du syndicat se réunit ensuite dans ce qu'ils appelaient « les catacombes », les locaux souterrains que l'organisation possédait sous Trikkebyen. La commune était en train de prendre la main. Il fallait établir de nouveaux plans. Comment fallait-il s'y prendre maintenant que les trams avaient commencé à rouler pour de bon ?

Et que faire pour leurs trois collègues qui avaient été reconnus et qui étaient en détention préventive à la suite de l'agression du parc Nygård ? Deux autres étaient recherchés, mais les interpellés refusaient de donner des noms.

Le vendredi 23 avril, on prit l'initiative de nouvelles négociations, mais celles-ci aussi demeurèrent sans résultats. Le lendemain, les tracts des grévistes furent confisqués par la police parce qu'ils ne portaient pas la mention du lieu d'impression. Dans le même temps, la situation se compliqua considérablement lorsque les négociations sur les salaires furent rompues dans plusieurs autres grandes organisations syndicales. Le lundi 26 avril marqua le début d'un arrêt de travail complet dans toutes les usines mécaniques et dans le bâtiment, en plus d'un débrayage à la bonneterie de Hop et la fabrique de chaussures de Bergen. Désemparés, les meneurs de la grève des tramways constatèrent que leur conflit passait dans l'ombre d'un lock-out englobant le pays tout entier.

Le mardi 27 avril, cinq voitures assurèrent un service presque régulier sur la ligne entre Inndalen et Småstrandgaten. On formait en même temps des conducteurs sur la ligne de Haukeland. Ceux que les journaux bourgeois appelaient à présent logiquement « les ex-fonctionnaires des tramways » répliquèrent en lançant des pierres sur les voitures dans Nygårdsgaten, et plusieurs d'entre eux furent arrêtés par la police.

Le jeudi 29 avril fut une journée dramatique. Douze voitures étaient maintenant en service, mais dans le courant de la nuit, les lignes furent sabotées en plusieurs endroits. À Inndalen, on versa du ciment dans les aiguillages, et l'alimentation électrique fut coupée en plusieurs endroits bien que les interrupteurs fussent cadenassés. La police procéda à des interrogatoires auprès des meneurs de la grève, mais d'autres que Torleif Nesbø avaient les clés des locaux électriques.

Malgré les escortes policières, aussi bien en moto qu'en voiture, les insultes et les jets de pierre ne manquèrent pas ce jour-là non plus. La même chose se produisit le lendemain, lorsqu'un nombre important de grévistes tentèrent d'interdire aux nouveaux employés de sortir après la pause-déjeuner. La police fut de nouveau appelée pour repousser les manifestants, et la colère contre la maréchaussée allait elle aussi croissant. Au cours d'un dîner dominical dans Øvre Blekevei, où Agnes et Christian Moland avaient invité leurs deux fils à des « pourparlers de paix », une querelle véhémente éclata entre Per Christian et Svend Atle, qui se termina lorsque Svend Atle s'écria :

« Si je n'avais pas été là, tu serais au trou !

– Ah oui ? Je peux aller me dénoncer !

– Au trou ? Et pourquoi ? » s'était enquis avec curiosité le père, intervenant dans la dispute entre les deux coqs, avant que tout ne se dénoue quand la mère de famille était revenue de la cuisine en faisait bien clairement savoir que « maintenant, c'est l'heure du café, alors cessez de vous chamailler ! ».

Pendant que toute la population suivait grâce aux journaux et – pour quelques privilégiés – aux nouveaux postes à galène, les derniers préparatifs d'Amundsen et le périple aérien d'Ellsworth au-dessus du pôle Nord dans le dirigeable *Norge*, les manifestations de Bergen atteignaient un nouveau paroxysme.

Le lundi 3 mai, une manifestation populaire fut organisée à la Folkets Hus, en protestation contre « la violence de la police et les arrestations ». Le leader du groupement syndical, Johannes Wilhelmsen, incita à l'extension du conflit non seulement au travail de la commune, mais à tout travail organisé dans Bergen, sans exception. « Toute l'ardeur du syndicat doit être mobilisée pour que les briseurs de grève soient chassés de la compagnie des tramways ! » enjoignit-il. Quelques centaines d'hommes défilèrent sous des bannières rouges jusqu'au commissariat. Tandis que les manifestants restés au-dehors chantaient l'Internationale, une délégation vint exiger que les personnes arrêtées soient relâchées. Devant ce refus, un nombre sans cesse croissant de personnes se dirigèrent vers la demeure du directeur de la police, à Sydneshaugen, où les plus zélés se déchaînèrent sur la porte donnant sur la rue. La police arriva rapidement avec des renforts conséquents, et la rue fut promptement évacuée.

Le lundi 10 mai, dix mille personnes se rassemblèrent devant l'Hôtel de Ville en protestation contre l'utilisation de briseurs de grève dans le conflit du tramway. Le temps était radieux, et à mi-chemin entre le 1er et le 17 mai, c'était comme s'il était apparu une nouvelle fête nationale qu'il fallait célébrer. Des appels enflammés furent lancés depuis les balcons proches de la Folkets Hus, avant que les manifestants ne se dirigent sous leurs banderoles rouges et au son dissonant de leurs fanfares vers l'ancien Rådstue, où une réunion avec le conseil municipal devait avoir lieu. Une délégation des meneurs de grève, avec à sa tête Furuskjeg et Nesbø, entra dans la salle du conseil, tandis qu'une foule sans cesse plus nombreuse, enrichie en nouveaux manifestants, patientait sagement au-dehors. Ils restèrent serrés comme des sardines trois heures et demie durant, écoutant les appels et chantant des chants guerriers, jusqu'à ce que la délégation ressorte. Furuskjeg prit alors la parole :

« Le conseil municipal a examiné la question ! Nous sommes priés de nous rendre à la Folkets Hus, où il nous sera apporté de plus amples explications.

– Non ! Non ! cria la foule. Nous voulons savoir ici ! »

Furuskjeg éleva alors la voix :

« La direction des tramways a demandé quelques jours supplémentaires pour pouvoir régler cette affaire ! »

Des cris et des insultes fusèrent, avant que les manifestants ne partent vers la Folkets Hus.

Torleif Nesbø était resté un instant sur les marches du Rådstue pour les regarder s'éloigner. Il éprouvait une désagréable sensation d'échec. Quand une assemblée de dix mille personnes tournait le dos à une réunion du conseil municipal et s'en allait, au lieu d'envahir la salle, de dresser des barricades et de prendre le pouvoir, ce n'était à ses yeux qu'une question de temps avant la fin.

« Mais qu'est-ce qui a raté, Torleif ? » lui demanda Martha en ce vendredi matin naissant de la fin du mois de mai.

Il poussa le livre de Lénine sur la table devant lui. Elle le prit et en lut le titre : *L'impérialisme et la scission du socialisme*, édité par les éditions Ny Tid de Trondheim.

« Le manque de cohésion ! répondit-il. Il nous a manqué un parti politique unique dirigeant du côté des travailleurs ! Maintenant, on en a trois. On n'a jamais eu le soutien dont on avait besoin de la part de la Confédération nationale norvégienne des travailleurs, bien qu'ils aient approuvé aussi bien les revendications que la grève, et ça a introduit le doute et l'incertitude dans nos rangs. Le vice-président du conseil municipal, Fasmer, vient de proposer dans une réunion entre les parties que cent soixante-quinze personnes retrouvent leur poste si nous mettons un terme à cette grève maintenant...

– Cent soixante-quinze ! Mais ce n'est pas bien, ça ?

– Le médiateur désigné par les pouvoirs publics avait proposé cent cinquante, et on a dit non, à cent soixante-dix voix contre quarante. Les revendications n'étaient pas satisfaites ! Tout ce qui nous reste, c'est la honte… constata-t-il en agitant tristement un poing. Mais les gens ont peur. La presse bourgeoise les présente comme des criminels et des agitateurs. La police les traque, où qu'ils aillent. Ils ont femme et enfants à la maison, qui ont faim, et qui sont fatigués… Tu as vu ce qui est arrivé aux trois qui ont été arrêtés pour la soi-disant agression dans le parc Nygård… Mikkelsen a écopé de cinquante jours de prison, Kleppe de trente, tandis que Knappskog a pris une amende de 100 couronnes. Ce soir, le comité de grève a appelé à une réunion pour étudier une proposition de vote. Je vais me battre contre, mais je crains fort qu'ils aient la majorité, cette fois. » Il tourna un regard abattu vers la fenêtre. « Les tramways circulent. Les gens ont pratiquement oublié qu'un conflit était en cours. »

Elle le regarda tristement.

« Bon, bon… Ce n'est pas plus mal, si tout retrouve son cours habituel ?

– Si tu le dis, Martha, si tu le dis… »

Après une pause oppressante, il leva les yeux de la table et la regarda.

« Et toi ? D'où viens-tu, à cette heure ? »

Elle croisa son regard, se redressa et se concentra pour le regarder droit dans les yeux au moment où elle lui répondit.

« De chez Gunnar. »

Un mouvement calme parcourut son visage, comme des ronds dans l'eau. Il pencha imperceptiblement la tête sur le côté, comme s'il cherchait à entendre un écho dans le lointain.

« Tiens ? De chez Gunnar… » répéta-t-il finalement avant de baisser de nouveau les yeux sur la table.

Torleif Nesbø vit ses suppositions se vérifier. À la réunion du 28 mai, la proposition du vice-président du conseil municipal fut acceptée à une écrasante majorité. Le 5 juin, la grève était définitivement terminée, mais ce ne fut qu'à partir du 16 que la circulation redevint normale, à l'exception de la ligne annexe vieille de deux ans, à côté de la gare, qui fut supprimée.

Pour bien des grévistes, le conflit eut des conséquences sérieuses. Une centaine environ de ceux qui avaient débrayé en février furent exclus de leur ancien lieu de travail, en dépit des promesses faites au cours des négociations avec Fasmer. Le vice-président du conseil municipal fit une déclaration publique selon laquelle ce n'était pas en tant qu'homme politique de la commune, mais en tant que personne privée qu'il avait participé aux négociations, et qu'il n'avait jamais fait de promesse sortant du cadre des propositions avancées par le médiateur officiel. L'amertume à l'égard de la commune ne s'apaisa pas lorsque la commission exécutive récompensa l'ensemble des briseurs de grève en les titularisant.

Le retour des grévistes parmi les employés des trams se déroula en apparence de façon tout à fait arbitraire. Beaucoup durent par conséquent accepter des emplois publics et autres postes qui se présentaient, et il fallut près de deux ans avant que les quatre premiers grévistes soient repris. Peu importait l'ancienneté de tel ou tel. On refusait le retour de fonctionnaires ayant jusqu'à vingt années de service s'ils s'étaient un tant soit peu fait remarquer pendant le conflit. Ce ne fut qu'après un travail acharné du syndicat des fonctionnaires qu'environ trente-cinq des employés d'origine furent réintégrés dans les voitures. Dans les ateliers, le manque de main-d'œuvre conduisit à ce que la plupart retrouvent leur poste après quelques mois d'oisiveté.

Le conflit provoqua une fracture importante au sein du syndicat des fonctionnaires du tramway. Tous ceux qui avaient été embauchés pendant la grève furent considérés par leurs collègues tout d'abord comme une menace, puis comme un facteur d'incertitude et pendant bien des années après comme un maillon faible qui atténuait la puissance de l'organisation. Ce ne fut qu'à la soirée de la Saint-Sylvestre 1929, lorsque le syndicat fêta ses vingt ans au cours d'une sympathique petite sauterie dans les locaux de la loge maçonnique, que l'on put avoir l'impression que les principales dissensions étaient surmontées et que le syndicat des fonctionnaires du tramway pouvait de nouveau regarder de l'avant.

Karl Furuskjeg et Magnus Mundal furent réintégrés parmi les effectifs après un certain temps, sous la menace que tout début de « controverse pendant le service » serait lourd de conséquences pour leur situation professionnelle. Tous deux prirent par la suite la direction du mouvement. Un autre activiste figurant sur les listes noires, le dirigeant nouvellement élu Olav Madsen, reçut une lettre similaire.

Per Christian Moland retrouva son poste en août 1928, après l'intervention active de son père, dans l'ombre. Anders Veum fut titularisé sur décision de la direction en juin 1926. Après qu'ils se furent fortuitement rencontrés un dimanche après-midi cet automne-là, il arriva plusieurs fois que lui et Svend Atle Moland aillent boire une bière ensemble au Børs, au Bernhard ou au Vågen.

Torleif Nesbø ne revint jamais aux tramways. Après deux années de chômage, il trouva un poste de préparateur d'acier d'armature dans un atelier de Laksevåg, dont le directeur technique était un membre éminent du NKP. À l'été 1926, il quitta Trikkebyen pour s'installer dans un studio de Fritznersmuget, tout au bout de Nordnes, où il vécut seul.

À peu près au même moment, Martha et Gunnar Nesbø emménagèrent dans un deux-pièces avec cuisine commune dans Neumanns gate, à quelques pâtés de maisons seulement des locaux de la rédaction d'*Arbeidet*, dans Torvgaten. Puisqu'ils avaient tous les deux le même nom de famille, personne d'autre que les pouvoirs publics ne réagit au fait qu'ils vivaient en union libre. En mars 1927, lorsque Gunnar Nesbø suggéra qu'ils pourraient au moins aller voir un juge pour mettre bon ordre dans les papiers, ce fut Martha qui regimba. *Elle était une femme moderne et libre*, affirma-t-elle. *S'il voulait la garder, il fallait qu'il la prenne comme elle était !*

62

Ingrid Moland ne vivait que pour l'automne. Le restant de l'année, elle attendait.

L'hiver était long et sombre, une traversée du désert avant le printemps, la Terre promise, quand les oiseaux revenaient, le soleil commençait à chauffer, et les dessous en laine pouvaient retourner dans les tiroirs jusqu'à l'hiver suivant. « *Car voici, l'hiver est passé. La pluie a cessé, elle s'en est allée. Les fleurs paraissent sur la terre, le temps de chanter est arrivé, et la voix de la tourterelle se fait entendre dans nos campagnes* », lut-elle dans le *Cantique des cantiques* ; car même si elle avait cinq ans de plus et avait un tantinet commencé à penser se placer comme domestique à Stavanger, ou peut-être à devenir infirmière, Rebekka Gule et elle étaient toujours fidèles à la paroisse de Bethel – Rebekka en tête lorsqu'il fallait déclarer sa foi, Ingrid nettement plus réservée, car elle ne savait jamais comment les fidèles réagiraient si elle exposait ses pensées les plus secrètes. Leurs autres amies avaient fait leur chemin dans la vie. Sara Sæbø était mariée avec l'un des garçons de la ferme voisine et déjà mère d'une petite fille. Ingeborg Skaret avait obtenu un poste d'institutrice à Tysvær et était partie de chez elle six mois plus tôt.

Le printemps et l'été s'écoulaient, rythmés par le travail dans les champs et à la maison. Elle accompagnait parfois son père dans les fermes d'alpage pour voir une vache atteinte de fièvre de lait ou un veau qui ne voulait pas sortir. À la Saint-Jean, elle descendait vers le quai et le bûcher sur la plage, restait en périphérie du cercle de lumière en observant ceux qui dansaient, le regard voilé, en proie à ce doux désir dans les reins, tel qu'elle l'avait aussi trouvé dans le *Cantique des cantiques* : « *Je suis un narcisse de Saron, un lys des vallées. Comme un lis au milieu des épines, telle est mon amie parmi les jeunes filles. Comme un pommier au milieu des arbres de la forêt, tel est mon bien-aimé parmi les jeunes hommes. J'ai désiré m'asseoir à son ombre, et son fruit est doux à mon palais.* » Mais l'arbre à l'ombre duquel elle avait envie de s'asseoir ne se trouvait pas dans le Hjelmeland, ni au printemps, ni en été ; il arrivait à l'automne, avec l'obscurité et les vents forts. À l'automne, elle tombait comme un fruit mûr, chaque année, quand les prédicateurs arrivaient en ville. Et pendant qu'elle attendait, ils chantaient à Bethel : « *Oh, viens, comme sur les ailes du matin calme ! Viens, et de ton trône prends possession ! Merveilleux jour, où nous agiterons les palmes ! Oui, viens, pour le jour de la résurrection !* »

Depuis ce jour de septembre 1921, quand Peter Paulus Haga avait planté son puissant regard bleu dans le sien et l'avait ouverte comme un livre tout neuf, elle avait compté les mois, les semaines et les jours qui la séparaient de son retour.

En 1922, elle n'avait pratiquement pas osé lever les yeux quand il s'était avancé jusqu'à la chaire pour prêcher, comme s'il se tenait dans l'éclat des cieux, si éloquent et pressant qu'elle avait eu l'impression de se trouver au bord du Jourdain, écoutant la voix du Maître lui-même, dix-neuf siècles plus tôt. Après la réunion, elle avait aidé au service du café. Elle avait rempli sa tasse d'une main tremblante, pendant qu'il discutait à l'une des tables avec la belle femme blonde d'un petit exploitant du Vormedal. À un moment, il leva les yeux et la regarda sans réellement la voir. Puis, tandis qu'elle allait à la table suivante, il leva de nouveau la tête, comme s'il avait vu chez elle un élément qui avait éveillé sa curiosité. Mais cette année-là, il partit dans le Vormedal pour coucher chez ceux qui y avaient été sauvés, et elle commença à compter mois, semaines et jours.

En 1923, elle était restée alitée, avec quarante de fièvre, sans même pouvoir aller sur le pas de la porte quand il était passé devant la maison. Le médecin de campagne lui avait ordonné de garder le lit, car ce dont elle souffrait faisait penser à la grippe espagnole. La simple évocation de ce nom faisait frissonner son entourage, comme s'il s'agissait d'une nouvelle « mort noire » semblable à celle qui avait balayé le pays cinq ans auparavant. Pendant qu'il prêchait à la maison de prières, elle lisait l'*Ecclésiaste* : « *Mais souviens-toi de ton créateur pendant les jours de ta jeunesse, avant que les jours mauvais arrivent et que les années s'approchent où tu diras : Je n'y prends point de plaisir...* »

C'est avec d'autant plus d'expectative qu'elle voyait venir la réunion de septembre, lorsqu'ils devraient non seulement se rassembler à Bethel, mais également partir ensemble en bateau jusqu'à Ombo et y tenir une réunion de renouveau religieux dans l'une des fermes qu'ils y possédaient. Elle avait seize ans, ses seins étaient à présents gros et fermes, elle s'était habituée depuis longtemps à ce qui lui arrivait une fois par mois, et elle remerciait le Seigneur de leur avoir donné le *Cantique des cantiques* : « *Lève-toi, aquilon ! Viens, autan ! Soufflez sur mon jardin, et que les parfums s'en exhalent ! Que mon bien-aimé entre dans son jardin, et qu'il mange de ses fruits excellents !* »

À la réunion du samedi après-midi à Bethel, il vint vers elle avant l'ouverture, lui prit solennellement la main et la regarda gravement :

« Tu m'as manqué, l'année dernière.

– J'étais malade !

– J'ai presque cru que nous t'avions perdue.

– Oh non, je suis au Seigneur pour toujours !

– Comment t'appelles-tu, mon enfant ?

– Ingrid.

– *Et son nom était Ingrid*, récita-t-il, les yeux dans le vague, comme s'il citait les écrits saints. Tu viens avec nous à Ombo, demain ?

– Bien sûr ! »

Il lui passa alors doucement une main sur l'épaule avant d'aller s'asseoir sur le banc du premier rang, comme d'habitude.

« Je crois que c'est toi qu'il vient de choisir, lui chuchota Rebekka dans le creux de l'oreille.

– Il m'a choisie ? Qu'est-ce que tu veux dire ?

– Comme son élue », répondit-elle mystérieusement, et une espèce de frisson parcourut Ingrid : *son élue ?*

Le lendemain, dimanche, elle voyagea dans le même bateau que lui lorsqu'ils traversèrent le fjord. Il était assis tout à l'arrière, le dos très droit, un petit sourire sur les lèvres, le soleil de septembre se reflétant en une petite étincelle dans ses yeux, et c'était comme s'il gardait le regard tourné loin d'elle, constamment. Vêtue de son cardigan gris-bleu à motifs boutonné bien haut dans le cou par-dessus son chemisier et son tricot de corps en laine, sur une jupe longue et convenable de cuir anglais, elle se sentait comme un tronc de bouleau transplanté trop tard, bouillonnante de sève mais pleine d'appréhension, comme si les premières nuits de gel la touchaient déjà.

Après la réunion, on leur servit du lapskaus et du pain azyme au salon de la ferme, mais à chaque fois qu'elle cherchait son regard, il était entouré d'autres personnes. C'était comme s'il les attirait à lui, notamment les femmes, de la grand-mère de quatre-vingts ans aux petites filles de quatre ou cinq ans, qui posaient sans vergogne la tête sur son genou et levaient sur son visage des yeux pleins de curiosité. Ne l'aurait-elle donc jamais pour elle ?

Ce ne fut que lorsqu'ils furent revenus dans Vågen et qu'elle fut la dernière à débarquer qu'il se retrouva là, sur le petit môle, la main tendue pour l'aider à remonter. Il ne se poussa pas, de telle sorte que pendant un instant qu'elle allait revivre durant toute l'année qui suivrait, ils furent si près l'un de l'autre que si elle en avait eu l'audace, elle aurait pu se dresser sur la pointe des pieds, se pencher très légèrement en avant et embrasser ses lèvres sanguines. Plein d'une sollicitude toute paternelle, il chassa une mèche de cheveux qu'elle avait sur la joue, la regarda droit dans les yeux et prononça les mêmes mots que la veille :

« *Et son nom était Ingrid…* »

Puis il fit brusquement volte-face et suivit les autres sur le quai.

Elle voulut lui courir après, se jeter à son cou et le retenir. Mais elle resta où elle était, de peur de s'écrouler à n'importe quel moment.

L'année suivante, en 1925, ce fut en revanche comme s'il ne la voyait presque pas. Elle s'endormit en pleurant amèrement après la réunion, comme si on l'avait jetée dans un gouffre dont elle ne distinguait pas le fond, abandonnée dans les ténèbres, *des ténèbres si épaisses qu'on pouvait les toucher*, et le lendemain, elle fut prise d'une fièvre aussi subite qu'inexplicable ; elle eut ses règles une semaine plus tôt que prévu, tellement le choc avait été violent.

En 1926, elle s'était levée au milieu de l'assemblée, le psautier à la main, pour témoigner devant tous de l'intensité avec laquelle elle attendait de rencontrer le Christ en personne, face à face, de tomber à ses genoux et d'oindre ses pieds…

« Alléluia ! Alléluia ! » avait-on crié autour d'elle.

Et tandis qu'elle parlait, le regard tourné vers le haut, c'était *lui* qu'elle regardait, et lorsqu'elle se rassit, comme taillée en pièces par sa propre excitation, avant d'oser enfin lever les yeux, il la regardait bien en face depuis la chaire, exactement comme la toute première fois, en 1921, lorsqu'elle avait treize ans. À travers le brouillard autour d'elle, ses mots lui étaient parvenus :

« Ah, combien il est exquis d'être ici, après ce beau témoignage de la part de l'une de nos fidèles sœurs dans la foi – Ah, fille de Saron, ta foi t'a sauvée – au jour du Jugement dernier, tu seras à n'en point douter aux côtés du Seigneur Christ, comme sa belle mariée… »

D'une voix tremblante, elle se joignit au chant d'allégresse, après quelques phrases muettes :

« *Je l'ai vu vivant dans le jardin, et je ne l'ai jamais vu si beau…* »

Par la suite, au moment du café, il lui avait demandé si elle ne voulait pas s'asseoir avec lui, et ils avaient discuté à voix basse, intimement, de part et d'autre de cette nappe blanche, ce qui l'avait amenée encore plus près de lui qu'elle ne l'aurait cru possible. Il avait dévoilé ses doutes, dit que c'était une foi comme la sienne, si sincère et vive, qui pouvait chasser même ses propres doutes, mettre un terme à toutes ses réflexions et ses hésitations, « oui, ne pouvaient-ils pas simplement fléchir le genou ensemble et prier, tous les deux, seuls… ».

Elle avait regardé autour d'elle.

« Mais ce n'est sûrement pas possible…

– Non, les gens se méprendraient, répondit-il à voix basse, mais je dors chez les Gule…

– Chez Rebekka ?

– Oui, son père a eu la gentillesse de me proposer de m'héberger dans la petite pièce derrière la cuisine… Si je laisse la porte de derrière ouverte… »

Elle hocha vigoureusement la tête et fit un grand sourire, pour qu'il comprenne qu'elle était d'accord. « *Viens, âme assoiffée*, chantait-on en elle… *Tu as assez longtemps bu ici, où la soif ne peut être apaisée. Viens à la source, viens à présent à la bonne source ! Viens, bois au flot clair de la vie, qui te donnera force et courage…* »

Par la suite, elle s'était souvent demandé : avait-elle compris vers quoi elle allait ? Était-ce volontairement, consciemment qu'elle était venue à lui, après la tombée de la nuit, comme un voleur dans l'obscurité ? Avait-elle souhaité bonne nuit à ses parents, s'était-elle déshabillée et couchée, pour ensuite se relever sans un bruit, quand tout était redevenu calme dans la maison, se rhabiller, descendre en catimini et refermer prudemment la porte derrière elle, parce qu'elle savait que ce qu'elle faisait était interdit – ou pouvait facilement le devenir ?

Il était plus de minuit lorsqu'elle approcha prudemment de la maison plongée dans le noir où habitait Rebekka. – Rebekka… Qu'avait-elle dit, deux ans plus tôt ? *Je crois que c'est toi qu'il vient de choisir…* Rebekka avait-elle fait partie des élues, avant elle ? C'était peut-être pour cela qu'il l'avait à peine regardée l'an passé, tandis que sa meilleure amie avait eu l'air si étrangement exaltée les jours qui avaient suivi ?

Elle regarda avec suspicion vers les fenêtres. Y avait-il quelqu'un qui pût la voir ? Puis elle fut arrivée. Elle ouvrit lentement la porte et se glissa à l'intérieur. Elle traversa la cuisine à pas de loup et frappa tout doucement à la porte de la petite pièce du fond, avant d'entrer sans attendre de réponse.

Il faisait complètement noir à l'intérieur, et il lui fallut un moment pour apercevoir les contours de l'homme. Il était déjà à genoux devant le lit, simplement vêtu d'une chemise de nuit blanche.

« Est-ce toi, Maria Magda…

– Maria ? C'est Ingrid…

– … lena… »

Il se leva d'un bond, se retourna et vint vers elle, presque comme un fantôme dans sa chemise blanche ; il posa les mains sur ses épaules.

« Es-tu venue pour te donner au Seigneur, Ingrid ?

– Oui…

– Alors retire tes vêtements pour Lui, qui de toute façon voit tout !

– Retirer… »

Avec des gestes impérieux et décidés, il déboutonna la veste de la jeune femme, la plia soigneusement et la suspendit à une chaise. Après avoir dénoué la boucle de sa jupe, il la laissa tomber de sorte qu'elle puisse en sortir. Il se mit à genoux devant elle, laissa ses mains remonter prudemment le long de ses jambes, lui retira son jupon et sa culotte. Pendant un très court instant, elle sentit le dos de sa main caresser son sexe duveteux, avant qu'il ne se relève pour faire passer son chemisier et son tricot de corps par-dessus sa tête, et s'immobilise devant elle :

« Ôte-moi ma tunique, femme, et prions ! »

Elle fit ce qu'il demandait, et il l'attira contre lui. Ils étaient nus, comme Adam et Ève dans le jardin d'Éden, et elle sentit son sexe contre son ventre, aussi long et lourd que celui d'un étalon. Mais elle n'avait pas honte ; et lorsqu'il la conduisit au lit et qu'elle sentit le parfum étranger et acide de son corps, ce fut comme si une vague de déception la parcourait quand il la fit malgré tout s'agenouiller à côté de lui, joindre les mains, courber la nuque et prier :

« Seigneur, pardonne-nous nos péchés ! »

Elle s'y joignit à voix basse :

« Seigneur, pardonne-nous nos péchés ! »

Quand il la saisit ensuite par la taille pour la porter sur le lit, elle plaqua ses mains au mur pour s'y appuyer, tandis qu'il écartait délicatement ses cuisses, comme s'il avait peur de la déchirer, enfonçait son désir rond et lisse en elle, et elle comprit brusquement, comme dans un vertige, qu'il devait y avoir une volonté du Seigneur là-dedans, dans le fait qu'une autre personne entre littéralement en une autre, et elle s'estima heureuse d'être une femme pour vivre des choses de ce genre. Il était si tendre et attentionné qu'elle ne remarqua rien des douleurs contre lesquelles sa mère et ses amies l'avaient mise en garde ; c'était juste sombre, doux, plein d'allégresse – et si bon qu'elle remercia Dieu pour le pardon qu'il leur avait déjà donné d'avance. Un courant chaud et vibrant l'envahit soudain, tel l'eau qui déferle dans un goulet étroit au moment du changement de marée ; il resta un moment immobile, comme s'il s'était assoupi sur elle. *Était-ce tout ?* se demanda-t-elle ? Mais il se retira, dressé comme un chien au-dessus d'elle, à quatre pattes, lui flaira les seins, le ventre et jusqu'à son sexe, et elle ressentit un choc en se rendant compte qu'il la lapait, qu'il la buvait complètement, qu'il jouait avec sa langue de ces parties tendres en y faisant naître comme une vague, là aussi, pour finir.

« Louons le Seigneur, qui nous a donné tout cela ! murmura-t-il d'en bas. Pardonne-nous, Seigneur, car nous avons péché ! »

Plus tard, lorsqu'elle avait été rhabillée et prête à repartir, il lui avait tendu une petite feuille pliée.

« Si jamais tu viens à Stavanger, Ingrid, tu peux me laisser un message ici… Demande Mme Terkelsen… »

À présent, trois mois et demi plus tard, en janvier 1927, elle se trouvait dans un Stavanger plongé dans le gris hivernal et battu par les vents, devant l'adresse de Kleven qui lui avait été donnée, et elle regardait le panneau peint à la main : *Pension.*

Elle entra dans la cage d'escalier obscure et regarda autour d'elle. Une porte était ouverte sur sa droite, et elle sentit l'odeur du café. Dans son parler des villes le plus correct, tel qu'elle l'avait appris à la maison, elle s'enquit :

« Ohé ? Il y a quelqu'un ? »

Une femme plantureuse aux cheveux châtains, à la poitrine opulente et dont l'une des ailes du nez était ornée d'une sidérante verrue brun-rouge, arriva à la porte et lui sourit de ses grandes lèvres entrouvertes.

« Oui ? Je suis Mme Terkelsen. Je peux faire quelque chose pour vous ? »

Ingrid baissa les yeux.

« P-Peter Paulus Haga… Est-ce qu'il habite ici ? »

L'expression de Mme Terkelsen changea.

« Oh non, oh non, oh non ! répondit-elle avec compassion. Ce n'est quand même pas encore une autre brebis égarée qui vient en ville ?

– Une br… Encore une ? Que voulez-vous dire ?

– Là, là, ma petite. » La grosse bonne femme fit un pas de côté étonnamment preste dans l'ouverture de la porte. « Mais entre plutôt t'asseoir un moment… »

Elle suivit en hésitant, et pénétra dans ce qui apparut être une sorte de petite chambre meublée, comprenant une plaque de cuisson, sur laquelle le café mijotait, une table couverte d'une nappe rouge et blanc tachée sur laquelle elle vit une tasse sale et un *Stavanger Aftenblad* plié. Une fenêtre donnait sur la rue.

« Il a dit que je pouvais le trouver ici…

– Ça arrive », répondit Mme Terkelsen en sortant une tasse et une soucoupe de la paillasse sous la plaque de cuisson. « Tu prendras bien une tasse de café, après ce voyage ?

– Non merci, je ne me sens pas spécialement… bien… »

Mme Terkelsen l'observa attentivement.

« Tu viens de loin ?

– Du Hjelmeland, par le bateau. »

Elle ouvrit le manteau gris-vert qui dès l'an passé était devenu trop juste pour elle, et s'assit sur la chaise libre.

Mme Terkelsen l'examina, la robe de coton rouge sous le cardigan gris et blanc, jusqu'au haut de ses jambes, où elle aperçut ses poignets pâles et ronds et ses doigts qui ne cessaient de se nouer et de se dénouer.

« Quel âge as-tu, ma petite ?

– Dix-huit ans et demi.

– Et où en es-tu ?

– Où… Que voulez-vous dire ? »

Mme Terkelsen fit un signe de tête en direction du ventre de la jeune fille.

« Tu vois bien de quoi je veux parler. »

Ses yeux s'emplirent brutalement de larmes.

« Tr-trois mois et demi ! »

La femme secoua tristement la tête.

« Tes parents sont au courant ?

– Ah non ! Eux, je leur ai dit que je… que je partais en ville – après Noël – pour y trouver un poste de domestique !

– Trois mois et demi… Je crains fort qu'il ne soit trop tard…

– Trop tard !

– … pour venir me voir, moi, je veux dire.

– Mais P-P-Peter Paulus, où est… Il n'est pas ici ? »

Mme Terkelsen haussa les épaules.

« Ah ça, non. Il y a une bonne paie que Peter Paulus Haga n'a plus mis le pied chez Mme Terkelsen, mon enfant.

– Qu'il…

– La dernière fois que j'ai entendu parler de lui, les gens disaient qu'il était parti du côté de Kristiania. Ou Oslo, comme ça s'appelle maintenant. Il devait aller en Suède pour l'hiver, à ce que l'on a dit.

– En Suède…

– Tu n'as pas de famille en ville, alors ? »

Ingrid secoua la tête sans rien dire.

« Qu'est-ce que tu vas faire ? »

Elle pleurait silencieusement.

« Je p-pensais que Peter Paulus…

– Ah non, c'était à prévoir, un vagabond pareil ! »

Vagabond… N'était-ce pas comme cela que papa avait naguère appelé les gens comme lui ?

« Mais tu peux loger ici, chez moi, si tu te contentes de ce que j'ai à proposer. En attendant de trouver ce que tu veux faire…

– J'ai un peu de famille – à Haugesund… »

Elle regarda vers la fenêtre. La neige tombait à gros flocons. Derrière elle, tout était noir et vide, et Haugesund lui apparaissait comme une ville infiniment lointaine.

63

Dès l'instant où Hjalmar Brandt accepta d'accompagner Torborg Hagen chez elle, en cet après-midi de février 1925, il fut perdu. Deux jours seulement plus tard, il rompit ses fiançailles avec Cecilie Frimann. Torborg Hagen l'avait avalé avec peau et poils, au propre comme au figuré. Elle l'avait conquis comme on conquiert une forteresse abandonnée, au pont-levis baissé, la herse grande ouverte, pendant que tous les gardes étaient ivres morts à leur poste.

« Mais que s'est-il passé, Hjalmar ? » avait hoqueté Cecilie, la bouche tremblante, les larmes ruisselant de ses yeux et de son nez.

Elle s'était cramponnée à son revers de veste, et il avait tourné la tête de côté, honteux et mal à l'aise vis-à-vis de ce qu'il sentait devoir faire.

« J'en ai rencontré une autre !

– Mais qui ?

– Je ne peux pas te le dire ! »

Tandis qu'ils allaient vers Sydneskleiven, en passant devant l'Ancien Théâtre et la Folkets Hus, Torborg Hagen avait fait la conversation, gazouillante, sûre d'elle et montrant de charmantes dispositions au rire. À plusieurs reprises, elle avait pratiquement tiré l'avant-bras de Hjalmar à elle pour s'appuyer en riant contre lui, et lorsqu'elle déverrouilla la porte verte, elle lui lança un petit coup d'œil par en-dessous en esquissant un léger sourire :

« Vous osez, jeune homme ?

– Jeune homme, allons bon ! Je dois être aussi vieux que vous ! »

C'était comme si elle avait hésité, la clé dans la serrure, tout en capturant malicieusement son regard :

« *Mais as-tu vécu autant ?* »

Avec une certaine culpabilité, il l'avait suivie dans ce petit appartement d'une pièce et demie comprenant une cuisine exiguë qui donnait sur la cour.

Elle avait lentement retiré son manteau. Sa légère robe gris-bleu paraissait de la soie sur son corps plantureux, et elle n'avait rien eu contre son regard admiratif.

« Je peux peut-être t'apprendre des choses nouvelles ? avait-elle suggéré, un bout de langue au coin des lèvres.

– Sur le théâtre ? »

Elle avait éclaté d'un rire exubérant.

« Non, sur la vie ! Un verre de vin, peut-être, pendant que le café chauffe ? »

Elle avait posé la cafetière sur la table de cuisson, allumé le gaz, s'était étirée pour attraper deux verres à vin et une bouteille de porto rouge avant de le précéder dans le petit salon, décoré de quelques photos de scène et d'un tableau représentant Copenhague, suspendu au mur au-dessus d'un petit secrétaire. À travers un rideau de velours grenat partiellement tiré, il avait aperçu l'alcôve, qu'occupait presque entièrement un large lit sous un couvre-lit brun.

« J'ai appris que vous aviez remis une pièce.

– Eh bien… oui… mais ça ne donnera probablement rien…

– Comment cela s'appelle-t-il ? »

Il baissa les yeux :

« *Le rêve d'Aphrodite*. Il est question de… de l'amour d'un jeune homme. »

Il releva la tête. Les yeux bleu sombre de la femme scintillaient, comme si elle jouait sur scène l'un des plus grands rôles de la littérature mondiale.

« Y a-t-il un rôle pour moi dedans ? »

Durant les années qui suivraient, il allait apprendre que cette question précise était l'une de celles que l'on posait le plus fréquemment dans le monde du théâtre : « Y a-t-il un rôle pour moi dedans ? »

Mais à ce stade, il n'avait pas assez d'expérience, et il ne sut que racler bêtement le sol du bout de sa chaussure, rectifier la position de sa cravate et bredouiller :

« Il y a un beau rôle principal émouvant – si j'avais pensé… »

Quand elle les eut servis, elle leva son verre. Après avoir trinqué, elle alla au gros gramophone à manivelle sous son entonnoir rebondi, posa un grand disque rond sur la platine, se rassit avec nonchalance dans le profond fauteuil, leva de nouveau son verre et fredonna lentement la mélodie restituée par le saphir grésillant, *Mhmhmmm, mhmhmmmm*. Elle s'était subitement interrompue et avait planté son regard sur la main droite de Hjalmar Brandt. Une petite ride bien nette était apparue entre ses sourcils.

« Vous n'êtes pas marié, quand même ?

– Oh n-n-non ! Juste fiancé ! »

Et le sourire de son interlocutrice était comme du velours :

« Ah, comme ça... juste fiancé... »

Quand le disque avait été terminé, elle l'avait précautionneusement retourné, avait remis la grosse tête de lecture ronde en place, avait élégamment fait demi-tour pour parcourir le peu de pas qui les séparaient et avait tendu la main vers lui :

« Dansons-nous ? »

Sans que cela lui parût tout à fait réel, il avait dansé un fox-trot lent et obsédant avec Torborg Hagen, à 16 h 30, dans son agréable petite chambre de Sydneskleiven. Tandis qu'ils dansaient, elle avait plaqué son corps tout contre celui de Hjalmar, pas lourdement – elle ne pendait pas entre ses bras comme certaines autres avec qui il avait dansé, mais *conduisait* presque, comme un homme. Elle avait fait un tout petit mouvement de la tête, de sorte que son regard sombre avait plongé sans plus de détour en lui, à l'instar d'une grenade sous-marine qui ne tarderait plus à exploser. Pris de vertige, il vit son visage grossir et approcher, il sentit son souffle léger entre ses lèvres entrouvertes et humides, et avant que la danse ne soit terminée, elle l'avait entraîné dans un baiser brûlant, une étreinte dont il lui était impossible de se défaire, prisonnier comme d'une pieuvre entre ses bras puissants...

« Viens, avait-elle murmuré à son oreille, je vais t'apprendre des choses que tu ne sais pas... »

Le rideau de velours rouge lui avait caressé le front tandis qu'ils passaient, et lorsqu'elle s'agenouilla pour déboutonner son pantalon de ses doigts longs et élégants, ce ne fut pas comme une esclave soumise, mais comme une maîtresse qui lui imposait de faire ce qu'elle ordonnait.

Elle n'avait pas menti. Elle lui avait appris des choses qu'il ne savait pas, et quelques heures plus tard, en descendant derrière elle vers le théâtre sous les averses de neige fondue, il s'était senti laminé, sensible aux endroits les plus invraisemblables. Ce fut tout juste s'il n'en ressentit pas un choc lorsque, le retenant au coin de Vaskerelven, elle l'embrassa rapidement en levant sur lui un regard voilé :

« Tu me retrouves après la représentation ?

– Quand ?

– Dix heures et quart.

– Si tu veux, alors…

– Non seulement je veux, Hjalmar, mais… »

Elle avait traversé la rue sans achever sa phrase. Il avait parcouru Torvet en hâte, jusqu'à sa petite chambre de Lille Øvregaten, où il s'était rapidement passé le visage sous l'eau glacée, comme pour évacuer la fièvre de son corps ; mais à 22 h 15 précises, il était sous l'un des arbres du parc du côté de l'entrée des artistes, sous le vent qui ululait dans les cimes nues, comme si la nature elle-même voulait peindre un cadre romantique terrifiant autour du drame qu'il n'avait pas écrit, mais qu'il vivait tout à coup personnellement. Lorsqu'elle était enfin réapparue, il l'avait suivie chez elle, comme un toutou, en ayant cette conviction : *c'est une araignée de luxe, et je suis sans aucune défense pris dans sa toile…*

La nuit avait de nombreuses pièces, et elle les lui avait toutes fait visiter.

Le lendemain, lorsqu'il était allé voir Cecilie chez elle dans Allégaten, elle lui avait paru incolore et perdue, comme une petite jeune fille dégingandée dans son chemisier un peu trop décent, les mains sagement jointes sur les genoux et sans aucune anecdote amusante à raconter. Quand il avait révélé la raison de sa visite, en ressentant dans tout son corps un certain dégoût de lui-même, elle avait éclaté en sanglots douloureux, mais elle avait chassé la main qu'il avait posée sur son épaule. Elle avait levé des yeux baignés de larmes vers lui :

« Ce doit être l'une de ces catins du théâtre ! Oh, Hjalmar ! Comment as-tu pu !

– Pas catin, avait-il murmuré.

– Mais n'ai-je pas été bonne pour toi ? Ne t'ai-je pas donné ce que j'avais de plus intime ?

– Si, tu…

– Et c'est comme cela que tu me récompenses ?

– On n'y peut tout simplement rien, Cecilie !

– Alors va-t'en, va-t'en ! Tu ne vaux pas mieux qu'un autre ! Je ne veux plus te voir…

– Non ?

– Non… »

Avec la sensation d'être un déserteur de la Grande Guerre errant au milieu d'un champ de mines, il avait quitté Allégaten comme un automate pour descendre Harald Hårfagres gate, passer devant le Musée d'histoire naturelle, où l'on travaillait d'arrache-pied sur le nouveau musée. Devant Øisteins gate, il suivit l'esplanade qui dominait en grande partie le centre-ville, et arriva à Sydneskleiven. Mais lorsqu'il frappa à sa porte, personne ne répondit.

Sans marquer de temps d'arrêt, il était descendu au théâtre, avant de comprendre subitement qu'il n'avait strictement rien à y faire ; il erra donc dans les rues autour du bâtiment, dans Christian Michelsens gate, qui courait comme un boulevard ouvert entre les zones incendiées. Il fallait encore descendre jusqu'à Strandgaten pour trouver les premiers bâtiments, mais les lignes de tram avaient été reconstruites depuis longtemps, et la rue était par conséquent l'une des plus passantes de toute la ville. Les tramways jaunes étaient devenus l'une des marques de fabrique de la ville, la sillonnant du nord au sud, d'est en ouest.

Lorsque l'heure de la fin de la répétition approcha, il revint se poster à l'extérieur du théâtre, au coin de Sverres gate et d'Engen. Quand elle sortit, elle s'arrêta un instant pour discuter avec l'un des comédiens – son rire parvenait jusqu'à lui, et avant qu'ils ne se séparent, elle passa tendrement une main sur la joue de son collègue, émit un petit rire et passa ensuite légèrement courbée en avant devant Bjørnson. Alors il s'interrogea : *Qu'avait-il fait ? Était-il suffisamment mûr pour cela ?*

« Mais, Hjalmar, qu'est-ce que tu fais là ?

– Je… je passais dans le coin…

– Mais… Tu m'accompagnes ? »

Oh oui, il l'accompagna, encore et encore, il noya sa mauvaise conscience dans la peau blanc vanille de Torborg, dans ses interstices aux parfums de cannelle et son agitation désarmante. Il partit à ski sur ses hauts plateaux, s'abrita de l'orage sous ses branches de sapin lourdes de résine, se réchauffa au bûcher de son giron et se sentit comme un génie dans la tempête, sur une plage en route pour l'éternité.

Deux semaines plus tard, il avait rencontré par hasard Calle Frimann devant le Hjørnet du Norge. Le frère de son ancienne fiancée l'avait attrapé par le revers de son manteau, soulevé et plaqué contre le mur :

« Alors, tu es comme qui dirait devenu trop bien pour ma sœur, trou du cul d'écrivaillon !

– Trop bien ! Tu te tr… »

Mais avant qu'il ait pu terminer sa phrase, Calle lui avait flanqué une calotte retentissante sur le front. Tandis que ses genoux cédaient et qu'il s'affaissait en avant, il reçut un coup au menton qui le renvoya contre le mur. Il tendit les bras en pure perte et glissa lentement vers le trottoir, tout en percevant une voix dans le lointain :

« Allez, Calle ! Tu ne cherches pas une nouvelle condamnation, quand même ? »

Puis Calle lui-même :

« Ce porc ! J'espère que je lui ai mis la tronche en petits morceaux ! »

Un couple d'un certain âge l'aida à se relever, l'homme épousseta son manteau, et ils lui demandèrent aimablement s'ils devaient appeler un taxi pour aller à la police et aux urgences, mais il répondit : « Non merci, ça pourra attendre, je vais plutôt m'asseoir un peu… là-dedans… »

Et c'est au Hjørnet, devant un verre de bière, qu'il retrouva lentement la maîtrise de ses facultés mentales. Il ne déposa jamais plainte pour agression contre Calle Frimann, et ne parla de l'incident à personne – pas même à Torborg, avec qui il passait la plus grande partie de ses journées.

Le rêve d'Aphrodite fut représenté pour la première fois en novembre 1925, après plusieurs remaniements de fond, avec Torborg Hagen dans le rôle féminin principal. Hjalmar Brandt vécut la première à la fois comme un cauchemar éveillé, comme un délire et comme un rêve inaccessible. Il traversa la journée animé d'un mélange d'excitation et de peur, alla jusqu'à Festningspynten, à Bergenhus, pour sentir le vent chargé d'embruns dans ses cheveux, passa au Vinmonopolet[19] de Dreggsalmenningen et y acheta une bouteille de mousseux qu'il voulait offrir à Torborg après la représentation en plus d'un bouquet de fleurs, pour finalement revenir au théâtre, où l'ambiance était tendue et propice à l'humour noir, comme il se devait avant toute première. Un quart d'heure avant le lever de rideau, il monta sur scène pour regarder à travers tous les trous du rideau la salle aux trois quarts pleine, *et là !* – au milieu du parterre, en compagnie de sa sœur Sofie Helene, et de son mari, le commerçant Sundt, qui siégeait au conseil d'administration du théâtre – qui d'autre que… *Cecilie ? Un soir comme celui-ci !* – Bien qu'il eût par avance pris la décision de ne pas assister à la pièce dans la salle, mais de peut-être se glisser dans les rangs du haut, il fut dès lors parfaitement convaincu. Lorsque le rideau se leva, il fit un moment les cent pas dans le couloir devant le bureau du directeur du théâtre, avant de grimper finalement en catimini l'un des escaliers arrière et rejoindre les couloirs qui menaient aux vestiaires du public des seconds rangs. Il entra alors dans le noir et s'immobilisa tout près de la porte, en écoutant dans un état second les moindres réactions du public. Riaient-ils quand ils le devaient ? Ou, pire : riaient-ils quand ils ne devaient *pas* ?! Et Cecilie : qu'en pensait-elle ?

Plus tard, lors de la réception dans l'un des salons de l'hôtel Norvège, tout le monde était content. Ces moments heureux, avant que les premières critiques ne soient sous presse, sont la récréation des gens de théâtre. Pendant encore quelques heures, ils peuvent être satisfaits de leur prestation. Pendant encore un moment, ils peuvent entendre le bruissement d'un succès possible leur effleurer les oreilles. Il reste encore bien du temps avant l'horreur amère du lendemain et l'oubli doux du futur.

Bien que *Le rêve d'Aphrodite* ne fût jamais un coup d'éclat pour le jeune dramaturge, ni auprès des critiques ni auprès du public, Munthe l'encouragea à écrire davantage pour le théâtre, et dès le mois de juin 1926, il remettait la première version de *Larges voiles en mer du Nord*, un drame familial se déroulant à la période des guerres napoléoniennes, ayant pour rôles principaux un commerçant de Bergen, sa jeune épouse et son fils d'un premier lit. Le conflit dépassait la thématique triangulaire convenue, une espèce de *Phèdre* moderne, traitant aussi bien de responsabilités personnelles que de cupidité, concrètement représentées par le personnage du père qui envoyait un bateau au Danemark, dans une tentative pour briser le bloc britannique, exposant ainsi l'équipage comme les officiers à un danger de mort. C'était le fils qui exprimait une critique, non de son père, mais de la guerre en général et de ses conséquences sur l'homme de la rue. Le parallèle avec le corps des armateurs de Bergen et les liens avec la Grande Guerre étaient suffisamment évidents – notamment parce que l'auteur glissait quelques scènes « de la Norvège profonde », comme il l'exprimait lui-même, quand la détresse des nécessiteux et l'agressivité envers ceux que l'on soupçonnait d'être des espions anglais rendaient la situation explosive.

Munthe, qui faisait depuis fort longtemps partie du théâtre et le dirigeait depuis treize ans, vit dès la première lecture qu'il avait là quelque chose de nouveau et de différent, « en rupture indiscutable avec la tradition d'Ibsen ! » s'était-il enthousiasmé, « un drame qui amène sur scène aussi bien l'air frais de la mer que la puanteur de la putréfaction », simultanément le jeu érotique entre le jeune homme et sa belle-mère était nouveau et audacieux, deux rôles parfaits pour Normann Johannessen et Torborg Hagen. Mais l'ensemble était encore trop cru et inabouti ; il faudrait encore du travail et des développements pour que cela puisse être représenté.

Tandis que Hjalmar Brandt retournait à sa petite chambre en location pour commencer ses travaux de réécriture, une nouvelle situation susceptible de dégénérer en conflit dramatique entre la direction du théâtre et son directeur apparut.

À l'origine, quand le Nationale Scene avait été fondé, le directeur artistique n'avait que le titre de metteur en scène. Ses propositions concernant le répertoire étaient soumises à la direction, environ d'une semaine sur l'autre, puis adoptées ou rejetées. Ce n'est qu'en 1891 que le titre devint directeur de théâtre, mais rien dans les statuts du théâtre n'indiquait encore que le directeur artistique avait les coudées franches pour composer le répertoire selon ses désirs. Il devait toujours de temps à autre accepter que la direction émette des objections et apporte des modifications aux projets initiaux.

À cette époque, la direction était sous la férule du directeur Helgesen. À soixante-cinq ans, les cheveux coupés aussi court que dans sa jeunesse, mais à présent repoussés vers le bas par une calvitie qui gagnait du terrain, Fridtjof Helgesen était un homme qui jouissait du plus grand respect en ville. Non seulement il avait suivi un chemin sans cesse ascendant dans le monde des affaires après ses déboires du début du siècle, pour partie en équipe avec son ancien concurrent Haakon Emil Brekke, mais il était aussi une personnalité importante sur le plan politique, après des années de représentation de la droite au conseil municipal. Avec Christian Michelsen et Joachim Lehmkuhl, il comptait parmi les décideurs locaux pour la fondation du Syndicat National, une organisation considérée dans les importants milieux bourgeois comme un avant-poste actif de la lutte anti-communiste.

Ainsi qu'il en avait l'habitude lorsqu'il fallait prendre des décisions importantes, le directeur Helgesen convoqua le directeur de théâtre Munthe à une réunion dans son bureau de Strandgaten, qui jouxtait les services de la caisse, où l'on venait parfois chercher suffisamment d'argent pour couvrir les salaires de tous les employés du théâtre lorsque la vente des billets ne rapportait pas assez. Ce fut par conséquent un directeur de théâtre des plus attentifs qui se présenta.

D'un autre côté, Munthe avait fait son temps. Il savait parfaitement que son heure serait bientôt venue. Il n'avait rien contre une explication, et il était parfaitement disposé à défendre son point de vue pour qu'un chef-d'œuvre potentiel soit représenté, comme l'une de ses dernières réalisations au théâtre de la ville.

Il comprenait sans mal que ce que Helgesen avait pu entendre de la pièce de Hjalmar Brandt le chagrine, mais il ne refuserait quand même pas à son propre neveu de voir sa pièce jouée ?

« C'est notamment le lien familial qui m'inquiète, avait répliqué Helgesen, les gens pourraient penser que j'ai donné mon assentiment !

– Non, non ! avait souri Munthe pour le tranquilliser. La responsabilité est entièrement de mon côté. »

Helgesen s'était alors penché en avant, le visage rouge pivoine, les yeux plissés :

« Depuis combien de temps habitez-vous en ville, Munthe ?

– Oh… Cela doit faire trente ans, je crois.

– Et vous la connaissez si mal ? »

Helgesen avait allumé un cigare avec beaucoup de soin avant de poursuivre :

« Dois-je comprendre que vous mettez votre poste en jeu sur cette représentation ?

– Non, non, je n'irai pas si loin ! Mais je… Oui, j'insiste… »

Il ne ressort ni du compte-rendu de direction, ni d'aucune autre source publique, ce qui put faire céder le directeur Helgesen. Ce furent peut-être les liens familiaux encore trop puissants – à cette époque en tout cas. Le consul Brandt, le père de Hjalmar, jouissait toujours d'une bonne renommée en ville, et il pouvait être malavisé de se dresser contre lui, même s'il était convaincu que son beau-frère l'aurait soutenu dans les implications politiques de l'affaire. Ou peut-être était-ce parce qu'une clairvoyance politique étonnante lui suggérait que des batailles d'une autre trempe allaient se jouer et qu'un général rusé attend tranquillement que ses forces soient suffisantes avant de frapper impitoyablement.

Toujours est-il que Munthe eut ce qu'il désirait, et en avril 1927, *Larges voiles en mer du Nord* fut jouée pour la première fois, non sans de véhémentes manifestations de mécontentement, probablement de la part de membres du Syndicat National, lors de la première. Cette fois-ci, les critiques se répartirent en deux camps distincts. Dans *Arbeidet* et le *Bergens Arbeiderblad*, le dramaturge fut élevé au rang de génie, dans le *Morgenavisen* et le *Bergens Aftenblad*, la pièce fut balayée, décrite comme insignifiante du point de vue de son contenu, inaboutie dans sa forme, un exemple frappant d'immaturité politique. « *Le théâtre d'Engen descend la pente* », écrivait fielleusement le critique de *Morgenavisen*. En marge de la première, toute une série de lettres de lecteurs furent imprimées dans les journaux, exprimant avec force ce qu'ils pensaient du répertoire actuel du théâtre – y compris dans le *Bergens Tidende*, qui avait plus ou moins choisi la modération dans son estimation à la fois de la pièce et de son auteur.

Le fait que le succès soit énorme auprès du public n'arrangea pas les choses, attirant pour la première fois dans l'histoire du théâtre des gens qui passaient la montagne grâce au train d'Oslo pour assister à la pièce avant sa représentation au Nationaltheatret l'année suivante. Le reste du répertoire fut cependant joué devant des rangées de fauteuils en très grande partie inoccupés, de telle sorte que le directeur du théâtre termina malgré tout la saison sur un solide déficit. Il resta encore six mois, mais fin 1927, début 1928, il était manifeste que ses jours étaient comptés, et son poste fut déclaré vacant.

Torborg Hagen et Hjalmar Brandt se marièrent devant le juge en novembre 1927, et en janvier, après avoir fêté Noël à Bergen, les nouveaux mariés partirent pour Oslo, où elle avait décroché une place au Nationaltheatret, entre autres pour jouer son rôle à succès dans *Larges voiles en mer du Nord* à l'intention du public de la capitale.

À la réunion du conseil d'administration du Nationale Scene du samedi 28 janvier 1928, le jour où Christopher Hornsrud composa le premier gouvernement travailliste, le comédien et metteur en scène Normann Johannessen, alors âgé de trente-sept ans, fut nommé nouveau directeur du théâtre, avec date d'entrée en fonction pour la saison 1928-1929 fixée au 15 août.

La veille de ladite réunion, Normann Johannessen avait été convoqué au bureau du directeur Helgesen, où celui-ci lui avait bien fait comprendre que le conseil d'administration du théâtre, lors de sa réunion du lendemain, avait l'intention de lui confier le poste de directeur, *à une condition*. Normann Johannessen avait attendu la suite, sans trop savoir ce qui le guettait.

« Oui ? Et c'est...

– Que sous aucun prétexte vous ne prévoyiez de mettre sur pied une nouvelle pièce de Hjalmar Brandt. Le cas échéant... »

Mais il ne termina jamais sa phrase. Normann Johannessen avait fait un large geste des bras :

« Aucun problème, monsieur le directeur du conseil ! Je vous le promets de tout cœur. »

64

Un baiser peut changer une vie tout entière.

Lorsque par un samedi après-midi de la fin du mois d'août 1927, Svend Atle Moland passa tranquillement Kalfarbakken, prit à gauche pour remonter une Forskjønnelsen riche en feuilles puis à droite en direction des jardins exubérants et des villas blanches de Kalfarlien, il savait qu'il en était ainsi. S'il n'y avait pas eu cet épisode au cours du mariage de la demoiselle, le 22 octobre 1921, il y aurait peut-être fort longtemps qu'il se serait trouvé une compagne pour la vie. À l'heure qu'il était, il était toujours célibataire, à vingt-neuf ans.

Depuis son plus jeune âge, sa cousine de deux ans plus âgée que lui, avec ses cheveux d'or et une beauté fragile en apparence, le fascinait. D'abord en tant qu'objet d'une admiration inconsciente, puis celui d'une obsession étourdissante. Un souvenir d'enfance était encore si net dans sa mémoire qu'il n'avait pratiquement pas besoin de fermer les yeux pour entendre le faible vrombissement des bourdons, sentir le parfum du champ de trèfle et voir les digitales osciller dans la brise derrière la maison de bains de Søreide, où lui et son frère s'étaient glissés pour coller un œil aux rares fentes du mur du fond, au moment où Sigrid et deux de ses amies passaient leur maillot de bain avant de courir comme des pouliches sauvages se jeter dans le Nordås-vann, sans même sentir à quel point il était froid. L'été 1910 ; elle avait quatorze ans, il en avait douze. Il revoyait encore, avec imprécision à travers la fente étroite, les éclairs fugitifs de ces corps blancs, des robes d'étés qui passaient par-dessus les têtes, des sous-vête-ments aux jarretelles distendues, puis, quand elle avait tourné le dos à ses amies pour passer son maillot de bain, son sexe blond et duveteux – si proche que s'il n'y avait pas eu la cloison entre eux, il aurait pu tendre la main et le toucher. Un peu plus tard, il s'était assis parmi les digitales, une petite flûte de saule rigide entre les jambes, si ivre et excité que les cris des jeunes filles qui se baignaient lui donnaient l'impression de venir de l'intérieur de sa tête. Son sexe le démangeait comme pas permis, et Per Christian l'avait regardé avec un grand sourire niais : « Qu'est-ce qui t'arrive ? C'est ce que tu as vu qui t'a fait défaillir ? »

Quand ils se furent tous rassemblés sur le talus devant la maison de l'oncle Haakon et de la tante Borghild, buvant du sirop de fruit et mangeant des beignets regor-geant de confiture et de sucre, il avait constamment dû essuyer du dos de la main la substance rouge et douceâtre qui coulait des coins de sa bouche, et il n'avait pu détacher les yeux de la robe jaune clair de sa cousine, comme dans une espèce de transe, comme si elle était transparente et lui permettait de *tout* voir au travers. Ils étaient retournés plusieurs fois là-bas, durant l'été, mais ou bien il pleuvait, ou bien il faisait trop froid. Il ne descendit cependant jamais plus dans les digitales et ne retourna jamais à la cloison d'en bas pour voir sa cousine se changer avant le bain.

Depuis, ils s'étaient rencontrés de façon très spora-dique, à l'occasion de dîners familiaux ou d'autres événements importants, et pas un seul instant au cours de toutes ces années il ne s'était douté qu'il pouvait avoir lui aussi un intérêt particulier pour elle – avant le jour où elle se maria. Il se rappelait encore avoir regardé en douce, depuis sa place à la table de banquet, son vieil ennemi de Hugin, Wilhelm Styrk, qui resplendissait de bonheur dans son habit de cérémonie à côté de la mariée tout de blanc vêtue. Il la revoyait aussi nettement que sur un cliché photographique, en robe de mariée sur mesure à taille haute, brodée de feuilles et de boutons de rose, les flancs ornés de ruches de taffetas sur plusieurs couches, ainsi que son charmant visage aux sourcils blonds soigneusement épilés, mis en valeur par une couronne de petites fleurs de cire décoratives autour du front, et les boucles blondes légères qui tombaient de son voile tout simple en tulle de soie, comme un détail astucieux de désordre puéril dans sa tenue soigneusement étudiée. Mais l'instant qui changea sa vie eut lieu plus tard dans la soirée lorsqu'il la bouscula tout à coup tandis qu'elle se regardait dans le miroir devant les vestiaires et que lui allait vers les toilettes des hommes. Elle l'avait tout d'abord regardé avec des yeux effrayés, comme si elle ne le reconnaissait pas. Elle s'était alors détournée du miroir pour regarder rapidement tout autour d'elle, comme pour s'assurer qu'ils étaient bien seuls. Il suivit son regard avec la sensation de se trouver sous l'eau et de distinguer la lumière de la surface très loin au-dessus de lui, avant que quelqu'un ne lui attrape rudement les chevilles pour le tirer de nouveau vers les profondeurs. Pendant quelques secondes denses, ce fut comme s'ils se voyaient l'un l'autre pour la première fois. Un petit hoquet contenu monta de la gorge de la jeune femme et, avant qu'il ait eu le temps de réaliser, elle s'était jetée à son cou, avait levé la tête et avait trouvé sa bouche.

« Mais !

– Chut ! »

Ils s'étaient embrassés, fiévreusement, avec chaleur, si rapidement que par la suite, quand elle avait lâché son cou et avait disparu en larmes dans le vestiaire des femmes, il avait eu la sensation que tout n'avait été qu'un rêve, provoqué par les boissons alcoolisées et la danse virevoltante. Il était rentré en chancelant dans la salle de banquet, au milieu d'une cascade de musique, plus puissante et bruyante qu'il ne l'avait perçue jusqu'alors, one step, tango, et cette nouvelle musique syncopée qui venait d'Amérique et que l'on appelait à l'époque « jimmy », mais qu'il avait ensuite appris à apprécier comme étant du *jazz*. Il pouvait toujours, quand le Bergen Jazz Ensemble ou l'orchestre de Jim Johannessen jouaient au Boulevard, au Nobel ou dans le bar en soussol de l'hôtel Norvège, être ramené à la piste de danse de Bellevue, qui paraissait s'incliner après la quantité de brandy qu'il avait ingurgitée chez Helgesen, un privilège particulier en pleine période de prohibition, et c'est la main sur le cœur qu'il pouvait affirmer que les effets secondaires de ce baiser avaient changé sa vie. Endormi ou éveillé, à la montagne ou au bord de la mer, durant les éprouvants horaires de bureau ou lors des missions, tout pouvait subitement revenir, et il restait planté, comme ensorcelé. Il levait une main à sa bouche et se la passait doucement sur les lèvres, comme si on l'avait frappé, en se demandant si c'était *véritablement arrivé*, ou si ça avait été *un rêve*. Plus le temps passait, plus il était convaincu qu'il s'agissait de quelque chose qu'il avait rêvé ; mais il la revit, à l'occasion de baptêmes ou de fêtes de Noël et, bien qu'elle ne laissât jamais rien paraître, il avait malgré tout l'impression de distinguer un noyau de réalité au fond de ce regard bleu, teinté d'ironie, et derrière ces sourires toujours plus en coin et plus aigres-doux, un souvenir empaqueté qui pouvait à tout moment sortir de son emballage et atterrir sur la table.

Ce fut donc avec la plus grande suspicion qu'il avait reçu l'invitation de Wilhelm Styrk au téléphone, deux jours plus tôt. – *Voulait-il venir prendre le café avec eux samedi après-midi ? Il avait quelque chose dont il voulait parler avec lui…* – De quoi pouvait-il bien s'agir ?

Le gravier gris-blanc crissait sous ses chaussures au moment où il remonta vers leur maison blanche, traversant un jardin à l'anglaise où poussaient buissons de roses et glaïeuls en massifs bien soignés sous les parapluies rouge grenat des rhododendrons, dont la splendeur fleurie du début de l'été s'était depuis longtemps changée en vestiges bruns. L'herbe était encore mouillée après la pluie, mais le ciel s'éclaircissait et de grandes taches de bleu apparaissaient, comme la peinture de cale d'un énorme bateau au moment où le gris s'écaille.

Ce fut Sigrid elle-même qui ouvrit lorsqu'il sonna. Comme toujours, il ressentit une sorte de choc rien qu'en la voyant. Elle portait une robe vert clair qui lui descendait au genou, ouverte dans le cou, droite et toute simple, et elle avait un collier de perles, enroulé deux fois autour du cou, qui pendait sur sa poitrine plate. Ses cheveux étaient coupés court, et formaient comme un bonnet de bain autour de son visage toujours aussi joliment sculpté. À trente et un ans, Sigrid Helgesen, née Brekke, dégageait une beauté froide et contrôlée, qui s'extériorisa dans un sourire gai lorsqu'elle lui ouvrit.

« Bonjour ! Entre…

– Merci. »

Il la suivit dans le hall, d'où partait un large escalier, puis dans le deuxième salon d'une enfilade de trois, où une femme brune vêtue de marron, au visage étonnamment grave, se leva d'un fauteuil tendu de tissu bordeaux. Son visage se fondit avec son reflet dans la table luisante du salon.

« Tu te souviens de Torild Strandenes ? Elle était mon témoin… à l'époque.

– Oui, je me rappelle », répondit Svend Atle en rougissant – non seulement parce que ce devait être la première fois que Sigrid mentionnait le mariage en sa présence, mais aussi parce que Torild Strandenes était l'une des deux amies, naguère, à la maison de bains. « Bonjour. Très heureux.

– Moi de même, répondit-elle en lui serrant la main.

– Torild marche sur les traces de son père… Tu te rappelles peut-être, le professeur Strandenes, à Katten… Elle revient tout juste d'Oslo, où elle vient de passer sa maîtrise.

– Eh bien ! » s'exclama Svend Atle, impressionné.

Un gros soupçon venait de naître dans un coin de son crâne : *dis-moi, je ne serais pas tombé entre les pattes d'une vraie marieuse ?*

Il regarda autour de lui.

« Wilhelm voulait... me parler de quelque chose... »

Sigrid jeta un rapide coup d'œil à la fine montre qu'elle avait au poignet.

« Oui, il devrait être ici d'un instant à l'autre. Il avait prévu de descendre aussi au bureau cet après-midi.

– Ça... ça va bien ?

– Les affaires, oui », répliqua-t-elle de sa façon habituelle, ambiguë.

Ils formaient un couple disparate, Wilhelm Styrk et elle. Svend Atle Moland n'avait pas été le seul surpris lorsqu'ils s'étaient soudain mariés. Il s'en était fallu de peu que Sigrid elle-même remarque cet étonnement.

Ils s'étaient rencontrés en 1920 lorsque Wilhelm Styrk, sur les recommandations de son père, était entré à la direction exécutive pour représenter les intérêts familiaux dans la société. Après une rapide inspection du paysage, il avait vu en la jeune blondinette attirante du bureau d'accueil une redoute hautement tentante qu'il pouvait forcer et avait dès lors élaboré une stratégie minutieuse pour atteindre son but, à la façon d'un chef de guerre romain.

Sigrid Brekke n'avait pas été facile à duper, malgré les bouquets de fleurs de chez Berle ou les invitations à dîner à l'hôtel Norvège. Mais une campagne de si vaste envergure ne l'avait par ailleurs pas laissée insensible, car en dépit de sa nature fanfaronne, Wilhelm Styrk avait une hardiesse et un charme qui l'attiraient et la soumettaient. Il s'était bien affiné au fil des années, et dégageait à présent force et solidité – une assurance sur la vie satisfaisante en ces temps agités, en plus des connaissances qu'elle avait acquises de par son poste au bureau, sur la situation économique de la compagnie. Les temps étaient difficiles pour le fret maritime norvégien. Après l'âge d'or durant la guerre, de plus en plus de bateaux étaient désarmés. La colère montait parmi les marins, ce que les grèves de mai et juin 1921 avaient clairement démontré. Mais les choses allaient bien pour Dünner & Co, et c'est justement cet été-là que Wilhelm Styrk porta le coup décisif. Il put lui promettre une maison personnelle avec jardin dans Kalfarlien, un achat qu'il pouvait réaliser à n'importe quel moment grâce à la faillite brutale de son propriétaire actuel et d'un inventaire de succession dans lequel son père était l'un des principaux bénéficiaires, une villa qu'elle pourrait aménager selon son propre goût. Lorsqu'il agrémenta l'offre d'un voyage de noces de quatre semaines – Londres, Paris et Berlin – elle prit une décision dont elle reconnaissait déjà vis-à-vis d'elle-même que celle-ci était davantage basée sur des choses très matérielles que sur les sentiments, *ainsi qu'une femme moderne doit le faire*, s'était-elle dit. À l'issue d'un dîner dominical à l'hôtel Norvège, elle l'avait laissé lui passer l'anneau d'or au doigt, et le soir même, alors qu'ils étaient assis l'un tout contre l'autre sur le banc du jardin, à la maison, à Hop, dans le parfum lénifiant des merisiers et des lilas, elle avait pour la première fois ouvert la bouche complètement quand il l'avait embrassée, mais avait reculé avec effroi au moment où il avait empli sa cavité buccale avec une langue si grosse et rugueuse qu'elle avait eu l'impression d'être envahie par un organisme vivant, une créature sans yeux ni membres, qui s'engouffrait avidement et impitoyablement en elle.

« Qu'est-ce qui se passe, petite mère ? Je ne vais pas te bouffer...

– Tu es plutôt violent, Wilhelm... »

Elle avait contré avec ténacité toutes ses avances. Elle avait invoqué des convictions morales et religieuses qu'elle n'avait jamais eues, mais qui étaient en fait dues à l'attitude commerciale que sa formation professionnelle lui avait inculquée : ne conclure aucun accord sans que des contrats à long terme soient envisagés. Sigrid Brekke avait la même vision des choses que Dünner & Co. Jusqu'à la bénédiction nuptiale et la question décisive du prêtre, elle pouvait se lever et s'en aller sans avoir perdu autre chose que la face et sa réputation. Elle était encore intacte.

Les jours qui suivirent son mariage, le bruit courut en ville que les noces de Sigrid Brekke et Wilhelm Styrk Helgesen avaient dégénéré en un scandale de taille, puisqu'il y avait coulé davantage d'alcools forts que de raison – *et par les temps qui courent !* Les policiers avaient certainement été de la partie, ainsi que plus de piliers de la société qu'il n'en aurait fallu. *Mais vous savez, quand c'est le congrès qui danse… Je n'en dis pas plus !* – Quoi qu'il en soit, la plupart des invités de sexe masculin ne purent rejoindre les taxis qui attendaient qu'avec l'aide de leurs femmes, leurs filles et *oh, qu'est-ce que j'en sais, celles qu'ils avaient invitées…* – Le marié sortit bien par ses propres moyens, et *Dieu merci ; il avait une mission à accomplir… Mais le vieux Brekke n'était pas à prendre avec des pincettes, on aurait juré que c'était la princesse et la moitié du royaume qu'il venait de céder…*

Le plus rond d'entre eux, ce fut malgré tout Svend Atle Moland, que son frère et l'un de ses cousins durent porter jusqu'au taxi sous les regards tourmentés de la mère : qu'avait-il avalé ?

« Ça aurr' dûtr' mouvv… ! » avait-il bafouillé, sans que le message fût compris de personne d'autre que lui-même.

Dans la suite nuptiale de l'hôtel Norvège, dos à un marié ronflant comme un sonneur, Sigrid née Brekke était restée éveillée jusqu'au petit matin bien avancé, les yeux douloureux, le bas-ventre endolori, et le sentiment amer d'avoir fait malgré tout une erreur fondamentale.

Deux enfants plus tard – un fils Sigfred, né en 1922, et une fille, Camilla, en 1924 – elle s'était faite à sa vie d'épouse à Kalfaret ; et elle présentait sans cesse de mieux en mieux quand son mari jugeait opportun de la montrer en société, ce que ses nombreuses représentations de conseil d'administration lui permettaient souvent. Elle avait trouvé une forme d'équilibre de vie dont elle se disait satisfaite, même quand, à de rares occasions, comme ce jour-là, elle rencontrait son cousin Svend Atle Moland et se souvenait vaguement qu'*il l'avait embrassée, une fois, non ?*

Wilhelm Helgesen, trapu, puissant et énergique, fit une entrée remarquée.

« Désolé, mon cher ami ! J'ai été cloué au bureau ! C'est une époque difficile – je n'aurais vraiment, vraiment rien contre une nouvelle petite guerre !

– Wilhelm ! s'exclama Sigrid tandis que Torild Strandenes lui lançait un regard plein d'une acrimonie non dissimulée.

– Oui, oui, oui ! On a bien le droit de blaguer, n'est-ce pas ? Et ce café, où est-il ? »

Il sonna la bonne, qui se matérialisa instantanément, comme par magie, tandis que Wilhelm Styrk allait à une grande armoire vitrée chercher des verres à cognac, pour Svend Atle et lui.

« Ces dames n'en veulent pas, j'imagine !

– Non, merci », déclina Sigrid avec un sourire aigre-doux.

Torild Strandenes resta coite.

Le café et des biscuits arrivèrent sur la table.

« J'ai lu dans le journal qu'Amundsen avait parlé sans détour à propos de son vol au-dessus du pôle. Il a révélé que Riiser-Larsen avait sauvé la situation, plusieurs fois, quand Nobile s'était dérobé. – C'est ce que j'ai toujours dit… Il faut des Norvégiens !

– Des navigateurs compétents, en tous les cas, rétorqua sèchement Svend Atle. De quelque natio…

– Non, non, non, Svend Atle ! C'est justement de ce sentiment d'infériorité que la nation doit se défaire ! Nous ne sommes pas tous égaux. Certains sont plus forts que d'autres. Regarde Amundsen, regarde Nansen ! Tu crois que quelqu'un de souche slave – ou un juif ! – pourrait accomplir quelque chose de semblable ?

– Voler au-dessus du pôle Nord dans un cigare gonflé ?

– Oh, pas seulement ça ! Pense à Nansen et Johansen vers le pôle, pense à Amundsen et son expédition vers le pôle Sud ! Tu arrives à imaginer Staline ou Trotski dans un truc pareil ?

– Et Christian Michelsen, tu l'imagines ?

– Là, là, les garçons, intervint Sigrid. Tu as pris quelques jours, cet été, Svend Atle ?

– Une petite semaine, pendant laquelle je suis parti à la montagne. »

La conversation reprit bientôt sans effort. Torild Strandenes demeurait pour l'essentiel silencieuse, sauf quand elle avait l'opportunité de reprendre Wilhelm Styrk sur une faute évidente. À quelques reprises, les regards de Svend Atle et de Sigrid se croisèrent, se nouant l'un à l'autre en semant une sorte de confusion chez eux, ce qui soulageait et attristait à la fois le jeune homme. Wilhelm Styrk finit par se lever.

« Un cigare, Svend Atle ?

– Volontiers ! »

Wilhelm Styrk fit un geste de la main vers le salon.

« Alors on va entrer ici. De toute façon, il y a quelque chose dont j'aimerais te parler. » Il fit un clin d'œil à sa femme. « Entre hommes. »

Peu de temps après, lorsqu'ils furent confortablement installés chacun dans un fauteuil de cuir à oreilles et après avoir quasi simultanément allumé un cigare de belle taille, Wilhelm Styrk s'éclaircit la voix et écarta un instant le cigare de ses larges lèvres.

« Je suis très inquiet, Svend Atle.

– À quel sujet ?

– Celui de l'avenir de la nation !

– De…

– Je veux dire… Les grèves, les troubles, il n'y aura bientôt plus de limites à ce que les bolcheviks provoquent. Pense à une possible coalition des communistes et du parti travailliste, de nouveau ! La révolution serait au coin de la rue !

– Non, non ! Ici, en Norvège… Les extrémistes n'ont pas leur pla…

– Tu parles ! Regarde… » Il se pencha en avant par-dessus la petite table, ouvrit un dossier et en sortit un tract. « Les communistes distribuaient ça aux matelots anglais pendant la visite de la flotte, en juin. Écoute ! *"Camarades anglais,* est-il écrit, *refusez d'être les bourreaux et les esclaves des seigneurs capitalistes ! Quand les officiers vous ordonneront de diriger vos canons sur les travailleurs des autres pays, alors vous refuserez de tirer. Tournez les canons vers vos véritables ennemis, vers vos propres seigneurs et officiers capitalistes. Si on vous envoie en Russie soviétique, hissez le drapeau rouge et ralliez-vous aux camarades russes !"*»

Il marqua un temps d'arrêt, en posant un regard éloquent sur Svend Atle.

« Qu'est-ce que tu en dis, quelle est ta position ? »

Svend Atle haussa les épaules.

« Romantisme révolutionnaire…

– Romantisme ! Alors écoute ceci… » Il tira un journal plié de la pile et le brandit devant Svend Atle pour que celui-ci puisse voir de lui-même, avant de commencer à citer : « Voici ce qu'a dit le leader au parlement du parti travailliste, Alfred Madsen, lors d'une réunion à la légation russe le 11 juin : "Quand vous devez être pesés sur la balance de la vie ou de la mort, vingt ou vingt mille profiteurs ne sont pas en mesure de rétablir l'équilibre face à la vie d'un seul travailleur ou à celle de l'un de leurs représentants. Devant la gravité amère de la lutte des classes, nous ne nous laisserons pas duper par le sentimentalisme fallacieux et petit-bourgeois." Il encourage purement et simplement un bain de sang !

– Ce n'est pas ce qu'il veut dire, tu dois bien le comprendre, répondit Svend Atle en exprimant une intense fatigue.

– Ce que je veux dire... reprit Wilhelm Styrk en se penchant encore un peu plus en avant, c'est que cela concerne la police !

– Oui, mais n'ont-ils pas été arrêtés, que ce soit Furubotn ou toute la bande ?

– Ils ont été relâchés au bout de cinq semaines, et je n'ai vu aucune action pénale pour encouragement à des actions hostiles à la société !

– Oui, oui, je vois bien que tu t'inquiètes, Wilhelm. Je n'y attache pour ma part aucune importance. »

Les yeux de son interlocuteur se plissèrent, et un poing lourd atterrit avec fracas sur la table.

« Et c'est bien pour cela que je t'ai convoqué à cette entrevue !

– Conv...

– Même si je me rappelle parfaitement que dans ta jeunesse, à Hugin... » Un zéphyr de sourire narquois passa sur les lèvres de Wilhelm Styrk. « ... tu étais rouge comme un homard, pendant les débats.

– Mais c'était à l'époque, et pas maintenant.

– Dans l'intervalle, on a vu le véritable visage du bolchevisme, aussi bien en Russie qu'en beaucoup d'autres endroits – prends la guerre civile en Chine, par exemple ! Quant à toi, je supposais que quand tu étais entré dans la police, c'était justement pour protéger et défendre l'ordre social et le pays dans lequel tu as grandi, pas pour le torpiller de l'intérieur !

– Dans chaque guerre politique, la police doit avant tout adopter une position neutre, répondit Svend Atle avec pédantisme. Protéger les citoyens contre les agressions, oui ; mais les discussions politiques, elle les laisse à… aux autres… »

Wilhelm Styrk le fusilla du regard et tira vigoureuse-ment sur son gros cigare.

« C'était pour me faire cette conférence que tu as eu l'amabilité de m'inviter à prendre le café, Wilhelm ?

– Non, non. Pas uniquement. J'ai une proposition concrète à te faire.

– Ah oui ?

– Tu es au courant de mon engagement réel au sein du Syndicat National ?

– Mouii…

– Depuis le tout début, en 1925, j'en ai fait partie. *Et…* » Il leva une main en un geste de défense. « Ne viens pas nous taxer de fascisme ! Fridtjof Nansen, Christian Michelsen – tu ne peux pas qualifier des gens comme ceux-là de fascistes !

– Non, non…

– J'étais moi-même aux premières réunions publiques, aussi bien à Oslo qu'à Bergen. Nansen a parlé à Oslo, Michelsen, Lars Eskeland et Worm-Müller à Bergen. Je me rappelle encore le froid de canard qu'il faisait – janvier, si tu te souviens – mais après, nous sommes sortis dans le froid de l'hiver, tout excités. – Nansen… Sa voix grave et chaude lorsqu'il a exposé l'importance de s'élever au-dessus des clivages politiques et de constituer un front uni, à l'échelon national, contre le communisme. – Ou Michelsen, à la Loge… Il n'y avait plus une place libre, les gens ont dû monter à la galerie pour assister à son discours. Il a expliqué que la jeunesse avait fondé l'organisation pour rassembler tous ceux qui étaient de souche bourgeoise. La jeunesse nous a demandé à nous, les aînés, de participer, et nous sommes là. C'était l'affaire du gouvernement de réprimer tout début de troubles, et le Syndicat National devait donner à n'importe quel gouvernement en fonctions le sentiment que le peuple était rassemblé derrière lui. Et qui plus est… Que ça devait créer une nouvelle solidarité entre les classes, au même titre qu'entre les nations !

– Eh bien… Joachim Lehmkuhl n'était pas connu avant tout pour ses propositions démocratiques…

– Regarde Mussolini ! Il y est arrivé…

– Un *duce* n'a pas sa place en Norvège, Wilhelm ! Nous formons une bonne vieille nation de paysans, dont les ancêtres ont été démocrates pendant plus de mille ans. Tous les mouvements extrémistes, qu'ils soient de gauche ou de droite, sont mort-nés, dans ce pays !

– N'en sois pas si sûr ! Ils sont en train de se constituer un appareil de propagande à mailles fines. Et ils ont choisi le théâtre !

– Ah oui ?

– Tu connais Hjalmar Brandt, mon cousin « écrivain » ?

– Oui.

– Il a basculé dans le communisme, insensé qu'il est. Bien que son frère, Trygve, soit avec nous au Syndicat National ! Je ne sais pas si tu as vu sa pièce, au mois d'avril ?

– Non, malheureusement, je ne vais pas si souvent au…

– *Larges voiles en mer du Nord*, a-t-il appelé ça, comme si c'était du Bjørnson ! De la pure et simple propagande communiste, si tu veux mon avis ! Et à présent, ça va sûrement être présenté au Nationaltheatret, à Oslo ! »

Svend Atle se pencha avec découragement en avant.

« Bon ! Mais à *moi*, qu'est-ce que tu me veux ?! »

La même expression insistante et énergique apparut sur le visage de Wilhelm Styrk.

« Rallie-toi à nous, Svend Atle ! Nous avons besoin de tout le soutien que nous pouvons trouver dans la police ! Les trompettes sonnent déjà…

– *C'est l'éruption de la fin ?* cita Svend Atle avec un sourire en coin.

– Nous devons constituer un front large et national aussi bien contre le marxisme que contre le communisme, avant qu'il ne soit trop tard ! » Il se laissa retomber lourdement dans son fauteuil. « Alors ? Tu en es ? »

Svend Atle secoua lentement la tête.

« Non, Wilhelm. Je n'en suis pas.

– Alors il va falloir que l'on se débrouille seuls ! répliqua Wilhelm Styrk avec un regard assassin.

– J'en ai bien peur.

– Je peux rassembler un bon paquet de gens, ne crains rien !

– Je n'en doute pas », conclut Svend Atle Moland en se levant avant d'écraser son cigare dans le cendrier avec un petit mouvement de tête. « Merci pour ces quelques instants.

– Oh, je t'en prie ! » répliqua Wilhelm Styrk qui ne prit pas la peine de se lever lorsque Svend Atle s'en alla.

En sortant, il constata que Sigrid était seule dans le grand salon.

« Est-ce que ton amie est…

– Oui, elle a dû partir, répondit sa cousine avec un sourire contraint. Vous avez terminé, vous aussi ?

– Oui. Mais j'ai peur que ça ait été une déception, moi aussi.

– Toi aussi ?

– Pour Wilhelm, je veux dire. »

Elle le regarda sans trop comprendre. Puis elle se leva élégamment.

« Viens, je te raccompagne à la porte. »

Il partit le cœur lourd, parce qu'il en était intimement persuadé : il n'aimerait jamais personne d'autre comme il l'avait aimée elle. Pour Svend Atle Moland, personne ne prendrait jamais la place que sa cousine Sigrid Helgesen, née Brekke, avait pris dans sa vie.

Elle le raccompagna, mais ne lui donna pas de baiser d'adieu – pas même sur la joue. Elle le savait peut-être elle aussi, à présent, en son for intérieur, qu'un baiser pouvait changer toute une vie.

Un peu en retrait, pour qu'il ne puisse pas la voir, elle le regarda partir. Mais elle n'avait pas besoin de se cacher. Il ne se retourna pas.

65

Ingrid Moland arriva à Bergen le matin du 28 juillet 1928 de bonne heure, par le bateau de nuit en provenance de Haugesund. Elle fut accueillie sur le quai par son cousin Svend Atle, qui sortait tout droit d'une garde nocturne et avait promis de l'accompagner jusqu'à Øvre Blekevei, où elle logerait chez son oncle et sa tante en attendant de trouver quelque chose à elle.

Svend Atle Moland ne l'avait pas vue depuis le mariage en 1921, elle était alors une adolescente de treize ans déjà mature en apparence, qui ne savait pas danser et qui lui marchait sans arrêt sur les arpions, l'endroit où elle mettait les pieds étant la dernière de ses préoccupations. Ses traits étaient visiblement marqués. Elle faisait plus que ses vingt ans, et il n'y eut aucune trace de sourire dans son visage étroit et grave lorsqu'elle descendit la passerelle, lui serra la main sans énergie et le laissa docilement lui prendre la valise brune qui était tout ce qu'elle avait.

« Ce n'est pas loin », expliqua Svend Atle en s'arrêtant pour laisser passer le tram qui montait vers Dreggsalmenningen.

Sur Tyskebryggen, de grandes flaques d'eau rappelaient les averses qui avaient sévi plus tôt dans la journée, mais le temps s'était dégagé. Ils traversèrent la rue et commencèrent leur ascension de Nikolaikirkealmenningen. Elle regarda avec une certaine timidité son uniforme noir à boutons brillants, la casquette avec un grand bouton rond à son sommet, et l'insigne orné des armes de la ville ceintes d'une couronne et du texte *POLICES DE BERGEN*.

En atteignant Øvregaten, Svend Atle comprit qu'il avait marché trop vite. Il posa la valise et s'arrêta pour l'attendre.

Un type trapu arrivait de Sandviken, vêtu d'un costume brun trop étroit, tenant un grand parapluie noir dans une main. Avec son visage jeune et ouvert, on ne lui donnait guère plus d'une vingtaine d'années, et lorsqu'il aperçut Svend Atle, il pressa le pas, pour le rejoindre avant que l'autre ne reparte.

« Bonjour, Moland ! salua-t-il, un peu essoufflé.

– Ah, bonjour ! salua Svend Atle en retour. Tu es en congé, aujourd'hui ?

– Oui, enfin. Ça faisait deux week-ends de suite que je travaillais ! »

Ingrid les avait rejoints. Elle s'arrêta, les yeux baissés, et attendit que son cousin veuille bien repartir.

« Et toi ? De service ?

– Non, j'ai terminé. Je suis juste descendu sur le quai chercher ma cousine, qui arrive de… Haugesund… Dis-lui bonjour. » Il fit un geste de la main. « Ingrid Moland – Anders Veum. »

Les deux susnommés se serrèrent la main, Ingrid en regardant toujours ailleurs, Anders ne sachant trop comment il devait se comporter.

« Enchanté.

– De même.

– Ingrid est venue en ville pour s'y placer. Elle va habiter chez nous, en attendant, expliqua Svend Atle.

– Ce n'est pas une époque facile, acquiesça Anders. »

Le regard d'Ingrid le balaya rapidement.

« Oui. Il y en a de plus en plus qui perdent leur emploi, à ce que je vois dans le journal. Comment ça va, chez vous ?

– Oh… ça s'est un peu calmé. Bon nombre des grévistes ont été réintégrés.

– C'est la moindre des cho… Je veux dire, on a toujours besoin de professionnels.

– Oui… il n'est pas non plus trop question de compétences : se trimballer en réclamant de l'argent. On n'a pas besoin d'une licence dans ce genre de boulot. »

Svend Atle leva les yeux.

« Eh bien… Je crois qu'on va aller s'abriter, avant qu'il ne se remette à pleuvoir. On ira boire une bière ensemble, un de ces jours…

– Oui, bonne idée ! sourit Anders. Cet après-midi ?

– Cet après-midi ?

– Oui, il y a une grande fête pour la Saint-Olav à la Foire de Bergen. Tu n'avais pas prévu d'y aller ?

– Je voulais décider en fonction du temps, hésita Svend Atle. Évidemment, ça aurait été une expérience intéressante pour ma cousine... »

Ingrid secoua résolument la tête.

« Je n'ai pas les moyens, se défendit-elle.

– On s'en occupera, répondit gentiment Svend Atle.

– Où est-ce qu'on se retrouve ?

– Devant la bouteille de Hansa ? »

La canette haute de plus de vingt mètres qui vantait la bière bavaroise, entourée d'un bandeau lumineux, était l'une des attractions les plus curieuses de la Foire de Bergen.

« Oui... c'est entendu... Vers 16 heures ? »

Ils se séparèrent. Anders se dirigea vers le centre-ville, tandis qu'Ingrid continuait derrière Svend Atle son ascension des communaux. Ils prirent à droite pour monter Steinkjellerbakken et passèrent par Telthussmuget pour rejoindre Øvre Blekevei.

Agnes Moland les reçut à la porte du bas. Ses cheveux étaient devenus gris depuis la dernière fois qu'elle l'avait vue, et les rides aux coins de sa bouche étaient plus profondes, mais sa nature aimable n'avait pas changé. Le regard qu'elle posa sur sa jeune nièce était si doux et compréhensif qu'Ingrid fondit en larmes.

Un peu ahuri, Svend Atle passa devant elle et entra dans l'escalier, tandis que sa mère prenait Ingrid dans ses bras.

« Là, là, Ingrid. Là... »

Christian Moland avait son samedi. Il occupait son fauteuil préféré au salon, les yeux fermés et le casque du poste à galène sur la tête. Avec son brûle-gueule allumé, il battait la mesure sur la restitution rugueuse de son morceau favori : le rondo de la sonate pour clavier en la majeur de Schubert. Pour une raison inconnue, le thème principal, d'une indescriptible beauté, lui faisait toujours penser à Maren Kristine et aux instants secrets qu'ils avaient partagés jadis, vingt ans auparavant, à une époque qui demeurerait pour toujours comme un trésor caché dans sa vie. Il avait perdu la carte, l'île au trésor avait définitivement été engloutie par les flots, mais au moins il lui restait ce thème mélancolique de Schubert.

Il était à ce point transporté par la musique que Svend Atle dut aller lui poser une main sur l'épaule pour attirer son attention. Et même à ce moment-là, il ne fit que lever furtivement les yeux, hocher la tête et continuer à écouter. Le poste à galène était encore nouveau, et rien que le fait d'entendre dans le creux de son oreille de la musique jouée à Vienne était un progrès pratiquement inimaginable pour une personne née à la fin des années 1860.

Ce ne fut que lorsque sa nièce arriva, vêtue d'une robe toute simple en coton bleu et blanc, pâlichonne et les yeux soulignés de poches sombres, que Christian Moland se débarrassa de son casque, le posa doucement sur la petite table gigogne à côté du poste et vint l'accueillir. – La petite Ingrid, à la naissance de laquelle il avait pour ainsi dire assisté !

« Bienvenue chez nous, ma jeune amie ! » s'exclama-t-il avec courtoisie en se levant et en traversant la pièce pour lui serrer chaleureusement la main.

Ingrid fit la révérence.

« Merci de m'avoir permis de venir…

– C'était la moindre des choses ! répondit-il, jovial. À quoi sert la famille ? »

Agnes Moland se dirigea vers la cuisine.

« La soupe est bientôt prête ! Il faut juste… » Elle se retourna vers Svend Atle. « Tu dîneras bien avec nous ?

– Ce n'est pas de refus. »

Ingrid regarda un peu timidement son oncle. Elle avait appréhendé la façon dont il le prendrait, en homme de loi qu'il était, et par conséquent, supposait-elle, en personne qui accordait une grande importance à la bienséance, également dans la vie privée.

Christian Moland n'était pas aussi parfaitement chenu que son épouse. Le fond brun sombre donnait toujours une nuance acier dans sa chevelure, même si de longues bandes étaient tout à fait blanches. Il avait beaucoup grossi, et malgré une bedaine de morse et une carrure imposante, ses mouvements restaient vifs et souples.

Il conduisit Ingrid à la fenêtre et tendit un doigt.

« Là, tu as la Foire. L'événement de l'année. Toute la famille royale a fait le voyage pour venir à l'ouverture, en mai. »

Elle regarda dans la direction qu'il lui indiquait. Près du Lille Lungegårdsvann, elle distingua les contours d'un paysage onirique, comme sorti tout droit d'un film hollywoodien : de hautes tours d'un blanc immaculé et des minarets, des palmiers exotiques et une grande roue colossale.

« Quel dommage qu'il ait fait un temps aussi pourri, poursuivit son oncle. Je peux te dire… Jusqu'à présent, en juillet, il est tombé plus de deux cents millimètres ! Le pire été de mémoire d'homme…

– Oui, ça a été la même chose… chez nous aussi », répondit Ingrid d'une voix à peine audible.

Pendant le repas – il n'y avait qu'eux quatre – elle resta absorbée au-dessus de son assiette de soupe, mangea le bouillon riche fait de jambonneau fumé et d'os, agrémenté de carottes, de céleri et de persil, et saupoudré de petits croûtons que la maîtresse de maison avait fait griller dans une poêle noire. Elle répondit à voix basse aux questions sur son voyage, mais resta laconique, sinon silencieuse.

« Et Laura et Sverre, comment vont-ils ? » lui demanda son oncle vers la fin du repas.

Agnes lança un regard de reproche à son époux, qui lui retourna un regard vide. – *La balourdise des hommes !* siffla une voix en Agnes. *Il ne comprendra donc jamais !*

« Je ne leur ai pas parlé depuis longtemps.

– Ah non ? Mais… tu étais bien à Haugesund ?

– J'habitais chez tante Solbjørg. Elle est… infirmière. Mais papa et maman… »

Ses yeux s'emplirent de larmes.

Christian Moland s'énerva. Contre lui-même, qui avait mis cela sur le tapis, mais encore davantage contre son frère.

« Tu ne veux quand même pas dire qu'ils t'ont abandonnée ?

– N-non, non ! C'était *moi* qui ne voulais pas les voir ! Et maintenant, tout… » Elle attrapa sa serviette, s'essuya la bouche, repoussa sa chaise et regarda sa tante. « Puis-je sortir de table ?

– Oui, oui, bien entendu ! répondit Agnes Moland en se levant à demi. Est-ce que tu as besoin… Viens, je vais te montrer ta chambre. Elle est prête, tout est en ordre… »

Après avoir gratifié son mari d'un nouveau regard accusateur, elle passa un bras autour des épaules de sa nièce et la fit sortir de la salle à manger.

« Merci pour le repas, murmura Ingrid. Je suis vraiment…

– C'était avec plaisir !

– … désolée !

– Il n'y a pas de quoi être désolée… »

Svend Atle les suivit tristement des yeux tandis qu'elles s'éloignaient, avant de se tourner vers son père, qui posa sa cuiller et dont le regard se perdit devant lui.

« Ce n'est pas facile, Svend Atle. En tant que policier, c'est l'une des premières choses que tu dois apprendre… la compassion et la compréhension…

– Surtout le dernier point, peut-être… » répliqua aigrement le fils.

Son père plissa pensivement le front.

« Quoi ? Oui… Oui, peut-être bien… »

Ce ne fut que lorsqu'elle fut seule dans la chambre blanche donnant sur la cour, après que sa tante se fut retirée, aplatie sur le lit peint en bleu, le visage dans l'oreiller, qu'Ingrid put libérer tout ce qu'elle avait en elle. Les pleurs la parcoururent comme des crampes spasmodiques, tordant son dos en un arc de cercle, faisant se lever et s'abattre ses omoplates comme des moignons d'ailes battant en vain, tandis que de violentes secousses agitaient tout le haut de son corps.

Tout lui revint. La retraite honteuse de Stavanger après ses essais infructueux pour envoyer chercher Peter Paulus Haga et lui raconter qu'il allait être père.

« Je ne sais pas trop s'il va être ravi, enchanté », avait commenté Mme Terkelsen quand Ingrid avait fini par laisser un message chez elle avant de prendre le bateau pour Haugesund. Elle ne pouvait pas rentrer chez elle !

Par une journée venteuse de février, elle avait frappé chez sa tante, dans l'une des petites rues descendant vers le Smedasund. La traversée du Boknafjord avait été un véritable cauchemar. Elle avait vomi si violemment qu'elle avait cru mourir, et en arrivant enfin, la neige était si glaciale qu'elle avait eu des engelures au nez, les doigts gourds et les articulations des mains comme des croûtes douloureuses.

Tante Solbjørg l'avait regardée avec horreur.

« Ingrid ?! Mais au nom du ciel ! Entre, mon enfant ! »

Elle était restée chez sa tante, à une condition : qu'elle s'assoie sur-le-champ pour tout raconter à ses parents.

« Mais je ne veux pas les voir ! Il ne faut pas qu'ils me voient comme ça !

– Non, non, je vais leur écrire une lettre, moi aussi, pour leur expliquer ce que tu ressens… »

Elle avait déambulé dans un Haugesund battu par les vents, l'odeur du hareng dans le nez et les notes familières d'un psaume de la maison de prières de Haraldsgaten à chaque fois qu'elle montait ou qu'elle descendait Skjoldaveien, avec un ventre grossissant sans cesse. Elle n'entra pas. Elle savait ce qui se passerait, quoi qu'ait jadis dit le Sauveur : *Que celui d'entre vous qui est sans péché lui jette la première pierre !*

Tante Solbjørg l'avait aidée le reste du temps, elle avait parlé à la commission de salubrité et au bureau de l'Assistance Publique, s'était occupée des papiers et avait rempli les formulaires pour elle. Tout ce qu'elle avait eu à faire, ça avait été de signer.

L'accouchement avait eu lieu le 3 juillet de bonne heure. Elle avait été admise à l'hôpital du Vårsildavgiftsfond [20], maintenant propriété de la commune, pour que tout se passe de façon rassurante ; ce seraient vraisemblablement des gens aisés qui adopteraient l'enfant. Assistée par une sage-femme stricte et rude, elle finit par avoir l'impression d'être coupée en deux par le milieu ; une douleur semblable à celle qu'elle aurait éprouvée s'ils l'avaient ouverte au couteau lui envahit le bas-ventre, et elle poussa un cri rauque de corneille, avant d'entendre subitement, comme le son d'un ruisseau de montagne qui perce au printemps, les premiers couinements hésitants du nouveau-né. Elle put un court instant le garder contre son sein – un ballot chaud et palpitant, comme si c'était son propre cœur qu'ils avaient extrait et posé sur sa peau pour le maintenir en vie. La sage-femme l'avait alors soulevé, enveloppé dans une couverture avant de le sortir rapidement de la pièce.

« C'était… ? s'était-elle enquis d'une voix rauque lorsque tante Solbjørg était entrée dans la salle d'accouchement provisoire.

– Une petite fille », avait répondu la tante en tournant la tête.

66

Maren Kristine Pedersen n'avait pas eu d'homme depuis treize ans. À la suite de l'agression brutale de mars 1914, elle avait perdu toute attirance pour la fréquentation de l'autre sexe. Après l'incendie qui avait ravagé la ville en 1916, elle dit carrément non à Fridtjof Helgesen aussi, sans que cela ait paru le traumatiser outre mesure. Le seul homme qui ait franchi sa porte à Hennebysmuget après la guerre, c'était son vieux collègue des années passées chez Helgesen & Co, Ole Bruvik – un pauvre diable pitoyable qui, lui non plus, ne s'était jamais remis du choc causé par le grand incendie. Alcoolique, détruit, il allait de par la ville, la tête basse, dans un vieux manteau fatigué troué aux coudes et largement fendu au niveau des coutures. Dans son milieu, parmi les autres clochards et ivrognes de la ville, il ne fut bientôt plus désigné que sous le sobriquet de « L'incendie de Bergen », car les rares fois où il lui arrivait de prendre la parole, c'était toujours pour narrer les impressions de cette nuit terrifiante. Quand elle l'invitait à dîner, une ou deux fois l'an, c'était uniquement avec la même foi chrétienne sincère qui l'amenait à Betlehem deux ou trois soirs par semaine. Il écoutait bien sagement assis lorsqu'elle lisait le texte du jour dans le sermonnaire de famille, après le dîner, autour d'une tasse de café. Puis au début de la soirée, il rentrait tranquillement au refuge pour hommes que l'Armée du Salut possédait dans

Bakkegaten et elle restait seule, dans un silence seulement interrompu par le souffle faible des fines pages de la bible à chaque fois qu'elle passait à la suivante.

Dans la journée, elle tenait le comptoir de la librairie-papeterie de la section vestlandaise de l'Indremisjon, presque en face de Nykirken. Elle avait définitivement quitté la confection. Elle s'habillait néanmoins toujours avec goût et élégance, et nombreux étaient les célibataires – imités selon toute vraisemblance par certains hommes mariés aussi – de l'Indremisjon qui lui jetaient des regards langoureux et timides, lorsqu'elle se levait, la poitrine opulente et les joues en feu, pour témoigner de la vie de pécheresse qu'elle avait menée, avant que le Seigneur en personne lui ouvre les portes du ciel dans le nuage ardent au-dessus de Bergen, le 15 janvier 1916.

À cinquante-cinq ans, après treize années d'abstinence, elle se considérait depuis longtemps comme hors course quant aux plaisirs de la chair et tout ce qui s'y rapportait. Il arrivait bien toujours qu'elle se réveillât la nuit, le corps vibrant de désir parce qu'elle avait rêvé de telle ou telle puissante étreinte. Bergen n'avait pas des dimensions telles qu'elle ne pût encore croiser avec un petit signe de tête Christian Moland, Haakon Emil Brekke ou Fridtjof Helgesen dans la rue et, en passant, repenser avec nostalgie aux jours où elle offrait volontiers à un si grand nombre – elle frissonnait en imaginant ce que Jésus pouvait bien penser de ce genre de choses ! – et au bonheur, *oui, au bonheur*, que quelques-unes de ces rencontres avaient malgré tout apporté, à l'époque, il y avait bien longtemps, dans ce qu'elle considérait à présent sans hésitation comme sa vie « antérieure ».

Ce fut donc avec le plus grand étonnement qu'elle remarqua en cette soirée de mars 1929 que le sang circulait plus vite dans ses veines et qu'une fièvre semblait lui monter à la tête, que ses seins se contractaient et que son giron s'attendrissait – à tel point que pour la première fois depuis cinq ans, elle craignit un écoulement de sang, mais lorsqu'elle se retira discrètement aux toilettes de la cave pour en avoir le cœur net, ses doigts ne se maculèrent pas de sang, mais d'un liquide clair et transparent. Elle revint alors parmi les présents, tourna les yeux vers le prédicateur invité et chanta avec une hardiesse d'autant plus grande ce qu'elle lisait dans son recueil : *Je lève mon chant vers Dieu – Encore une fois depuis les vallées de cette Terre. – Notre Seigneur Christ viendra me chercher – et me conduira bientôt chez lui, dans ses hautes salles célestes. – Comme vient l'éclair – il sera bientôt là – Et les trombones de Dieu – chanteront alors ses louanges – comme on ne les a jamais chantées.* »

Elle poursuivit d'une voix pleine d'allégresse :

« *Quand le temps de ma délivrance viendra – Je veux me réjouir…* »

Elle avait fixé son regard sur la silhouette haute et fière du prédicateur ; ses cheveux bruns coiffés en arrière, son visage qui rappelait celui d'un archange de Dieu, et son regard brûlant qui, après l'avoir simplement effleurée, avait foré un trou dans la pellicule de glace qui l'entourait, et qui, maintenant qu'elle le regardait en sentant les profondeurs de son ventre bouillir, s'agrandissait encore et encore ; et ce fut finalement comme s'ils chantaient l'un pour l'autre :

« *Je chante avec bonheur pour le trône, un meilleur lai…* »

Avec un plaisir rentré, tranquille, elle songea pour la première fois depuis quinze ans : *J'ai encore le pouvoir de les captiver. Confiants comme des poissons, ils viennent volontiers nager dans mon filet. Il pourra bientôt être ramené à terre…*

À cinquante-cinq ans, Maren Kristine Pedersen possédait toujours une beauté sensuelle et voilée qui, une fois attisée, pouvait irradier de tous ses pores, la faisant paraître dix ans de moins que son âge réel et la rendant plus attirante qu'une jeunette de vingt ans. Ses cheveux tirés étaient rassemblés sur sa nuque en un chignon un peu négligé, d'où tombaient de longues mèches qui pouvaient facilement se libérer dans le vent. Les racines grisonnaient, donnant l'impression qu'elle portait un diadème tout en haut du front, mais les pointes étaient encore brunes. Ses paupières s'étaient encore alourdies et son visage s'était arrondi, hormis un petit menton pointu et cette expression de légère réserve sur ses lèvres un peu serrées, qui ne s'était relâchée que pendant le prêche du prédicateur invité. Son cou était court, sa poitrine ferme et voluptueuse, comme le jabot d'une mésange, et ses hanches larges évoquaient une maturité pleine et attirante.

Peter Paulus Haga parlait pour l'assemblée comme peu l'avaient fait à Bergen depuis l'époque de Lammers et Oftedal – oui, avec une ardeur et un enthousiasme qui parurent presque effrontés à certains des aînés, mais qui poussèrent d'autres femmes que Maren Kristine Pedersen à serrer plus fort les mains sur leurs genoux – les jeunes filles l'écoutaient bouche bée et les yeux pétillants, les femmes mariées avec un sourire entendu sur les lèvres, les vieilles femmes la main en cornet derrière l'oreille pour pouvoir distinguer chaque mot qu'il disait.

Son regard allait de visage en visage, comme s'il se réchauffait à la chaleur d'en bas, et il conclut :

« Alors le Christ demande à chacun de vous : Veux-tu m'épouser, aujourd'hui ? Veux-tu te marier au Ciel ce soir, en ayant l'Agneau à ton côté et en laissant toutes les contrariétés de la Terre derrière toi ? Veux-tu recevoir la sécurité éternelle dans Ses bras, qui te soutiendront pour toujours ? »

– *Oui ! – Oui !! – Oh, oui !!!* » murmura-t-on à bout de souffle depuis les durs bancs de bois de Betlehem.

Il n'aurait qu'à descendre, ensuite, au moment du café, et choisir sa mariée, lui aussi, pour la nuit et pour l'éternité, comme c'était presque toujours le cas.

« Alors prends ma main… et va en paix. Au nom du Christ Jésus, amen.

– Alléluia, répondit calmement quelqu'un.

– Alléluia ! » cria-t-on dans le fond, comme en écho.

« Effronté » aurait été un faible mot s'ils avaient vu ce que recouvraient véritablement ses actes. Mais pour des raisons dont on ne peut rétrospectivement que s'étonner, son casier était blanc comme neige, et il était aussi innocent que l'un des nombreux enfants – nés ou non – qu'il avait laissés derrière lui. Mariées ou non, jeunes filles comme femmes d'âge mûr, depuis les vierges de seize ans jusqu'aux veuves de cinquante, il les avait bénies de ses mains fouineuses, de son désir avide et de son sexe turgescent. Violent comme un gladiateur romain, il les avait attrapées par les cheveux, les avait renversées en arrière et leur avait léché la gorge. Comme un lépreux, il avait monté leurs corps, s'était couché tout contre elles et les avait contaminées de son désir, les avait attirées vers des actes qu'elles n'avaient jamais cru possibles et n'auraient jamais imaginé accomplir avec leurs époux, ni avant, ni après la venue de ce céleste bâton de pèlerin. Elles étaient ensuite restées muettes comme des carpes, honteuses de ce qu'il leur avait fait faire, horrifiées à l'idée que quelqu'un d'autre puisse l'apprendre. Et l'année suivante, à son retour sur son éternel périple le long de la côte, elles avaient gardé le regard baissé sur leur banc, levant précautionneusement les yeux sur ses doigts et constatant presque sans amertume que cette année-là, c'en était une autre qu'il avait dans sa ligne de mire. Cette saison, une autre serait récoltée, comme les fruits dans les arbres et les pommes de terre hors de la terre noire.

Bon nombre auraient haussé un sourcil moralisateur et se seraient demandé : quel genre de charlatan était-il, ce libertin itinérant du Seigneur, qui se servait en femmes comme d'autres dans un plat de gâteaux encore tout chauds ? Était-il lui-même un ange déchu, ou bien était-il régi par des forces sur lesquelles il n'avait aucune emprise, et pour lesquelles il demandait pardon au Seigneur chaque soir, dans sa prière vespérale ?

Il fallait en tout état de cause dire à sa décharge qu'il ne faisait aucune espèce de discrimination dans le choix de ses sœurs. Mme Terkelsen, à Stavanger, avait largement plus de cinquante ans et n'était pas spécialement affriolante quand il avait posé ses mains joueuses sur son corps. Dans les cantons alentour, on trouvait aussi bien des vieilles filles reconnues que des veuves éplorées, des bonnes obèses que des gamines plates comme des planches à pain, toutes profondément marquées après avoir tendrement battu des ailes dans la nuit avec Peter Paulus Haga. On ne comptait plus les bergères entre quinze et cinquante ans ayant reçu la visite du prédicateur itinérant dans les prairies du sud du Vestland et jusqu'aux frontières du Telemark. Il avait reçu du lait chaud jusqu'à n'en plus pouvoir, du beurre fraîchement baratté dont ses lèvres étaient encore luisantes, et les soins particuliers qu'il avait prodigués en retour n'avaient pas du tout été méprisables.

Ce que lui pensait de ces choses-là, personne n'en savait rien. Il ne s'ouvrait jamais à personne, mais recevait les confessions les plus intimes que beaucoup pouvaient lui faire lorsqu'elles reposaient entre ses bras, reconnaissantes, par la suite. Il y avait toujours une parole biblique à donner en réconfort, pour celui qui cherchait. Dans le livre des livres, chacun avait sa place, douaniers et pécheurs, vachères et prédicateurs.

Il était rarement monté aussi haut que Bergen. Son territoire s'étendait de Haugesund à Grimstad, par la côte, en incluant quelques virées sporadiques à la capitale et à la région suédoise de la Dalarna, souvent avec un séjour assez long à Stavanger, à l'hospice de Mme Terkelsen. Maintenant que sa sœur Torborg, qui avait urbanisé son nom de famille en Hagen, avait quitté la ville au profit d'Oslo, il s'était risqué à faire sa réapparition et avait fait savoir qu'il arrivait à Betlehem. Le secrétariat avait accepté et béni sa venue. Ses dons d'orateur étaient légendaires jusque-là. À la réunion de réveil de la foi de l'été dernier, à Jæren, il avait conduit de nouveaux troupeaux à la maison du Seigneur et les avait priés d'entrer – ce qu'ils avaient fait avec force cantiques et cris de joie, à en croire les rapports.

Maren Kristine Pedersen ne fut pas la seule femme à s'appuyer lourdement sur son épaule au moment de remplir sa tasse de café mais elle fut la seule qui parvint à capter son regard. Forte d'un certain sens de la stratégie, elle veilla à quitter le local en même temps que lui. Ils allaient dans la même direction, elle en était persuadée. Les prédicateurs invités logeaient toujours à l'hôtel de la Mission, dans Strandgaten, dans le même bâtiment que la librairie.

Il en fut donc ainsi. Ils remontèrent de concert Vestre Muralmenning et, au sommet, lorsqu'ils eurent Vågen sous eux, elle lui raconta sans hésiter qu'elle avait vu les anges du Seigneur au-dessus de Fløien, pendant le grand incendie, qu'elle avait entendu ses trombones, comme si c'était une nouvelle Sodome qui s'effondrait, et que depuis, elle avait constamment été dans la main du Seigneur.

« Alléluia », murmura-t-il en passant légèrement une grande main dans son dos, comme si c'était la femme de Lot qu'il réconfortait.

« J'habite juste là, en bas, poursuivit-elle avec un petit signe de tête vers Lille Markevei. Puis-je vous offrir... un verre de vin ?

– Mais tu as du vin, sœur ? s'écria-t-il, prétendument effrayé.

– Oui... répondit-elle en rougissant subitement. J'en bois – très rarement – un verre... C'est mal ?

– Non, mal...

– Ils avaient du vin, aux noces de Cana aussi ! »

Il partit d'un rire grave et filant, et lui saisit la main.

« Alors allons y célébrer des noces, sœur ! »

Et il en avait été ainsi aussi.

Pour quelqu'un qui n'avait pas fait l'amour depuis treize ans, recommencer brusquement peut donner l'impression de revenir dans un paysage que l'on ne pensait jamais revoir. Lorsque Maren Kristine tomba en avant dans les bras de Peter Paulus Haga, en ayant encore le goût du vin sur les lèvres, les portes de son passé s'ouvrirent les unes derrière les autres. C'est avec un désir aussi fort que violent qu'elle sentit ses doigts avides sur son corps, d'abord sur ses vêtements, puis dessous, comme une invitation à un plaisir débridé. Les doigts tremblants, elle lui passa elle-même sa chemise par-dessus la tête, se pencha en avant et laissa sa bouche humide glisser sur sa poitrine nue et velue. Elle se laissa déshabiller avec délices, sentit sa poitrine se libérer du corset étroit lorsqu'il défit le lacet sur le côté, avant de détacher les bas de son porte-jarretelles et de les rouler précautionneusement tout en lui embrassant l'intérieur des cuisses. « Oh non, oh non ! » ne put-elle s'empêcher de murmurer au moment où il lui ôta sa culotte, mais ce fut elle qui fit passer ses bretelles sur ses hanches et qui dégrafa sa ceinture ; et lorsqu'elle sentit son sexe raide appuyer doucement contre elle, ce fut comme si un frisson étourdissant la traversait : « Oui ! – Oh oui, oh, enfin ! » Alors seulement elle avait réappris ce qu'elle avait presque oublié pendant les quinze années qui s'étaient écoulées depuis que Calle Frimann avait fait d'elle une autre femme. Et avec un corps débordant de vie et d'un raffinement extrême hérité de sa vie antérieure, elle répondit à tous ses signaux, elle le caressa plus hardiment que la fille de joie la plus dévergondée, abandonna ses parties secrètes les plus tendres à sa langue espiègle et à ses lèvres joueuses, tout en se servant goulûment à son sexe gonflé, dur comme de la faïence et lisse comme de la soie contre le palais. Ils se pourchassèrent dans le salon et firent de nouveau l'amour, sur le coin du canapé, elle avec les chevilles croisées sur la nuque de son amant, lui debout sur le sol devant elle, et ce avec une telle énergie que la vaisselle tinta dans le meuble situé à l'autre extrémité de la pièce.

Peter Paulus Haga constata avec autant de surprise qu'elle que cette femme d'âge mûr de Bergen avait une certaine emprise sur lui – et pas uniquement sur une partie bien précise de son anatomie, pourtant avec plus d'audace que n'importe qui auparavant, mais aussi sur son cœur – comme aucune femme ne l'avait jamais fait. – *Suis-je enfin arrivé à la maison?* se demanda-t-il. *Est-ce ceci que j'ai recherché, depuis toujours? Est-ce ici que je devrais… rester?*

Finalement, après des heures de jeu et de désir, ils s'immobilisèrent épuisés dans les bras l'un de l'autre, dans une odeur lourde de corps et de sexes, un voile de sueur sur le corps qui se refroidissait lentement. Elle était allée chercher une couverture en laine et les avait enveloppés dedans ; et ils gisaient là, serrés l'un contre l'autre, sur l'étroit canapé, tandis que le son des toutes premières charrettes à bras leur parvenait de la ruelle et que la nuit se changeait lentement en matin.

Elle leva brusquement la tête, s'étira en avant et dans l'obscurité, plissa les yeux vers lui.

« Peter Paulus ?

– Oui ?

– … J'ai péché.

– Non, non, sœur ! » Il lui passa une main dans les cheveux, en un geste maintes fois répété. « Tout est entre les mains de Dieu ; ça aussi. Loue plutôt le Seigneur pour nous avoir accordé cette joie !

– Non, tu me comprends mal ; ce n'est pas à cela que je pensais. »

Comme s'il entendait une nuance de désespoir contenu dans sa voix, le son d'une corde jamais grattée, il leva la tête et la regarda.

« Comment, sœur ?

– Trois hommes sont morts par ma faute.

– Trois hommes ! » Un frisson sembla le parcourir. « Mais… comment ? »

Voyant qu'elle ne répondait pas, mais se contentait de remuer les lèvres en silence, il ajouta :

« Tu peux me le raconter, à moi, Maren Kristine. Ouvre ton cœur au Seigneur, il ôtera les pierres de ton fardeau, et il t'apportera la paix.

– La paix ?

– Pour l'éternité, amen ! »

Lentement et avec soin – en premier lieu parce qu'elle cherchait les mots justes, puis parce qu'elle fut captivée et fascinée par la signification de sa propre histoire – elle lui raconta alors tout. Pour la première fois, elle soulagea complètement son cœur devant une autre personne, révéla des secrets qu'elle portait depuis vingt ou trente ans, si ouvertement et directement qu'il en fut secoué jusqu'aux tréfonds de son âme.

Lorsqu'il l'abandonna, vers 9 heures, après seulement quelques heures de sommeil, elle n'éprouvait rien d'autre qu'un simple sentiment de soulagement pratiquement indescriptible. Lui, en revanche, paraissait songeur, inquiet ; comme si le fardeau était devenu le sien.

67

À l'automne 1931, Torleif Nesbø contracta son second mariage, avec Laura Taraldset, une employée de bureau d'à peine quarante ans et camarade de parti (du NKP). Ils déménagèrent alors, non loin de Fritznersmuget pour un appartement de deux pièces dans Observatoriegaten, une impasse qui descendait de Haugeveien.

Un dimanche de février l'année suivante, il dut parcourir le pénible chemin jusqu'à Neumanns gate pour arrondir les angles entre Martha et Gunnar, qui avait réagi avec une jalousie silencieuse et démesurée devant les regards un peu trop langoureux que Martha lançait à un camarade de parti du même âge qu'elle, Svein Thorsen, tôlier à Solheimsviken et secrétaire au syndicat.

Martha se défendit en arguant qu'elle était une femme libre et indépendante. Aucun mouvement, à sa connaissance, ne plaçait la libération de la femme aussi haut que le communisme russe, et les choses devaient être ainsi, dans ce pays également.

« Mais tu es tout pour moi ! s'écria Gunnar Nesbø, perdu, avec un large mouvement du bras.

– Personne ne peut posséder quelqu'un d'autre », répliqua Martha.

Torleif approuva d'un hochement de tête.

« Je ne peux que me déclarer d'accord avec ça. »

Puis, quand Martha fut sortie « pour prendre l'air », il s'adressa à son frère :

« Tu le sais bien, Gunnar, à mon avis, il y a toujours eu une trop grande différence d'âge entre Martha et toi… je veux dire… c'est comme si tu t'étais marié avec ma fille !

– Elle est venue de son plein gré ! Je ne l'ai pas suppliée… C'est juste quelque chose qui est arrivé.

– J'ai bien compris, mais… Ce qui vient facilement part facilement aussi…

– Facilement ! Tu appelles ça facilement, toi ! »

Pour conclure, Martha déménagea, et il revint à Laura et Torleif de prendre soin de Gunnar Nesbø d'autant plus soigneusement que des temps difficiles s'annonçaient.

Les deux frères avaient été exceptionnellement liés depuis le retour de Gunnar des États-Unis en octobre 1923. Dès le tout début, ils avaient été côte à côte sur les barricades. Que Bergen, en dépit d'une adhésion toute relative des électeurs et d'un nombre d'adhérents en chute libre, fasse toujours partie des principaux bastions communistes en Norvège, devait beaucoup au travail fourni par les deux frères Nesbø – comme on les appelait souvent – pour amener la révolution mondiale dans le Vestland.

Dès 1924, ils avaient participé à la fondation de la Fédération sportive ouvrière, en opposition avec le Syndicat National, qui, prétendaient-ils, était une « plate-forme d'agitation pour le bris de grève ». C'était en tout cas un fait avéré que bon nombre d'organisations sportives étaient mobilisées par l'Aide Sociale pour briser les grèves. À Bergen, les gars de Brann travaillaient sur Festningskaien pendant les grandes grèves de 1921 et 1924. Des échauffourées violentes entre grévistes et briseurs de grève des équipes de sport eurent lieu aussi bien là qu'à la chocolaterie de Minde. Durant les années qui suivirent, le FSO organisa ses propres compétitions et ses propres divisions de football, en parallèle avec celles du Syndicat National. Mais la fracture dans la classe ouvrière se propagea au mouvement sportif. En 1929, le cercle sportif de Bergen, où les communistes étaient bien représentés, fut exclu du FSO en même temps que le cercle de Trondheim, qui créa par la suite une nouvelle fédération sportive à l'échelle nationale, l'Association de combat pour l'unité sportive rouge. Le quartier de Møhlenpris et le milieu social autour de Trikkebyen jouaient constamment un rôle central au sein des travaux des associations sportives ouvrières de Bergen. Il n'était absolument pas fortuit que Torleif Nesbø fasse partie des fondateurs du club de football Hurry, et devienne actif dans la gestion du Club de gymnastique ouvrier et de l'association sportive.

Les années 1920 avaient été une décennie ambiguë, et pas uniquement pour les frères Nesbø.

La joie consécutive à la fin de la Grande Guerre se manifestait à la fois dans les rythmes musicaux et dans les tenues vestimentaires. Le one-step, le « jimmy » et le charleston devinrent les danses à la mode de la décennie ; l'ourlet des robes remontait juste au-dessus du genou, les tenues étaient cousues dans des tissus clairs et légers, aux lignes droites et laissaient les épaules dénudées. Les tailles de guêpe avaient disparu, et de nombreuses femmes se coupaient les cheveux court. Puis vint la période de récession dans l'eau saumâtre de l'après-Grande-Guerre, apportant son lot de faillites, de chômage et de dettes – dans une escalade qui culmina au « jeudi noir », le 24 octobre 1929 à la Bourse de New York. Un violent krach économique toucha la totalité du monde occidental et le plongea dans une crise qui se termina par la dépression économique allemande de 1931, entraînant de lourdes conséquences pour bien d'autres pays européens.

À la toute fin de la décennie, en septembre 1929, les premiers films parlants arrivèrent en Norvège. En février l'année suivante, Gunnar et Martha étaient allés au Konsertpaleet voir *The Singing Fool* avec Al Jolson, une reproduction creuse des numéros de chant comme un écho métallique dans les oreilles. Mais la musique était tout sauf nouvelle. Elle avait sonné à leurs oreilles sur toute cette période, non seulement dans les orchestres de jazz des restaurants dansants, mais avec une fréquence toujours accrue depuis l'apparition des gramophones personnels et – à mesure que la décennie approchait de son terme – d'un nombre sans cesse croissant de postes de radio.

La radiodiffusion des nouvelles sur ces mêmes appareils à galène avait mis le vaste monde à leur portée. Au moment de passer aux années 1930, de nombreux signes indiquaient qu'une nouvelle Grande Guerre menaçait, entre l'Union soviétique communiste d'une part et l'Ouest de l'autre. La guerre civile faisait rage en Chine. En Europe, de puissants mouvements nationalistes voyaient le jour. Les fascistes de Mussolini en Italie étaient suivis par le parti national-socialiste en Allemagne, le NSDAP, qui fit une percée brutale aux élections du Reichstag de septembre 1930 et augmenta le petit nombre de ses représentants jusque-là à la diète en le faisant passer de douze à cent soixante-dix. Un mois plus tard, le 13 octobre, les nouveaux représentants élus firent une entrée remarquée au Reichstag, en rangs serrés, vêtus de leur uniforme brun et de leur brassard marqué de la croix gammée.

Une nouvelle décennie, bien plus effrayante, venait de commencer. Les années 1920 et tout ce qu'elles avaient d'ambigu appartenaient au passé. Les loups hurlaient à présent à la porte.

En 1932, Gunnar Nesbø était secrétaire de rédaction à *Arbeidet*. En juin de l'année précédente, il avait couvert la bataille de Menstad sur le lieu de chargement de Norsk Hydro, entre Skien et Porsgrunn. Il avait relaté avec enthousiasme les événements du 8 juin, quand plusieurs milliers de travailleurs touchés par les lock-out avaient forcé la police d'État à battre en retraite et que dix policiers avaient été blessés. Profondément secoué, il avait fait le récit de ce qu'il était advenu le lendemain, lorsque le ministre de la Défense, Vidkun Quisling, avait opposé une compagnie de gardes et quatre navires de guerre aux manifestants. Comme en réaction, dans la zone de Grenland, l'ambiance avait rapidement dégénéré – d'après plusieurs journaux – jusqu'à devenir haineuse. Des rumeurs couraient quant à une mobilisation générale. L'on disait aussi que l'ancien leader communiste Peder Furubotn avait envoyé un télégramme de Moscou à ses camarades norvégiens pour les encourager au combat contre les briseurs de grève d'après le schéma de Skien, « avant tout à Oslo et Bergen ». Le télégramme devait être intercepté et présenté aux membres du gouvernement, comme un avertissement que le signal d'une révolution totale en Norvège était maintenant donné.

Lorsque Gunnar Nesbø revint à Bergen quelques jours plus tard, il remarqua pour la première fois un changement chez Martha – comme s'il lui était arrivé quelque chose pendant son absence. À partir de cet instant, il suivit d'un œil sans cesse plus vigilant ses activités vespérales – des groupes de cadres dont il ne devait pas connaître la composition « en raison des règles de conspiration en vigueur ». « Mais toi et moi, Martha… on n'a quand même pas de secrets l'un pour l'autre ?

– Le parti avant tout, Gunnar… C'est toi-même qui me l'as appris… »

Sur l'aile droite, c'était le Syndicat de la Patrie qui dominait. Cette organisation aussi était profondément enracinée à Bergen. Christian Michelsen avait été une figure utile au moment de sa fondation, quant au leader idéologique du syndicat, Joachim Lehmkuhl, il était natif de Bergen. La section berguénoise était en outre l'une des plus actives du pays, comprenant dans sa direction plusieurs personnes d'importance dans le secteur économique local. Wilhelm Styrk Helgesen se démarquait nettement parmi elles. Tout comme le fils aîné du consul Brandt, Trygve.

L'ancienne génération surveillait tout cela, plus ou moins depuis le banc de touche. Le directeur Helgesen représentait toujours la droite au conseil municipal. En compagnie de son ancien concurrent, Haakon Emil Brekke, il s'était établi comme l'un des acteurs principaux d'un groupement de sociétés à l'échelon national qui rassemblait plusieurs magasins de taille conséquente à Oslo et Bergen, en plus d'entreprises à Trondheim et Stavanger. Les deux concurrents s'étaient associés dès le début des années 1920, avant tout pour pouvoir construire économiquement et géographiquement parlant sur les zones incendiées de Strandgaten. Par la suite, la collaboration s'était poursuivie. Ils géraient encore tous les deux personnellement des affaires très variées, mais une grande partie de l'investissement était malgré tout concentrée sur ce groupement d'entreprises nommé dès 1929 Helgesen & Brekke, en passe d'être rebaptisé sur les conseils d'une agence de publicité d'Oslo en Hun & Han[21], avec deux pictogrammes reconnaissables en noir sur un logo ovale couché.

À l'office, le dimanche de Pâques 1929, l'armateur Dünner fit subitement sa réapparition après douze années de retraite chez lui. Il allait la tête dans les épaules, avec ses cheveux blancs, c'était un homme totalement différent de celui des années d'avant-guerre dont seuls les plus âgés des paroissiens de ce dimanche se souvenaient. Nombreux furent ceux qui ne le reconnurent pas, mais en voyant la sollicitude avec laquelle son épouse, elle aussi chenue et vieillie, le traitait, ils comprirent que ce devait être Ludvig Alfred Dünner en personne. Les plus hardis d'entre eux se risquèrent après la grand-messe à aller lui serrer la main et discuter de la pluie et du beau temps, comme si seule une petite semaine les séparait de leur dernière rencontre. Les autres se contentèrent de saluer à distance, certains en lançant des regards curieux, d'autres presque gênés.

Ce fut dès lors comme si une barrière était tombée, et l'on put observer l'armateur Dünner qui faisait de longues promenades, souvent seul, toujours avec une canne, à travers la ville où il avait jadis été si actif. À intervalles réguliers, on le voyait s'arrêter, presque au milieu de Torvalmenningen, et laisser son regard parcourir lentement les alentours – sur les nouvelles façades qui se dressaient, sur les palissades de planches qui camouflaient encore les derniers terrains incendiés, et le long de Fjellsiden, où de nouvelles maisons avaient rompu la limite entre Skansen et Fjellveien, et où la Fløibane faisait depuis longtemps partie du paysage urbain. Les yeux pleins de curiosité, il était descendu à Strandkaien, avait poursuivi jusqu'à Muren et avait pris la nouvelle Strandgaten, toute droite, en essayant de se figurer la rue telle qu'elle avait été naguère, avant l'incendie, quand il y avait ses bureaux. L'été, quand le temps était devenu chaud, on le voyait assis sur un banc du Bypark, à mi-chemin entre l'hôtel Norvège et le Grand hôtel, écoutant le corps de musique divisionnaire qui jouait depuis le vieux kiosque à musique, les mains appuyées sur le sommet de sa canne, les yeux pleins de mélancolie. Sa femme l'accompagnait parfois, mais la plupart du temps, il était seul, et il était extrêmement rare qu'on le vît s'arrêter pour échanger quelques mots avec quelqu'un ; il fallait le cas échéant que ce soit un inconnu.

Puis, début 1931, il disparut soudain de nouveau du paysage, et fin février, on put lire son avis de décès dans les journaux bourgeois… *s'est éteint paisiblement*, lisait-on ; mais comme quelqu'un le fit remarquer à cette occasion : *c'était déjà ce qu'il avait fait en 1917…*

Sa sœur jumelle, la veuve Frimann, affirma jusqu'à son dernier souffle que la nuit de la mort de son frère, elle avait été brusquement réveillée au petit matin par une main glacée qui l'avait saisie au cœur et avait serré. Lorsqu'elle s'était assise dans son lit, il n'y avait pourtant eu personne en vue. La chambre était aussi vide que d'habitude. Le lendemain, en apprenant que son frère était mort, et à quelle heure, elle avait compris que c'était lui qui l'avait attrapée, dans un dernier effort éperdu pour se cramponner à la vie. Et elle ne supportait absolument pas – *absolument pas, vous entendez ?!* – que les gens se détournent légèrement et regardent ailleurs à chaque fois qu'elle relatait l'événement.

En octobre de la même année, le consul Brandt décéda également, dans sa soixante-seizième année. Les deux

frères, Hjalmar et Trygve, se rencontrèrent à l'enterre-
ment, pour la première fois en deux ans. Les retrouvailles
furent fraîches. Hjalmar vint seul depuis l'autre côté des
montagnes, Torborg n'ayant pu se libérer des répétitions
au Nationaltheatret, où elle devait jouer le rôle-titre de
Hedda Gabler quelques semaines plus tard.

Trygve Brandt avait achevé ses études d'ingénieur
électricien, il travaillait à la BKK et habitait à Paradis
avec Nina, son épouse de Frogner toujours à la pointe
de la mode, et ses deux enfants, Harriet et Jens Peder.
Son séjour d'études dans le sud de l'Allemagne l'avait
mis en contact étroit avec le mouvement national-
socialiste, sur lequel il faisait des récits enthousiastes
auprès des autres membres du syndicat. Son frère, « le
communiste », faisait en revanche l'objet d'un joli
mépris. À l'automne 1930, Hjalmar Brandt avait fait
paraître le roman *Été noir*, qui – en plus de ne pas être
spécialement bien vu sur le plan littéraire – apportait
une image intense et dramatique de l'Italie de Mussolini, construite sur des impressions datant d'un séjour
dans le pays l'été précédent.

Avant de rentrer à Oslo, Hjalmar Brandt fit un crochet
par le bureau du directeur du Nationale Scene et lui
remit la première version d'une pièce à laquelle il avait
donné le titre provisoire *Vi ere en nasjon vi med*[22]...

« Je ne peux rien promettre », avait confié Normann
Johannessen en regardant par la fenêtre donnant sur
Engen. « Mais je vais la *lire*, bien entendu... »

En août 1932, après six mois d'absence, Martha
revint brusquement vers Gunnar. Elle ré-emménagea
comme si rien ne s'était passé, et la relation se poursuivit comme avant, sans que personne ne se risque à faire
de commentaires – en tout cas pas en leur présence.

En novembre de la même année, Laura et Torleif
Nesbø eurent leur premier enfant ensemble, un garçon
qu'ils prénommèrent Tarald.

68

Les voies de l'amour sont aussi impénétrables que celles qui mènent à des relations fortuites.

Svend Atle Moland avait trente-deux ans en août 1930 lorsqu'il se maria avec Torild Strandenes, de deux ans son aînée. Ce n'était qu'en 1929, quand son père était parti en retraite à soixante ans révolus, l'âge limite dans la police, que Svend Atle avait cherché à passer dans la Brigade d'Investigations, tandis que Torild enseignait l'anglais, le norvégien et l'histoire à l'école Tank, dans Kong Oscars gate – ou l'école M. et Mme Hans Tank, comme elle s'appelait en réalité.

Le mariage entre Svend Atle Moland et Torild Strandenes était par bien des aspects un mariage de raison. Tous deux avaient atteint un âge où il commençait à être surprenant de ne pas être marié, avec les implications que cela pouvait entraîner. Ils étaient tous deux en mesure de subvenir à leurs besoins, ce qui donnait à la relation un élément de parité – presque avec un avantage en faveur de la demoiselle, qui avait fait les plus hautes études. Ils achetèrent une maison dans Henrik Wergelands gate, non loin de la maison d'enfance de Svend Atle. Il passait la majeure partie de son temps libre en réparations et améliorations, tandis qu'elle entretenait efficacement la maison, une fois par semaine avec l'aide de l'assistante ménagère de *sa* maison d'enfance, tante Janna, qui n'était absolument pas sa tante, mais qui portait malgré tout ce titre, sans que l'on sût pourquoi. Svend Atle dut accepter certaines directives tout aussi dures en matière de vie commune, attribuées en toute objectivité et au maximum une fois par semaine. Avoir un enfant était complètement hors de question ; pas avant qu'*elle* ne le veuille.

Ce fut peut-être justement pour cela que même après son mariage, Svend Atle conserva son ancienne admiration pour Sigrid Helgesen, née Brekke. Le baiser de 1921 possédait encore son pouvoir magique. Il n'avait jamais révélé à sa femme, de quelque manière que ce soit, ce qu'il éprouvait pour sa cousine, mais parce que Torild et Sigrid étaient toujours amies, lui et sa femme étaient tous les deux des proches, régulièrement invités dans l'imposante maison au luxe ostentatoire de Kalfarlien. Il ressentait pour sa part les fréquentes rencontres avec elle – presque toujours au cours de réceptions – comme étant à la fois éprouvantes et importantes. Il lui était constamment douloureux d'être si près de celle qui l'avait ensorcelé depuis sa prime jeunesse, de voir ses lèvres roses approcher son verre ou s'ouvrir délicatement pour un fume-cigarette ambre-jaune. Ce baiser fatidique le hantait encore si intensément qu'il avait parfois l'impression de devoir se retenir pour ne pas faire un scandale en lui attrapant la tête, pour la tourner vers lui et l'embrasser longuement sous les yeux des autres invités. – *Et elle ? S'en souvenait-elle ?* – Une fois, alors qu'ils s'étaient retrouvés seuls devant un buffet de smørbrød dans le salon, il avait commencé à lui poser la question :

« Sigrid…

– Oui ?

– Est-ce que tu te souviens… »

Mais Wilhelm Styrk était arrivé, toujours aussi fanfaron dans sa jovialité, pour se servir dans les plats, lui aussi ; et lorsqu'elle l'avait regardé avec curiosité et lui avait demandé :

« De quoi ? »

Il n'avait eu rien d'autre à répondre que :

« Non… j'ai oublié ; ça ne devait pas être très important. »

Sigrid, de son côté, vivait l'expérience du mariage d'une manière de plus en plus glaciale. Wilhelm Styrk braquait une part sans cesse croissante de son attention sur des relations hors du foyer : progrès dans la vie économique et engagement politique dans le Syndicat National. Elle ne s'était jamais abaissée à lui demander s'il assouvissait ses désirs ailleurs même si l'intérêt qu'il montrait pour elle était en tout état de cause minimum. Quand il rentrait tard, souvent avec une vague odeur de liqueur noble à la bouche, elle était presque toujours debout, un petit verre de vin sur la table gigogne et un livre sur les genoux. Si elle était allée se coucher, elle était assise dans le lit, dans une chemise de nuit de soie bleue décolletée, un oreiller dans le dos, sous la lumière allumée et un livre entre les mains, nerveuse et belle, dégageant une sorte de froideur visible et distante qui pouvait à la fois effrayer et attirer, jusqu'à ce qu'il apparaisse à la porte. À de rares occasions, dans ces moments-là, il pouvait se déshabiller à la hâte et venir la rejoindre comme un taureau, écarter les draps, remonter sa chemise de nuit jusqu'à ce qu'elle fasse comme une poche autour de sa poitrine et la prendre, avec autant de tendresse et d'égards qu'un conquérant haineux. Mais la plupart du temps, il ne faisait que la saluer d'un grognement, aller se déshabiller dans la chambre voisine, revenir en pyjama rayé et s'effondrer si lourdement dans le lit double qu'elle avait l'impression de vivre un mini-tremblement de terre. Elle refermait alors calmement son livre, éteignait la lumière et restait un moment les yeux ouverts dans le noir, tandis que des perles s'y formaient.

De ce point de vue, elle était un fruit mûr. Si à un quelconque moment de ces années-là, Svend Atle avait tendu la main pour la toucher, il aurait sans problème pu se l'approprier. Mais il n'alla jamais aussi loin, et elle se trouva un amant ailleurs.

Leif Pedersen travaillait comme vendeur à la section confection masculine chez Hun & Han. Le soir, il jouait du saxophone dans l'orchestre de danse The Hurrycanes, un quintette qui se produisait dans des soirées – au Boulevard, au Norvège ou à Soria Moria[23], comme fut nommé le nouveau restaurant Fløien après son ouverture en 1925, non sans raison, grâce à sa situation privilégiée au pied du mont Fløien, sur fond de sapins sombres et de ciel nocturne bleu profond. Son père, le douanier, était parfaitement satisfait de la situation de Leif chez Helgesen et Brekke dans le meilleur magasin de la ville ; ses prestations en matière de cette « musique de singes » venue d'Amérique l'enchantaient moins.

Leif n'avait aucune disposition héréditaire pour la musique. Chez un copain, il avait passé sur le gramo-

phone une longue série de disques dont le rythme était
nettement plus entraînant que l'habituelle musique des
salles de bal européennes. Ils étaient tombés d'accord :
pourquoi pas ? – et avaient commencé à économiser, chacun de son côté. Six mois plus tard, il avait fait l'acquisi-
tion d'un saxo ténor rutilant, commandé en Allemagne
au magasin de musique C. Rabe. Au même endroit, ils
trouvèrent les partitions des mélodies américaines les
plus populaires, qu'ils travaillèrent dès lors avec autant
d'enthousiasme que de plaisir de jouer.

Ils étaient jeunes, entre dix-huit et vingt-trois ans,
lorsqu'ils commencèrent, mais ils passèrent bientôt pour
l'un des meilleurs ensembles de la ville dans leur genre.
Les engagements ne manquaient d'ailleurs pas, puisque
tous travaillaient à temps plein dans la journée et pouvaient par conséquent accepter les propositions sans être
trop regardants sur ce qu'on leur accordait en échange.
Des mélodies comme *Whispering, Sweet Georgia Brown,
Coal-black Mammy et Everybody Loves my Baby* ne tardè-
rent pas à résonner dans les restaurants dansants de la
ville. Tous les cinq avaient leurs péchés mignons en
matière de solos, Nils Petter Solberg au piano, Atle Eliassen à la trompette, Torfinn Gåsland au violon, Leif
Pedersen au saxophone – oui, même le batteur transparent Terje Stockflet Nielsen se laissait aller de temps en
temps, en parties de batterie qui ressemblaient fort à un
concours entre les percussionnistes des trois plus grands
Buekorps de la ville.

Ils avaient une bonne vue depuis l'estrade. Ils remar-
quaient les dispositions sans cesse changeantes sur la
piste de danse, et il n'était pas rare que les contacts
visuels entre les musiciens et certaines femmes dans
la salle dégénèrent en flirts sous forme d'échanges
de regards si lourds de sous-entendus que de temps
en temps, il leur arrivait de perdre complètement le
rythme sur une ou deux mesures.

Leif Pedersen savait pertinemment qui était Mme Helgesen bien avant qu'ils échangent un regard lors d'une
prestation au restaurant dansant de l'hôtel Norvège,
un samedi soir de mai 1930. À l'entracte, il lui fut
même présenté, par son chef Wilhelm Styrk Helgesen,

qui avait pris en 1929 le poste de directeur du magasin de Strandgaten.

Lorsqu'ils se revirent dans les locaux de réception au même endroit trois mois plus tard, il capta rapidement un hochement de tête et un sourire, qui demeura comme un reflet humide sur les lèvres de la dame, aussi rêveuses que le regard posé sur lui tandis qu'il jouait son solo lent de *Farewell Blues*.

En septembre de cette année-là, The Hurrycanes jouèrent au grand bal d'automne de l'Association des commerçants, au restaurant de Fløien. À l'entracte, Leif était sorti fumer une cigarette et se rafraîchir un peu, lorsqu'il entendit juste derrière lui le froufrou de la soie et une voix claire quelque peu nerveuse :

« Vous… prenez un peu l'air ? »

Il se retourna, et leurs regards se croisèrent.

À vingt-quatre ans, Leif Pedersen était un bel homme, exception faite d'un nez peut-être un tout petit peu trop gros. Ses cheveux blonds étaient séparés par une raie au milieu et coiffés en arrière, et il était élégamment vêtu, comme les autres, d'une veste bleu barbeau avec de grands revers de soie noire assortis au pantalon sombre.

Son aînée de dix ans chassa une mèche de ses yeux et sortit à tâtons une cigarette du petit sac de soirée lamé argent qui pendait à l'un de ses bras. En tenant une main en écran contre le vent, tout près de ses lèvres joliment formées, il lui donna du feu. Elle leva un regard timide vers lui.

« Vous ne voulez pas vous promener un peu ? »

Il lui offrit galamment son bras, et la fumée de cigarette se déposant comme un brisant gris-bleu dans leur sillage, ils parcoururent quelques centaines de mètres entre les arbres, vers le sud, jusqu'au point de vue qui leur ouvrait toute la vallée de Bergen, depuis Ulriken jusqu'à Lovstakken.

« J'aime bien la façon dont vous jouez.

— Merci.

— Est-ce qu'il faut beaucoup travailler ?

— Oh oui, vous savez… Mais Stockflet Nielsen, le batteur, dispose d'une vieille grange à Minde. C'est là-bas que nous répétons… comme ça, on ne dérange personne.

– Oh, déranger... »

Il baissa discrètement les yeux sur elle, et elle s'appuya lentement contre son épaule, tourna la tête vers lui, rit silencieusement.

Peu de temps après, il commença à l'embrasser.

« ... Mais que faites-vous ? » chuchota-t-elle, le souffle court, tout contre sa bouche.

Avant qu'il la raccompagne, ils avaient conclu un accord.

Deux jours plus tard, il prit une chambre dans l'une des pensions les plus retirées de la ville, dans une ruelle discrète de Nordnes, sous un faux nom. Une heure et demie après la tombée de la nuit, on frappa doucement à la porte, et lorsqu'il ouvrit, elle entra, le chapeau-cloche bien enfoncé sur le front, le col de son manteau relevé et un boa de renard argenté autour du cou.

« Nous n'avons pas beaucoup de temps », murmura-t-elle entre des lèvres brillantes avant d'ôter son manteau, de rajuster rapidement sa robe courte et de passer ses longs bras nus autour de son cou.

Il l'embrassa sur l'intérieur des bras en la caressant doucement dans le dos. Elle leva les bras et se laissa prendre. Elle portait des sous-vêtements modernes, gris perle, et son corps dégageait une douce odeur de savon et de lilas. Il joua à toutes ses embouchures, au rythme intérieur de *Blue Devil Blues*. Leurs voix étaient sombres et rauques, et le papier peint passé autour d'eux se transforma en parois de soie dans le harem d'un sultan, où l'épouse favorite s'était mise à son service de toutes les façons possibles et imaginables.

Quand ils se quittèrent, quelques heures plus tard, ils étaient d'accord pour se revoir. Ils s'embrassèrent longuement avant de se séparer, et lorsqu'elle ferma doucement la porte derrière elle, il ressentit le besoin impérieux de lui courir après, de la retenir et de la reprendre encore une fois dans ses bras.

Ce soir-là, Sigrid Helgesen dormait comme une souche au moment où son mari rentra du club de quilles de Den gode Hensigt. *Serait-elle malade ?* se demanda-t-il, intrigué.

Entre Ingrid Moland et Anders Veum, les choses allaient mieux. Elle était un oiseau blessé, lui un chien d'arrêt du Sunnfjord qui l'avait attrapée au vol et l'avait déposée sur un piédestal, dans une vie si routinière que le seul changement effectif dépendait de son emploi du temps, selon qu'il était du soir ou du matin.

Il arrivait encore que certains de ses collègues qui avaient été dans l'autre camp en 1926 le surnomment « Ploucard de grève », et son cœur faisait toujours un bond dans sa poitrine quand il constatait en arrivant au boulot le matin que l'un des activistes de l'époque allait être conducteur sur la ligne. En revanche, il était pleinement rassuré quand Per Christian Moland était de service. D'abord, c'était le cousin d'Ingrid ; ensuite, Per Christian n'avait jamais montré d'une quelconque manière qu'il le méprisait pour son attitude à l'époque. *– C'est ma faute, peut-être ? Je ne savais même pas qu'il y avait des grèves !* – Dès le premier soir, à la foire de 1928, Ingrid et lui avaient conçu de l'intérêt l'un pour l'autre, et ils avaient ensuite continué à se voir, de façon plus ou moins fortuite. Ils s'étaient fiancés à l'été 1931. Ingrid avait obtenu une place de domestique dans une famille assez loin à Sandviken, près de Christinegård, et ils mettaient de l'argent de côté, ensemble, dans le but de se marier, quand ils en auraient les moyens.

S'ils sortaient, c'était le plus souvent dans l'un des cafés ou restaurants rustiques où ils se sentaient chez eux. Ingrid ressentait une impression de sécurité placide en compagnie de ce natif du Sunnfjord peu loquace, et plusieurs jours pouvaient s'écouler sans qu'elle pense une seule fois à la petite fille qu'elle avait à Haugesund et qu'elle ne reverrait jamais. Elle avait enfin fait la paix avec ses parents dans le Hjelmeland, et en août 1931, elle et Anders allèrent leur rendre visite pour la toute première fois. Elle lui fit visiter le village, l'entraîna au sommet de Hjelmen pour lui montrer la vue, et ils allèrent pêcher avec son père. Mais elle ne mit pas les pieds à Bethel, et elle parvint à garder une distance froide vis-à-vis de ses anciennes amies.

Un soir d'automne cette année-là, il se passa quelque chose. Ils étaient allés au cinéma, à l'Eldorado, à 19 h 30, voir le film policier allemand *M*, ou *Mörder unter uns* [24], à en croire le sous-titre. L'atmosphère de malaise ne les avait pas encore quittés. Le temps maussade leur rappelait les scènes tournées dans l'entrepôt à Berlin, où la pègre traduit le pitoyable tueur d'enfants devant sa propre cour, et Ingrid se serra encore un peu plus contre Anders sous le parapluie ouvert. Ils remontaient Christian Michelsens gate vers Strandgaten lorsqu'Ingrid s'arrêta si subitement qu'Anders manqua de tomber, et elle lui secoua le bras. Quand il la regarda, elle était blanche comme un linge, sa bouche était bleuâtre, et l'expression de ses yeux était la même que si elle avait vu un fantôme.

En regardant autour de lui, il vit un autre couple remonter Walckendorffs gate en direction de Muren. L'homme et la femme se tenaient bien l'un contre l'autre sous un grand parapluie noir d'homme. Il avait des cheveux noirs coiffés en arrière, qui ondulaient dans le vent vif ; elle, entre deux âges, vêtue de teintes sombres, avait un visage rond et séduisant sous un chapeau en forme de capuchon. En bas de Strandgaten, un petit groupe de personnes qui attendaient le tramway l'empêcha d'en voir davantage.

« Qu'y a-t-il, Ingrid ? Qu'est-ce qui se passe ? »

Elle vacilla, jeta les mains devant elle et trouva un réverbère auquel s'appuyer. Déconcerté, il la saisit par le bras pour l'empêcher de s'écrouler complètement.

« Tu ne te sens pas bien ? »

Elle se passa rapidement la langue sur les lèvres, avala avec difficulté et hocha la tête sans rien dire.

« Tu t'es sentie mal ?

– Non, non... j'ai juste... Je me suis juste sentie... pas trop bien... »

Il la fixa un petit moment.

« Et maintenant, ça va mieux ?

– Oui... »

Elle regarda lentement alentour, en un mouvement méthodique.

« Viens, je vais te raccompagner... »

Elle logeait toujours chez son oncle et sa tante dans Øvre Blekevei, et Anders la raccompagna jusqu'au bout.

Elle parut se remettre petit à petit, mais resta plongée dans ses pensées durant toute l'ascension vers Skansen, et il ne souhaita pas l'ennuyer avec des questions malvenues. – *Qu'est-ce que je peux lui demander, puisque de toute façon, elle ne dira rien ?*

En la quittant, il remarqua que l'oncle d'Ingrid regardait la ville depuis la fenêtre, une pipe éteinte à la bouche.

Moland entendit vaguement Ingrid rentrer et échanger quelques mots avec Agnes dans la cuisine. Il ne bougea pas de la cuisine. Ses propres pensées lui suffisaient amplement.

Voilà deux ans qu'il avait pris sa retraite après avoir atteint l'âge limite. Beaucoup de policiers pensaient qu'à soixante ans il était trop tôt pour se retirer de toute vie professionnelle active. Une partie d'entre eux se proposaient donc pour d'autres postes, comme convoyeurs de fonds, contrôleurs de sécurité ou gardiens de nuit.

Après les nombreuses années passées à la Brigade d'Investigations, les missions n'avaient pas manqué pour Christian Moland quand il avait pris sa retraite. Il avait proposé des procédures de routines et des méthodes à des magasins de tailles diverses pour prévenir les effractions ou autres formes de fraude. Il avait aidé des compagnies d'assurance par des enquêtes en relation avec des demandes de dédommagement douteuses. À quelques occasions, il avait même effectué certaines recherches discrètes sur des personnes, le plus souvent à la demande de banques ou de compagnies d'assurance. Certains employeurs étaient de plus curieux de savoir si les gens qui postulaient chez eux avaient eu, d'une façon ou d'une autre, des liens avec le NKP ou d'autres factions révolutionnaires du mouvement ouvrier. Après les grèves des années 1920 et avec la montée sans cesse croissante du chômage, de moins en moins d'entreprises embauchaient de bonne grâce ceux qu'elles considéraient comme « des fauteurs de troubles potentiels ». Au tout début des années 1930, il y avait là un marché en pleine expansion pour des personnes ayant les qualifications et l'expérience de Moland.

Ce jour-là, il s'était vu confier par le directeur des prêts de la Bergens Privatbank une mission dont il savait qu'il aurait dû la refuser, mais qu'il avait malgré tout acceptée, eu égard à sa réputation.

Un homme ayant une adresse provisoire en ville avait fait une demande de prêt de 10 000 couronnes, et la caution de ce prêt était une femme habitant à Bergen qui mettait sa maison en hypothèque. Le directeur, les mains jointes par le bout des doigts et dirigées vers le haut comme pour prier, avait demandé à Moland d'enquêter sur « les rapports qui pouvaient bien exister entre l'emprunteur et cette femme, et si la solvabilité de cette dernière était valable ». Moland avait hoché la tête. « Et comment s'appellent ces gens-là ? » Le directeur avait lu les noms sur son formulaire de demande de prêt, avant de le pousser sur le bureau, vers Moland : « L'emprunteur s'appelle Peter Paulus Haga, adresse d'origine à Bakke, dans le Vest-Agder... La femme s'appelle Maren Kristine Pedersen et habite dans Hennebysmuget. »

Maren Kristine... Ce nom avait atteint Christian Moland comme un coup sourd au thorax, et il sentit qu'il l'émouvait encore, *et ce après, combien de temps... bientôt vingt-cinq ans ?*

Pendant un quart de siècle, ce qu'il ressentait pour elle avait couvé, comme une maladie emprisonnée dans son corps, et la seule évocation de son nom était susceptible de provoquer une nouvelle rechute.

Il en fut secoué. Il croyait avoir dépassé ce stade. Il avait lentement rétabli une relation d'intimité avec Agnes. Ils s'adonnaient toujours, plusieurs fois par mois, à de prudents rapports – moins passionnés que quand ils étaient jeunes, mais en même temps bien plus libres étant donné que ceux-ci ne pouvaient plus engendrer de résultats indésirables. Dans sa jeunesse, Moland n'aurait jamais cru pouvoir réellement vivre ce qu'ils avaient chanté à l'école en lisant *Synnøve Solbakken* : *Je pensais que le jeu se poursuivrait – jusque dans ma vieillesse.*

Il avait perdu Maren Kristine de vue. Il avait bien compris à un moment donné qu'elle s'était convertie au piétisme, mais hormis cela, leurs chemins ne s'étaient plus croisés, jusqu'à ce jour, et, *bon sang!* Il tira la pipe de sa bouche.

« Ce rapport doit être remis rapidement ! » murmurat-il pour lui-même.

Pourtant, cette tâche avait créé une nouvelle inquiétude en lui en faisant remonter des souvenirs des jours insouciants de sa jeunesse, vagues comme des photographies jaunies, mais non moins véritables, de même que les plus anciens daguerréotypes montraient la réalité, bien qu'énigmatique et voilée.

Il le savait, tout en entendant dans la cuisine Ingrid souhaiter une bonne nuit à Agnes ; il le savait avec autant de certitude que la vie et la mort étaient réelles, qu'il existait des lois sur lesquelles les hommes n'auraient jamais aucun contrôle, quel que soit le temps qui s'écoulerait, quels que soient les efforts qu'ils fourniraient. *Les voies de l'amour sont impénétrables, y compris celles qui conduisent à…*

Il vida pensivement sa pipe dans le cendrier avant de la remplir de nouveau. La cendre rougeoya un bon moment, comme les restes d'un brasier que l'on aurait abandonné dans la forêt sans se soucier de l'éteindre avant de s'en aller.

69

Juste avant Pâques 1932, Hjalmar Brandt reçut une lettre du directeur du théâtre, Normann Johannessen, dans laquelle il l'informait qu'il « envisageait sérieusement » de faire jouer sa nouvelle pièce, *Vi ere en nasjon vi med*. Il suggérait cependant d'apporter quelques modifications à la pièce – il se référait ici à ses propos ci-joints – et il attendait les révisions de l'auteur « avec beaucoup d'impatience ».

Au début du mois de mai, Hjalmar Brandt envoya la nouvelle version de son manuscrit à Bergen. Après encore quelques échanges écrits, la pièce fut acceptée en juin pour être produite, avec répétition générale à la fin du mois d'août et première le 8 octobre. Dans le même temps, l'épouse du dramaturge, Torborg Hagen, fut invitée à la représentation exceptionnelle d'une troupe reçue par le théâtre, en tant qu'actrice dans le rôle qui lui avait valu un succès éblouissant au Nationaltheatret – Hedda Gabler – dont la première devait avoir lieu début septembre.

Le couple arriva par le train d'Oslo dans le courant d'une soirée d'août douce et pluvieuse – lui affublé d'un chapeau mou brun, dont le bord avant était replié vers le bas, elle toujours aussi splendide que dans le souvenir de ceux qui les virent descendre du train, élégants et bien mis comme un couple de stars échappés d'un film hollywoodien. À peine avaient-ils passé Nesttun que Hjalmar s'était mis à la fenêtre et avait baissé la vitre pour regarder la ville de son enfance, au pied des montagnes, illuminée et attirante en cette première moitié d'une nouvelle et palpitante décennie.

Le point de départ de *Vi ere en nasjon vi med* était la situation politique du moment, aussi bien nationale qu'internationale. En Union soviétique, Staline se débattait dans les problèmes intérieurs, et l'attitude réservée des pays occidentaux laissait le champ libre aux mouvements fascistes. Le parti national-socialiste d'Hitler avait encore renforcé sa position en Allemagne. En Italie, qu'il avait décrite de façon si vivante dans *Été noir*, le réarmement battait son plein, selon toute probabilité avec la Yougoslavie dans le collimateur. En Espagne, l'évolution allait dans la direction opposée. Le leader fasciste Primo de Rivera, proche du roi, avait été chassé, et à la suite des élections de juin 1931, le pays avait été déclaré « République démocratique de travailleurs de toutes classes ». Dans le reste de l'Europe, l'aile gauche était désagrégée, en raison des soi-disant thèses de Strasbourg dans lesquelles le Komintern ordonnait aux partis communistes de tous les pays de faire front contre les sociaux-démocrates, que ce soit entre partis politiques ou au sein des organisations syndicales.

C'était justement cela le thème de la pièce, qui décrivait une grande grève fictive dans une industrie de l'ouest de la Norvège, où les antagonismes de classes étaient importants. La classe dirigeante, décrite avec une ironie mordante, utilisait la rupture entre les sociaux-démocrates et les communistes pour briser brutalement la grève avec l'aide de la police d'État. Le parallèle avec la grève de Menstad était assez évident, mais l'auteur avait poussé le développement plus avant, et la pièce se terminait par une scène dramatique lors d'une grande et terrifiante réunion publique, au cours de laquelle le bras droit du directeur, Harald – un ingénieur électricien dont beaucoup affirmèrent par la suite qu'il était le fétiche représentant le frère de l'auteur lui-même, Trygve – tenait un long discours enflammé pour la création d'un parti fasciste en Norvège. Un thème secondaire dans la pièce évoquait l'amour impossible entre la fille du directeur, Anne Birgitte, et le jeune meneur de grève Borgfinn, une relation qui se terminait par le mariage forcé d'Anne Birgitte avec Harald.

Si les critiques de gauche jugèrent plus tard la pièce « inutilement pessimiste » – il manquait selon eux « la foi en un avenir optimiste » chez le jeune écrivain, des éléments tendant « vers l'avant, vers le haut » – les critiques de droite devaient être encore plus cinglants.

Le directeur Helgesen était en vacances estivales à l'Ullensvang Hotell de Lofthus, dans le Hardanger, lorsque le couple Brandt arriva à Bergen. Ce ne fut qu'à la réunion du conseil d'administration du 28 août qu'il remarqua que le directeur du théâtre avait ajouté une nouvelle pièce de Hjalmar Brandt au répertoire.

Lors de la réunion elle-même, il ne fit aucun commentaire mais, une fois celle-ci terminée, il fit comprendre au directeur du théâtre qu'il souhaitait échanger deux ou trois mots avec lui. Ils entrèrent dans le salon voisin, donnant sur les cimes vert sombre bien fournies qui avaient naguère fait partie du magnifique Maartmannshaven.

Helgesen commanda un pjolter au whisky, leva un sourcil en regardant Johannessen et lui demanda s'il en souhaitait un lui aussi.

« Volontiers. »

Plus un mot ne fut échangé avant que les deux verres n'arrivent sur la table.

Fridtjof Helgesen foudroya le jeune directeur du regard. À soixante-dix ans, sa vitalité était surprenante ; sa constitution puissante et son autorité naturelle pouvaient faire penser à l'empereur allemand Wilhelm, qui avait si souvent visité la ville durant l'enfance et la jeunesse de Helgesen.

« À ce que j'ai compris, monsieur Johannessen, dans le courant de l'été, vous avez programmé la représentation d'une nouvelle pièce de Hjalmar Brandt ? »

Normann Johannessen s'était penché en avant pour saisir son verre, mais il suspendit son geste avec une expression vaguement interrogatrice sur le visage.

« … Oui ?

– Oserais-je vous rappeler, monsieur le directeur, les mots qui ont été échangés dans mon bureau au cours d'une réunion en janvier 1928… »

Johannessen se passa nerveusement la langue sur les lèvres.

« Oui ? Il y a plus de quatre ans…

– Il y a quatre ans et demi, oui. C'est exact. Nous avons conclu à l'époque, si je me souviens bien, un accord qui entraînait des obligations aussi bien pour vous que pour moi…

– Oh, des obl…

– Si, c'était bien le cas, monsieur Johannessen ! Si vous n'aviez pas accepté cet accord, à l'époque, vous n'auriez pas eu ce poste de directeur de théâtre. Nous aurions trouvé quelqu'un d'autre… »

Le directeur du théâtre ouvrit la bouche pour répondre, mais Helgesen le devança :

« Votre poste ne tient en ce moment qu'à un fil, monsieur Johannessen. Un fil *très fin* ! »

Normann Johannessen but une grosse gorgée de son pjolter, et son regard vacilla. De grosses gouttes de sueur bien nettes avaient perlé sur sa lèvre supérieure.

« Je… Il y a des moments… La pièce que M. Brandt a remise cette fois est d'une tout autre qualité que ce qu'il a… oui, que tout ce qui est écrit pour le théâtre norvégien aujourd'hui…

– Qualité !

– Si nous ne l'avions pas prise, le Nationaltheatret s'en serait avidement emparé…

– C'est leur affaire !

– … Et vous ne le savez peut-être pas, monsieur Helgesen, mais le Nationaltheatret essaie en ce moment d'obtenir le droit de première représentation de toute nouvelle pièce écrite par un dramaturge norvégien… Je veux dire, en tant que Berguénois, vous devez bien comprendre que le plus vieux théâtre de Norvège, le foyer d'Ibsen et de Bjørnson, ne peut pas accepter ce genre de choses ! »

Helgesen exhiba ses dents en un sourire sans joie.

« En tant que *Berguénois*, comme vous dites si joliment, je pense avant tout à l'*argent*, monsieur le directeur. Aux espèces sonnantes et trébuchantes !

– Oui, mais la pièce de M. Brandt va très certainement connaître un grand succès auprès du public !

– Par argent, j'entends aussi réputation. Ce théâtre est bâti sur le bon soutien financier de la bourgeoisie. Sans de généreuses donations entre autres des armateurs, vous, monsieur le directeur, vous n'auriez pas été en mesure de payer les salaires de vos employés sur ces dernières saisons. Vous croyez que lesdits armateurs seront aussi enclins à poursuivre ces dons si le théâtre se révèle être un nid de rats d'où sort une propagande communiste ?

– Je…

– Si c'est le cas, vous êtes un enfant naïf, et vous avez peu de chances de conserver votre poste de directeur de théâtre ! »

Normann Johannessen avait viré à un rouge de plus en plus soutenu au fil des fréquentes interruptions. Il haussa nettement le ton et écarta largement les bras.

« Alors qu'allez-vous faire, monsieur le président-directeur général ? s'écria-t-il. Les rôles ont été distribués, les répétitions ont commencé ! Dans une semaine, c'est la première de *Hedda Gabler* avec Torborg Hagen, Mme Brandt, dans le rôle-titre. Le choix est fait !

– Alors il faut le refaire !

– Vous ne pouvez pas m'y contraindre ! À Oslo, les directeurs ont une totale liberté sur le répertoire ! Ça ne peut pas être différent ici !

– À Oslo, à Oslo ! Si c'est tout ce que vous avez comme argument, alors… »

Normann Johannessen vida son verre, le reposa durement et se leva.

« Ce sera comme j'ai dit ! La pièce sera représentée ! »

Le directeur Helgesen resta assis, le regard aussi dur que de la porcelaine.

« Alors je vais convoquer une réunion extraordinaire du conseil d'administration ! Je n'ai pas dit mon dernier mot, monsieur Johannessen, tenez-le-vous pour dit ! Je n'ai pas dit mon dernier mot… »

Normann Johannessen n'était du reste pas aussi convaincu que sa dernière réplique le laissait supposer. Il passa une nuit agitée dans son appartement de Rosenbergsgaten, dont la majeure partie à faire les cent pas, comme il le faisait quand il étudiait un rôle, mais cette fois-ci, ce n'était pas des dialogues imposés qu'il devait apprendre ; cette fois-ci, il s'agissait de son propre avenir – et pas uniquement en tant que directeur de théâtre à Bergen ; c'était sa renommée dans tout le petit monde du théâtre norvégien qui était en jeu…

Il tenait pour sa part le rôle d'Eilert Løvborg contre la Hedda de Torborg Hagen, et aux répétitions, le lendemain de la confrontation avec le directeur Helgesen, il avait de tels problèmes de concentration que plusieurs autres comédiens réagirent.

« C'est ce que j'ai toujours dit, grommela depuis les coulisses une Margareta Willmer mécontente, à qui l'on avait confié le rôle de Thea Elvsted. Tu parles, être directeur de théâtre, et s'attribuer le rôle principal en même temps ! »

Dans la salle des fêtes de Godtemplarhuset, juste en face du théâtre, les toutes premières répétitions de *Vi ere en nasjon vi med* étaient en cours, avec l'auteur lui-même comme assesseur enthousiaste – un peu trop enthousiaste, à en croire certains des comédiens. Tous semblaient néanmoins beaucoup apprécier la pièce, qui leur permettait en outre de travailler pour la première fois avec le nouveau grand talent de la mise en scène venu de Voss, Karl Styve. Après quelques prestations à sensation au norske Teatret, ce dernier avait mis sur pied une non moins remarquable représentation de *Macbeth*, au Nationaltheatret, avec Torborg Hagen dans un double rôle très remarqué de première sorcière et de Lady Macbeth.

Karl Styve était un petit paquet d'énergie, trapu, aux cheveux bruns frisés, au visage de chérubin et au regard bleu acier intense. Pendant l'étude d'une pièce, il pouvait monter et descendre de la scène à toute vitesse, gueuler et faire un vacarme pas croyable à un moment donné, pour être doux et intime comme un amant secret quelques secondes plus tard. « Aussi adorable qu'un assassin d'enfants ! » comme l'avait décrit l'une des comédiennes les mieux établies du Nationaltheatret avant d'ajouter précipitamment : « Mais je n'aurais pas voulu rater une seule seconde de répétition avec lui... »

Il arriva à Bergen en triomphateur romain, l'enfant de la campagne de Voss avait conquis la capitale avec bravoure et rentrait à présent au bercail, à l'endroit même qui était pour eux tous *la ville*. Il se laissait interviewer dans les salons de l'hôtel Norvège, pompeux dans son élocution et toujours dans une position un peu alanguie, un brin arrogante, sur les photographies. *Benito Mussolini junior!* comme l'avait surnommé un photographe exaspéré à l'issue d'une séance éreintante. Les jeunes filles de la meilleure bourgeoisie de la ville passaient lentement en jetant des regards insistants à sa table lorsqu'il prenait ses repas au restaurant, même si la plupart du temps il se trouvait en galante compagnie avec quelqu'un du théâtre, comme Torborg Hagen, Mona Holte ou Solveig Maubach.

Il avait connu Torborg Hagen au Nationaltheatret ; les deux autres jouaient des rôles importants dans *Vi ere en nasjon vi med* : Solveig Maubach celui de la belle femme du directeur, et Mona Holte celui de sa belle-fille révoltée.

« Oui, parce qu'il faut bien que vous compreniez, monsieur le dramaturge, s'était emportée Mme Maubach au cours de la première répétition, que je suis bien trop jeune pour avoir une fille de l'âge de Mlle Holte ! Il faut qu'elle soit l'enfant d'un premier mariage ! »

En dépit de ses protestations sincères, Hjalmar Brandt, après avoir reconnu avec beaucoup de réticences que cela

n'avait pas une importance cruciale pour l'intrigue cen-
trale de la pièce, était retourné à sa chambre de l'hôtel
Rozenkrantz et y avait rectifié certaines répliques de sorte
que Mme Maubach obtienne ce qu'elle désirait. Karl
Styve s'était contenté de hausser les épaules : tout cela
n'était que vétilles.

Le rôle du directeur était joué par Sverre Kristoffersen, un comédien du théâtre considéré comme l'un des
plus sûrs de ces vingt dernières années, tandis que
deux jeunes comédiens, Helge Håland et Jørgen
Skarsbø, tenaient les rôles de Borgfinn et Harald. Dans
le dernier rôle important de l'ami du couple directo-
rial, admirateur éconduit de madame et voix sarcas-
tique de l'auteur dans la pièce, le vieux copain de
classe de Hjalmar Brandt, Bertil Gade, s'était vu
confier une mission bien plus exigeante que celles qu'il
connaissait habituellement – peut-être selon un souhait
de l'auteur lui-même.

La responsabilité pratique des répétitions revenait à
l'un des metteurs en scène attitrés du théâtre, un grand
type voûté répondant au nom de Magnar Midtthun, qui
accomplissait son devoir avec une pondération mélancolique et une expression constante de *Weltschmerz*[25]
sur le visage, comme si le Jugement dernier était plus
qu'imminent. En cela, il n'avait pour ainsi dire pas
complètement tort.

Les premiers troubles débutèrent pendant les répétitions au milieu de la semaine. Mme Willmer, dont le mari
ne faisait plus partie du conseil d'administration
du théâtre, mais avait cependant des contacts quotidiens
avec le directeur Helgesen à Den Gode Hensigt, put
révéler le mercredi à Mme Maubach – sous réserve d'une
discrétion absolue, naturellement – que le directeur
du conseil d'administration avait convoqué une réunion
extraordinaire dudit conseil d'administration, dans « la
pas si bonne intention que ça, tss tss », de faire retirer
Vi ere en nasjon vi med de l'affiche et de faire mettre
un terme aux répétitions. Cette réunion devait avoir lieu
le dimanche suivant, le lendemain de la première de
Hedda Gabler.

Karl Styve renâcla énergiquement en apprenant cela.

« Le directeur ? Qu'est-ce qu'il peut bien avoir comme influence sur le choix du répertoire ? »

Hjalmar Brandt avait l'air bien plus songeur.

« Tu n'es plus à Oslo, Karl. À Bergen, tout peut arriver.

– Ridicule ! »

La répétition se poursuivit, menée par un metteur en scène qui ne décolérait pas, mais l'agitation se propagea, petit à petit, de comédien en comédien, pour s'installer complètement dans les murs, jusque chez le directeur du théâtre lui-même.

À la pause de la répétition générale de *Hedda Gabler*, Torborg Hagen attira discrètement Normann Johannessen à l'écart dans l'un des couloirs.

« Il faut que je te parle… Je peux venir te voir après la représentation ? »

Te parle ? Te voir ? Quand diable nous sommes-nous mis à nous tutoyer ? réagit instinctivement Normann Johannessen.

« Vous voulez dire… ici, dans mon bureau ?

– Oui ?

– Eh bien… Je suis naturellement toujours à la disposition de mes comédiens, mais…

– Alors c'est convenu », conclut-elle rapidement avec un sourire froid avant de filer.

Sigurd Bruland, qui jouait le rôle de Tesmann, rapporta plus tard qu'il avait trouvé le directeur du théâtre pensif.

« Tu ne trouves pas que ça se passe bien ? Elle est éblouissante, quand même, non ?

– Si, si…

– En Hedda, je veux dire…

– Oui, oh oui ! »

Lorsque la générale fut expédiée, sous les ovations d'un public enthousiaste, Hjalmar Brandt entra, toujours aussi épris, dans la loge de son épouse. Elle était installée devant son miroir, un sourire affecté sur les lèvres et les yeux brillants, vidée comme toujours durant la demi-heure qui suivait ses plus grandes prestations. Il se pencha sur elle, saisit doucement ses seins et déposa un chaud baiser derrière son oreille.

« Tu as été merveilleuse, mon amour ! Meilleure que jamais !

– Tu trouves ? Vraiment ? » répondit-elle, aussi incertaine et reconnaissante qu'une débutante de dix-sept ans.

Il étreignit davantage ses seins. Le parfum troublant de transpiration, de vêtements humides et de maquillage lourd l'avait toujours excité.

« Il faut fêter ça, Torborg ! J'ai commandé du champagne ! »

Elle poussa un soupir et se passa légèrement une main sur le front.

« Je dois juste parler un moment… au directeur, d'abord. »

Il tiqua imperceptiblement.

« À Normann ?

– Il m'a demandé de monter, il s'agit des derniers peaufinages du rôle…

– Mais il n'y a rien à peaufiner ! »

Elle se tourna à moitié sur sa chaise et le regarda.

« Pars devant, va, Hjalmar… J'arrive. »

Il desserra lentement sa prise sur la poitrine de la femme et se redressa.

« Bon. Le devoir avant tout. » Pendant un instant, il lui rappela un écolier boudeur. Puis son visage s'éclaircit de nouveau. « Mais on se voit au Hjørnet ? On sera un paquet. Ça mousse déjà dans les verres !

– Oui, oui… Vas-y, maintenant, que je puisse… »

Elle se tourna de nouveau vers son miroir et recommença en gestes rapides et machinaux à se démaquiller. Il resta un instant à la porte, à la regarder. Elle croisa son regard dans le miroir, et il tenta un sourire, pour voir si elle était toujours là. Elle lui sourit en retour, mais il ne put s'empêcher de remarquer que son sourire semblait réchauffé, comme si elle jouait un rôle – le rôle de l'épouse en apparence parfaite, qui avait pourtant des secrets qu'elle ne voulait pas révéler, même à lui, qui lui était le plus proche.

Dix minutes plus tard, Torborg Hagen frappa à la porte du directeur du théâtre. Lorsqu'il répondit, elle se redressa, posa la main sur la poignée, ouvrit la porte et entra.

Une sorte de loi naturelle veut que le vernis du bureau du directeur du théâtre change en même temps que le directeur lui-même, peut-être pour marquer une rupture de style dans la gestion et le répertoire, peut-être pour faire concorder au maximum le cadre où l'élu va passer de grandes parties de la journée à ses goûts et son style personnels.

Au temps de Normann Johannessen, le bureau du directeur du Nationale Scene était sombre, avec des murs vert foncé et des meubles en acajou brillant. Le point le plus lumineux de la pièce se trouvait juste au-dessus de la table de travail : un tableau de presque deux mètres sur deux représentant une loge de comédien.

Torborg Hagen fut surprise de constater que Normann Johannessen n'était pas seul. Un homme maigre d'un peu moins de soixante ans était assis dans le canapé, le dos bien droit. Ses cheveux blonds légèrement grisonnants étaient séparés par une raie minutieuse et coquettement ramenés sur les côtés pour camoufler les sillons qui partaient de son front vers le haut de son crâne. Il était habillé avec un soin extrême, son regard était vif, et l'impression qu'il donnait immédiatement était celle de quelqu'un d'ascétique et de sportif.

Il se leva prestement à l'entrée de Torborg Hagen.

Normann Johannessen fit un mouvement de la main.

« Voici quelqu'un que je connais, qui était à la représentation. Il est passé pour me dire à quel point il avait été emballé. »

L'homme fit un sourire en coin, mais confirma d'un hochement de tête.

« Une prestation remarquable, euh, madame Hagen. »

Torborg Hagen fit un signe condescendant de la tête, et plongea son regard très loin dans celui de l'homme. Elle savait par expérience que personne ne pouvait le lui retourner au cours des secondes suivantes sans manifester quelque trouble ou étonnement, avant de baisser les yeux. Sa surprise fut donc grande, bien qu'elle ne la trahît pas le moins du monde, lorsqu'elle nota cette fois-ci une absence totale de réponse, et le regard de l'homme resta dans le sien, aussi imperturbable que celui d'une statue.

« Si je peux faire les présentations, reprit nerveusement Normann Johannessen, Mme Torborg Hagen, notre grande comédienne. Inspecteur principal Ole Berstad, commissariat de police de Bergen.

– Ah oui ? La police ? » s'étonna Torborg Hagen en conservant la main du policier dans la sienne à peine plus longtemps que nécessaire.

« C'en est arrivé si loin ? »

Le directeur du théâtre la regarda, perdu.

« Euh… quoi donc ? »

Ole Berstad s'inclina légèrement.

« Non, non. Je suis ici à titre tout ce qu'il y a de plus personnel, madame Hagen, et encore une fois, c'était une expérience tout à fait spéciale. Je crois que vous pouvez tous les deux envisager la première avec tranquillité et une certaine impatience. »

Torborg Hagen tiqua. Décelait-elle une nuance d'ironie dans ses compliments, ou bien était-ce simplement sa façon d'être ?

« Merci, monsieur Berstad. » Elle se tourna vers le directeur du théâtre. « Est-ce que cela signifie que notre rendez-vous… ?

– Non, non… Ole était justement sur le départ, répondit-il avec un petit signe de tête à l'intention de Berstad. On se voit bientôt ?

– Bien entendu. »

À nouveau cette lueur d'ironie dans les yeux, de façon tout à fait évidente, cette fois.

Il s'inclina de nouveau devant Torborg Hagen.

« Je me retire donc en abandonnant les enfants de Thalia à leur… mère… Au revoir, madame Hagen ! » Il fit un bref signe de tête à Johannessen. « À bientôt ! Je trouverai la sortie tout seul…

– Oui… Si c'est fermé, sonne chez le gardien, au sous-sol.

– Merci, merci. »

La porte resta entrebâillée, et ils entendirent ses pas s'éloigner. Au bout d'un petit moment, Torborg Hagen alla refermer complètement la porte.

Elle se retourna et s'adossa à la porte. Elle tenta la même technique visuelle avec Normann Johannessen,

et ce coup-ci, la réaction attendue survint instantanément. Il rougit imperceptiblement et son regard se
fit fuyant.

Pour ne pas perdre la face, il alla à son bureau et se mit
à feuilleter sans rime ni raison quelques papiers qui se
trouvaient là.

« Un policier, tiens ? s'étonna-t-elle innocemment.

– Oui, je... On s'est rencontrés pendant une balade
en montagne. C'est un type agréable. Qui s'intéresse
beaucoup au théâtre, et qui n'est vraiment pas bête.

– Oui, on ne peut pas dire qu'ils courent les rues de ce
patelin, ceux-là, persiffla-t-elle.

– Ceux qui s'intéressent au théâtre ou ceux qui ne sont
pas bêtes ?

– Je pensais plutôt aux seconds, moi... »

Il passa rapidement une main sur ses cheveux chaque
jour de moins en moins nombreux, et elle se rendit subitement compte que Normann Johannessen faisait au
moins dix ans de plus que ses quarante-deux ans.

« Vous souhaitiez me parler, madame Brandt ? »

Elle s'arracha à la porte avec un petit sourire et vint
lentement vers lui.

« Mme Hagen, Mme Brandt... On ne devrait pas se
tutoyer depuis belle lurette, Normann ?

– Je... » Son regard sautait nerveusement de droite à
gauche. « Mon poste de directeur de théâtre...

– Je veux dire, tu tutoyais bien Ole, à ce que j'ai
compris...

– Un... camarade de randonnée, un ami, c'est quand
même...

– Complètement différent ? »

Elle s'arrêta, contre le coin du bureau, et il recula un
tout petit peu, de l'autre côté, comme s'il sentait qu'elle
était venue trop près.

Elle sourit légèrement et passa un long doigt fin sur le
plan de travail brillant. « C'est ici que j'ai eu Lady Macbeth, dans le temps... » lâcha-t-elle, presque pour elle.
Puis elle releva brusquement les yeux vers lui. « Sur ce
bureau, si tu comprends... »

La balle de golf qu'il avala avait du mal à passer.

« Euh...

– Mais les méthodes de persuasion de ce genre sont probablement inopérantes, en ce qui te concerne, poursuivit-elle durement.

– Méthodes de… Qu'est-ce que tu aurais…

– Des espèces sonnantes et trébuchantes… C'est le seul argument que tu comprends, n'est-ce pas, Normann ? Toi et le respectable directeur Helgesen ? »

Elle vit la sueur perler sur son front.

« Je ne comprends pas… De quoi parles-tu ? »

Elle se pencha un peu vers l'avant.

« J'ai appris que le directeur général avait appelé à une réunion extraordinaire du conseil d'administration, dimanche… Pour discuter de la représentation de *Vi ere en nasjon vi med*… »

Il lui lança un regard plein de méfiance.

« Oui ? Et alors ? De quoi est-il… »

Elle se pencha encore un peu plus et le regarda droit dans les yeux.

« Laisse-moi t'exprimer bien clairement mon point de vue, Normann… Si, à un moment ou à un autre, tu envisages de céder devant les exigences du directeur général visant à retirer la pièce de Hjalmar de l'affiche…

– Non, non !

– … alors je veux que tu sois bien conscient de la chose suivante : le soir même, Hjalmar et moi rentrons à Oslo par le train de nuit ! »

Il était cramoisi.

« Tu ne peux pas ! Nous avons un contrat !

– Ton contrat, je n'ai peut-être pas besoin de préciser ce que tu pourras en faire, Normann, et ce, le jour même où je descendrai du train à l'Østebanestasjon ! »

Elle se redressa, pleine de mépris, fit volte-face et se dirigea vers la porte. Juste avant d'y arriver, elle s'arrêta, se retourna de nouveau et planta un regard dur dans le sien.

« Tu as cruellement besoin d'un succès, Normann, déclara-t-elle d'une voix glaciale. *Hedda* en sera un à coup sûr, avec moi dans le rôle principal. Tu as entendu toi-même le public, aujourd'hui ! Ils me mangeaient dans la main… Qu'est-ce que tu fais, si je me retire ? Tu mets Mme Maubach à la place ? »

Il la regarda, désemparé.

« Tu sais bien qu'il n'y a qu'une Hedda, Torborg !
C'est toi !

— Tu peux jouer *Jan Herwitz*, évidemment...

— Mais il n'en est absolument pas question, Torborg ! s'écria un Normann Johannessen au comble
du désespoir.

— Non, tu vois ? Tu me le promets, n'est-ce pas...
mon ami ? » Elle reprit son chemin et, arrivée à la porte,
elle fit rapidement volte-face. « Sinon, tu connais en
tout cas les conséquences. Tu n'as pas besoin de me
raccompagner, je trouverai la sortie toute seule »,
ajouta-t-elle avec coquetterie.

Une petite demi-heure plus tard, elle se joignit à Hjalmar Brandt, Karl Styve et un certain nombre d'autres
membres du théâtre à leur table habituelle du Hjørnet.
Le champagne coulait à flots, et bien que plusieurs
d'entre eux dussent participer à la première le lendemain,
il était tard quand ils rentrèrent chez eux.

Lorsque durant la nuit ils traversèrent Bergen, septembre avait planté dans le ciel de la ville ses premières
griffes de froid, sous les étoiles revenues. Après leur
longue disparition au cours d'un été si clair, elles luisaient
à présent avec plus de force et de brillance que jamais.
Hjalmar et elle rentrèrent étroitement enlacés, comme de
jeunes amoureux. Lorsqu'ils arrivèrent dans leur chambre
d'hôtel, elle se donna à lui avec un plaisir sans réserve. Il
lui fit l'amour les yeux fermés, avec autant de ravissement
que d'habitude, et ne s'aperçut pas qu'elle était comme
une huître fraîchement ouverte, salée et tendre à l'intérieur, mais dure comme de la pierre à l'extérieur.

70

La première de *Hedda Gabler* fut un succès absolu, et
une fois de plus, la nuit suivante, on fit la fête jusqu'au
lendemain de bonne heure. Les billets se vendirent

comme des petits pains – tous écoulés dans le courant de la première semaine, et l'on établit de longues listes de réservations pour le reste des représentations.

La réunion du conseil d'administration du dimanche se tint dans le salon rouge de l'hôtel Norvège, dans une atmosphère qui ne tarda pas à virer à la même couleur que la tapisserie.

Les fronts étaient forts et bien nets. Hormis le secrétaire du théâtre en poste depuis bien des années, M. Magdalon Nielsen, qui était aussi le secrétaire du conseil d'administration, et le directeur du théâtre lui-même – qui avait droit de proposition mais pas de vote – les cinq représentants du conseil d'administration étaient divisés en deux groupes distincts, avec une personne dans une attitude un peu plus indéfinissable.

La position du directeur Helgesen ne laissait pas de place au doute : *Vi ere en nasjon vi med* devait être immédiatement retirée des listes du répertoire et remplacée par autre chose de bon aloi, ou de préférence une opérette, « qui puisse faire rentrer des espèces sonnantes et trébuchantes dans les caisses ».

Sur ce plan, Helgesen avait le soutien inconditionnel de l'armateur Meyer, qui non seulement n'aimait pas la pièce du « jeune » Brandt, mais se souvenait en outre avec un grand déplaisir du « jeune » homme depuis l'époque où il allait à la Katedralskole avec sa fille, Astrid.

Dans le camp adverse, où se manifestaient des opinions tout aussi tranchées, on trouvait deux diplômés de l'enseignement supérieur siégeant au conseil d'administration, le professeur Quist-Olsen, du Musée de Bergen, et le lecteur Strandenes, qui fit volontiers remarquer que lui aussi avait connu Hjalmar Brandt au cours de ses années d'études :

« C'était, hmm, si je peux dire, un élève remarquable. »

Le courtier maritime Thorbjørn Tønder, qui avait épousé la fille aînée de l'armateur Dünner, était au départ d'accord avec « MM. Helgesen et Meyer », mais en tant que « libéral déclaré », il voulait néanmoins laisser à l'accusé le bénéfice du doute, et puisque personne au conseil d'administration n'avait lu la pièce de Hjalmar Brandt, il estimait que la décision finale devait être ajournée.

« D'accord ! approuva Strandenes.

– Quelles sornettes ! s'exclama Helgesen. *Moi*, je n'ai pas besoin d'analyser de la crotte pour comprendre que je dois me laver les mains !

– Écoutez, écoutez ! » approuva l'armateur Meyer.

Normann Johannessen se leva alors, abattit violemment son poing sur la table et rétorqua d'une voix tranchante :

« Mais en fin de compte, c'est *moi* le directeur de ce théâtre ! C'est mon répertoire, c'est moi qui ai porté cette pièce sur la liste de ce qui serait joué, et elle le sera ainsi que je l'ai décidé ! »

Après un temps d'arrêt durant lequel ils restèrent interloqués, Strandenes et Quist-Olsen applaudirent, ravis, tandis que Tønder signifiait son adhésion d'un hochement de tête.

Helgesen comprit que le moment était venu de procéder à une manœuvre tactique immédiate, et en conclusion de cette réunion, le manuscrit de la pièce fut distribué aux membres du conseil d'administration, à charge pour eux de le lire rapidement ; une nouvelle réunion se tiendrait peu de temps après, au cours de laquelle l'affaire serait de nouveau abordée.

Cette proposition fut adoptée par quatre voix contre une. Le lecteur Strandenes vota contre.

« Mais enfin, pourquoi ? voulurent savoir les autres.

– Moi, je n'ai même pas besoin de lire la pièce pour savoir que ça vaut le coup de la faire jouer », telle fut la réponse.

À partir de cet instant, le directeur Helgesen fut convaincu que le lecteur Strandenes était un bolchevik qui cachait son jeu, et il décida de faire tout ce qui était en son pouvoir pour empêcher sa réélection à l'assemblée générale suivante.

Au théâtre, les répétitions de la pièce se poursuivaient. Après la première de *Hedda Gabler*, ils purent prendre possession de la scène pour les répétitions, ce qui équivalait à une promesse définitive pour leur travail. Karl Styve exigeait constamment d'importants changements, et Hjalmar Brandt fut plusieurs fois renvoyé « à la maison », à Rozenkrantz, pour réécrire ou créer de nouvelles scènes. Dans l'intervalle, le metteur en scène profitait de l'occasion pour biffer avec soin, et il ne fut pas rare que le dramaturge s'arrachât les cheveux par touffes en découvrant ce qui s'était volatilisé en l'espace de la courte demi-heure passée à la petite cantine du sous-sol pour ingurgiter une tasse de café.

Torborg Hagen mettait à profit ses matinées non ouvrées pour faire de longues promenades à pied sur le mont Fløien, quand le temps le permettait, ou bien elle prenait place avec son mari dans la salle pour surveiller les répétitions.

« Il aurait fallu que le rôle de la femme du directeur me revienne, à moi », chuchota-t-elle une fois à Hjalmar assez fort pour que cette déclaration soit citée dix minutes plus tard au foyer des comédiens et parvienne le soir même aux oreilles de Mme Maubach, en conséquence de quoi celle-ci s'investit à tel point dans son rôle que le metteur en scène dut la modérer sérieusement pour qu'elle ne bascule pas dans un jeu forcé des plus parodiques – « presque une caricature de Mme Hagen, en quelque sorte », comme l'un de ses collègues eut l'extrême gentillesse de le faire remarquer à son voisin dans les coulisses.

Le 12 septembre, une nouvelle réunion du conseil d'administration fut décidée. À l'ouverture, le directeur Helgesen remarqua avec sarcasme qu'il supposait qu'à cet instant, le conseil d'administration réuni s'était « enrichi » de la lecture de « la dernière œuvre littéraire de M. Brandt », de sorte qu'il était possible de reprendre l'affaire ajournée pour un traitement neuf et « espérons-le, définitif ».

Des hochements de têtes maussades se succédèrent autour de la table.

Normann Johannessen parcourut les visages du regard. Il avait soudain la sensation que le sol penchait dans la direction opposée à celle qu'il aurait souhaitée. Le courtier maritime Tønder était impassible et nettement moins aimable que le dimanche précédent, et le directeur Helgesen avait dans les yeux une expression de triomphe contenu, comme s'il pressentait le résultat du vote à venir.

Les lignes de front n'avaient pas changé. Ni Quist-Olsen ni Strandenes n'avaient modifié leur point de vue après avoir lu la pièce, mais le verdict de Helgesen et Meyer était sans appel : une représentation de *Vi ere en nasjon vi med* réduirait le Nationale Scene à « un théâtre minable de saltimbanques pour romantiques révolutionnaires ».

Toute l'attention se tourna par conséquent vers Thorbjørn Tønder. C'était selon l'avis général un homme bien inséré, à la coiffure soignée, rasé de près et enveloppé dans un nuage d'eau après-rasage coûteuse. Il se définissait sur le plan politique comme un « libéral », bien que, fallait-il remarquer, n'étant pas sur la ligne de la gauche traditionnelle, mais plutôt lié à la gauche libérale, qui sur de longues périodes avait collaboré avec la droite. Il n'avait pas dit grand-chose, car son appréciation faisait peu de doutes.

« Pure propagande, asséna-t-il. J'apporte mon soutien total à Helgesen. Nous ne pouvons tout simplement pas représenter cela ! »

Normann Johannessen pâlit de fureur ; pas uniquement envers la majorité du conseil, mais à cet instant précis tout autant envers Torborg Hagen, qui l'avait mis dans une situation complètement impossible : Pas de *Vi ere en nasjon vi med*, pas de *Hedda* !

Il se pencha en avant sur le bureau brillant et posa les mains dessus.

« Alors je me permets de vous faire savoir que dans ce cas, je rentre tout droit chez moi et que je rédige ma lettre de démission ! » déclara-t-il d'une voix tremblante.

Tous les autres présents le regardèrent, Strandenes et Quist-Olsen avec consternation, Helgesen triomphant, Meyer au comble de l'indifférence.

Thorbjørn Tønder, en revanche, se leva légèrement de son siège.

« Vous ne le pensez pas sérieusement, monsieur le directeur ! s'écria-t-il.

– Ah non ? Alors que je suis pieds et poings liés ? »

Tønder regarda autour de lui.

« Mais… alors… »

Il prit une décision, en dépit de la peine que cela lui en coûtait.

« Alors je me prononce pour… la représentation ! »

Ce fut au tour de Helgesen et Meyer de réagir.

« Enfin, monsieur Tønder ! C'est quand même… une indécision politique digne de la vieille gauche ! Je vous considérais pourtant comme une personne moderne…

– Justement ! acquiesça Tønder. Moderne. Nous pourrions plutôt accepter une petite marge de tolérance, au nom de la liberté de pensée ! »

Il fut procédé au vote formel. Le résultat fut de trois voix contre deux pour que *Vi ere en nasjon vi med* reste au répertoire.

Les répétitions se poursuivirent en conséquence imperturbablement, mais le tapage autour de l'événement était loin de s'éteindre. Dès le lundi, le quotidien conservateur *Bergens Aftenblad* publiait un article conséquent expliquant comment le directeur de théâtre « ultra-radical » Normann Johannessen avait contraint une nette majorité à se soumettre à ses positions afin que « la pièce de l'écrivain pamphlétaire communiste bien connu Hjalmar Brandt » soit jouée au Nationale Scene, et ce, en dépit de « l'opposition massive » d'« experts ».

Les jours qui suivirent virent se former une véritable tempête médiatique autour d'une représentation dont la plupart des lecteurs ne savaient pratiquement rien. Le journal communiste *Arbeidet* monta au front face au « besoin de censure fasciste d'*Aftenbladet*, sur le modèle flagrant du régime italien de Mussolini », tandis que le *Bergens Tidende* prenait la parole pour faire savoir que « jusqu'à nouvel ordre, nous estimons que l'accusé doit avoir le bénéfice du doute » – en d'autres termes, la pièce devait être jouée et « être exposée ensuite à la critique publique, comme n'importe quelle œuvre d'art moderne ».

Dans une interview, Hjalmar Brandt déclara :

« Je suis un fils de la ville, issu de sa meilleure bourgeoisie. Je ne me laisse pas bâillonner. Si le conseil d'administration du théâtre avait gagné le morceau, la pièce aurait vu le jour malgré tout, en étant au besoin jouée par des amateurs, sur la scène de la Folkets Hus ! »

Le directeur général, de son côté, put dans une interview d'une page entière publiée dans *Morgenavisen* exposer son point de vue de façon si détaillée que même le secrétaire du conseil d'administration n'aurait pas pu faire mieux. Si le directeur du théâtre mettait son poste en jeu, c'est qu'il était véritablement mal en point ! Mais cela, tenait-il à préciser, allait avoir des conséquences bien plus grandes pour le destin du théâtre que le départ d'une canaille de directeur, et notamment sur le plan économique.

« La première scène nationale du pays ne doit jamais se délabrer pour devenir le porte-voix de l'avant-garde stalinienne dans une future Norvège soviétique ! »

Lors d'une réunion au Syndicat National le samedi 18 septembre, le directeur Helgesen réitéra ses mises en garde, sous des hourras assourdissants, suppléé par son fils Wilhelm Styrk, qui promit que « si les bolcheviks faisaient passer leurs desseins par la force, la jeunesse ayant la juste attitude nationale saurait le faire savoir – et ce depuis les salons même du théâtre, le jour de la première ! »

Hjalmar Brandt prenait apparemment ces désaccords avec un calme stoïque. Si l'issue le rendait nerveux, il n'en fit en tout cas part à personne d'autre que son épouse. Les propositions de modification que lui soumettait Karl Styne l'occupaient en permanence et lui prenaient plus de temps qu'il n'aurait souhaité. Jusqu'aux tous derniers jours de répétition, le texte fut peaufiné, ajusté aux idées et ordonnances pratiques du metteur en scène. Le dramaturge resta souvent penché sur sa machine à écrire jusqu'à une heure fort avancée de la nuit, avec l'obligation de se présenter le lendemain matin au théâtre, pâle et émacié, pas rasé et des poches sous les yeux, une scène toute chaude sous le bras. Le calme extérieur pouvait bien alors être la conséquence d'un épuisement complet.

Il y avait des zones obscures dans la vie sentimentale de Hjalmar Brandt. Lorsque la porte en restait ouverte, une étrange apathie pouvait s'emparer de lui, se manifestant aussi bien physiquement que psychiquement, en symptômes allant de la dépression à l'impuissance. Il essayait de noyer le premier mal dans l'alcool, avec des succès divers. Torborg Hagen mettait un point d'honneur à soigner le second, ce en quoi elle réussissait nettement mieux, bien qu'elle vécût comme une insulte personnelle qu'il fût possible de ne pas y arriver avec elle !

Ce fut justement à Bergen que le cauchemar fit son retour. Il ne pouvait même pas passer devant le logis du directeur Helgesen dans Fjellveien sans que les souvenirs désagréables de cette soirée de janvier 1916 ne l'envahissent de nouveau. Durant toutes les années qui avaient suivi, il s'était posé les mêmes questions : *Pourquoi n'avait-il rien fait ? Pourquoi était-il resté planté là ?* Il revoyait sans cesse cette vision grotesque de Bertil et Alfred qui la tenaient, et Wilhelm Styrk qui s'insérait entre ses cuisses frêles, le pantalon autour des cuisses et son cul large et gras effectuant un mouvement rythmé, en avant, en arrière, en avant, en arrière, de plus en plus vite… *Pourquoi n'était-il pas intervenu ?!*

Il lui arrivait de se demander si les autres éprouvaient la même chose. C'était peut-être pour cette raison qu'Alfred s'était suicidé en 1917 ? Était-ce pour cela que Bertil n'avait jamais rien été d'autre qu'une potiche sur scène, parce qu'il portait un fardeau personnel trop lourd ? Mais dans ce cas, qu'en était-il de Wilhelm Styrk, qui avait tous les signes extérieurs d'une vie réussie ? N'avait-il aucune conscience ? Pensait-il jamais à ce qui s'était passé ? Et lui-même ? Ne devait-il pas au moins confronter Wilhelm Styrk à ça, le mettre dos au mur et entendre ce qu'il avait à dire ?

L'occasion survint un samedi soir à l'hôtel Norvège où Wilhelm Styrk, sa femme et une poignée d'autres personnalités bien établies avaient dîné dans la même salle que Torborg et Hjalmar. Les deux cousins se retrouvèrent soudain face à face au vestiaire.

Pendant un instant, ils se firent simplement face, de façon complètement stérile et sans le moindre signe de bonne volonté familiale.

Ce fut Wilhelm Styrk qui rompit la glace. Une légère crispation courut sur ses lèvres pulpeuses.

« Hé, mais voyez-vous ça. Ne serait-ce point le porte-parole de Moscou qui est rentré au bercail, les mégaphones à plein régime…

– Et tu es la copie conforme de Mussolini, si j'ai bien saisi… répliqua Hjalmar avec un sourire froid.

– À quoi fais-tu référence, exactement, Hjalmar ? Défendre un régime pareil !

– Ce à quoi tu penses toi n'est malheureusement un secret pour personne, Wilhelm. Tu as toujours su défricher… Tu te souviens…

– Quoi donc ? »

Hjalmar détourna le regard.

« Non… Ça fait longtemps… on allait encore à l'école.

– Des souvenirs d'enfance ? ironisa Wilhelm Styrk en levant les yeux au ciel.

– Cette bonne que vous aviez à Fjellveien !

– Oui ?

– Du Søndfjord ou de Dieu sait où… Ce qui lui est arrivé, un soir de janvier… 1916. »

Un nuage passa sur le visage de Wilhelm Styrk.

« 1916 ! Et tu t'attends à ce que je m'en souvienne… aujourd'hui ?

– Tu ne vas pas me dire que tu as oublié ?

– Oublié quoi ?

– Ce qui s'est passé avec la bonne, tiens !

– Mais je viens de te dire que je ne me souvenais pas d'elle !

– Mais tu dois bien te rappeler… ce que vous avez fait ?

– Ce que nous avons fait ? Et où étais-tu, toi, si je peux poser la question ? Toi qui t'en souviens si bien ?

– … Non, je… »

Hjalmar agita une main devant lui en cherchant des mots qu'il ne trouvait pas – et qu'il ne trouverait jamais – pour répondre à cette question-là.

« Et voilà ! Tu vois bien. Il y avait autre chose ?

– Non…

– Alors bonne fin de soirée, Hjalmar… »

Wilhelm Styrk continua son chemin vers la salle du restaurant, tandis que Hjalmar restait dans le vestiaire, contemplant son image dans le miroir qui accentuait les sombres poils de sa barbe naissante, les poches qu'il avait sous les yeux et l'aspect fadasse de sa peau en un reflet de ses propres pensées sur lui-même – à cet endroit, à cet instant. Était-il possible qu'il ne s'en souvienne purement et simplement pas ?

Hjalmar était pensivement retourné à sa table. À plusieurs reprises par la suite, il avait regardé dans la direction de Wilhelm Styrk – son rire de fanfaron, ses grands gestes, le profil de sa belle épouse, Sigrid... Brekke, c'était bien cela ? Ce que l'on appelait la conscience pouvait-il être réparti de façon si inégale ? Était-ce fortuit que la mémoire puisse être à ce point sélective ?

« À quoi penses-tu, Hjalmar ? s'enquit sa femme avec inquiétude.

– Oh... tu sais... la situation dans son ensemble... C'est assez compliqué, non ? »

Le lundi 20 septembre se tint la dernière réunion du conseil d'administration à propos de cette affaire. L'ambiance était explosive, les gens parlaient tous ensemble, plus fort les uns que les autres, et le directeur général eut suffisamment de mal à maîtriser l'assistance pour défendre correctement son point de vue.

Ce fut de nouveau l'armateur maritime Tønder qui se retrouva entre le marteau et l'enclume. Le libéral autoproclamé était « dans l'indécision », il « gémissait de désespoir », mais le temps n'était pas extensible, il avait eu des montagnes de choses à faire au bureau cette dernière semaine, quelle opinion pouvait bien avoir un pauvre armateur de l'art et de la culture ? Sans regarder une seule fois ni Helgesen ni Meyer, il conclut donc, presque en larmes, qu'il devait s'en tenir à sa décision. Il était toujours *pour que la pièce soit représentée*. Ça passerait, ou ça casserait.

À la suite de cela, la réunion tourna à l'anarchie totale.

Le directeur général cria d'une voix de fausset au directeur du théâtre qu'il ne se maîtriserait pas ; son point de vue serait connu de qui voudrait l'entendre, et au moment de clore les comptes, à la fin de l'année, il espérait « devant Dieu » que le directeur du théâtre pourrait soumettre une « comptabilité à toute épreuve », *faute de quoi*...

L'armateur Meyer quitta le salon rouge la tête haute, avec des paroles sifflantes de protestation :

« Messieurs ! Considérez-moi à compter de cet instant comme licencié du conseil d'administration du *soi-disant* Nationale Scene ! Dorénavant, c'est mon suppléant qui me représentera. Saluez de ma part les petits enfants, sur l'aire de jeu nationale ! »

Quist-Olsen et Strandenes furent si offusqués par le départ ostentatoire de leur ancien collègue qu'à l'issue de la réunion, ils descendirent au Hjørnet avec le directeur du théâtre, où ils atterrirent en la plus mauvaise des compagnies, du point de vue de Helgesen et Meyer, puisqu'ils levèrent leur verre avec MM. Brandt et Styve, Mme Hagen, ainsi que la douce et frêle Mlle Holte, dont Quist-Olsen s'éprit vivement, mortellement, comme s'il avait dix-sept ans et non cinquante-cinq.

Dès lors, les répétitions se poursuivirent sans anicroche. Les premières grandes batailles avaient été remportées. Mais la guerre allait durer encore longtemps.

De grands projets se construisaient dans l'ombre. Les billets pour la première atteignirent progressivement des prix au marché noir qui, dut-on reconnaître, favorisaient davantage les jeunes forces de la bourgeoisie que les idéalistes fauchés de la classe ouvrière. D'un autre côté, le théâtre avait ses propres méthodes, et il n'était ni dans l'intérêt de Normann Johannessen ni dans celui de Hjalmar Brandt que le public de la première se cantonne aux gardes brûlantes du Syndicat de la Patrie. Des billets gratuits furent même distribués sous le manteau à de bons amis, du parti et du syndicat. Tout indiquait que les deux fronts seraient à peu près aussi bien représentés quand le grand jour arriverait.

En ville, le suspense atteignait des limites dont on n'avait pas vu l'équivalent depuis fort longtemps. Plusieurs personnalités renommées de la presse, journalistes et critiques, avaient fait part depuis la capitale de leur arrivée. Même la jeune radio et télévision nationale préparait un reportage sur la toute première représentation.

Puis, la veille de la répétition générale, la catastrophe se produisit. Dans son appartement de célibataire de Sigurds gate, le comédien Sverre Kristoffersen, comédien, metteur en scène de la pièce, fut retrouvé mort.

Normann Johannessen connut un moment d'indécision. *Dieu soit loué !* songea-t-il. *On doit annuler !* Mais à la fraction de seconde qui suivit, la vague frappa dans l'autre direction : *mais tous les journalistes qui viennent d'Oslo ? Et le prestige ? Le nouveau rôle principal ? Le martyre sur l'autel de la liberté de pensée ?*

Une réunion de crise se tint dans le bureau du chef. En plus du directeur du théâtre lui-même, étaient présents Karl Styve, Hjalmar Brandt et Magnar Midtthun.

Styve frémissait d'une vive nervosité. Hjalmar Brandt ressemblait à un boxeur en herbe venant de pénétrer sur le ring face au champion du monde en titre. Pour la première fois, les traces de la bataille étaient bien visibles sur son visage. Magnar Midtthun était un prophète du Jugement dernier, revenu tout droit du désert en ayant la vérité pour lui : *qu'est-ce que j'avais dit ?*

« Mais de quoi est-il mort ? s'écria Styve. Et aujourd'hui, par-dessus le marché ?

– Il y avait une bouteille vide d'alcool par terre, murmura péniblement Midtthun. Et un verre renversé sur la table.

– Il s'est soûlé à mort ?

– Ce n'est pas la première fois », fit remarquer sèchement Johannessen.

Styve changea de centre d'intérêt.

« Alors je ne vois pas d'autre solution, déclara-t-il en prenant le directeur du théâtre dans sa ligne de mire.

– Que… ?

– Vous preniez son rôle, vous, monsieur le directeur !

– Moi ?! » Une expression d'ébahissement, d'intense inquiétude et de vanité flattée apparut sur le visage de Normann Johannessen. « En… combien d'heures avonsnous ?

– Huit, avant que le rideau ne se lève », répondit Midtthun d'un air sinistre.

Styve alla vers la porte.

« Alors c'est entendu ! Midtthun, vous le faites savoir aux autres ? »

Normann Johannessen, désorienté, regarda cet énergique type de Voss. Puis il se tourna vers Hjalmar Brandt.

« Qu'est-ce que tu en dis, Hjalmar ? »

Le dramaturge fit un large geste des bras et leva légèrement les yeux au ciel.

« Moi, en tout cas, je ne peux pas le faire ! »

Le soir même, Magnar Midtthun monta sur l'avant-scène pour expliquer la situation au public. Normann Johannessen joua, assez normalement, le rôle du metteur en scène en ayant le carnet de rôles dans la main ce jour-là, mais dès la répétition générale, il n'avait plus de livre, même si on ne pouvait faire abstraction d'un soutien appuyé en provenance de trou du souffleur. Cela contribua à ce que la nervosité de la troupe à la veille de la première se transforme à toute vitesse en ce que le commun des mortels qualifie d'hystérie, mais qui entre les murs d'un théâtre fut perçu comme relativement proche de la normale.

Le vendredi 7 octobre, on annonçait de la pluie et un temps un peu agité en provenance du sud, mais rien de cela ne fut avéré. Au contraire, le vent tomba, le ciel s'éclaircit, et « la nuit fut dégagée et tranquille », comme il était écrit le lendemain dans l'un des journaux de la ville.

Dans la même édition, on pouvait lire que « cette journée » fut « plus belle qu'aucune autre, de mémoire de Berguénois ».

On était samedi matin, le 8 octobre 1932.

71

Le couple Torborg Hagen – Hjalmar Brandt marqua l'événement en déjeunant dans la chambre. Ils avaient commandé un « petit-déjeuner anglais » composé de bacon croustillant, de petites saucisses, d'œufs miroir et de pain grillé.

La table était près de la fenêtre. Depuis leur chambre, ils voyaient les toits de tuiles rhénanes rouges de Tyske-bryggen, le grand bâtiment de la Nordenfjelsk et sa coupole au sommet de la tour côté mer, et encore au-delà les murs de consolidation de la tour Valckendorff. L'hôtel Transatlantic était toujours là-bas, avec ses cabines de quatre lits destinées à préparer les voyageurs en partance pour les États-Unis à la traversée inconfortable vers la Terre promise. Ils vivaient pour leur part – selon le souhait de Hjalmar, parce que le standard local était nettement plus « populaire » qu'ailleurs en Norvège – dans le propre hôtel de la commune, érigé après l'incendie de 1916 et reconstruit en 1925 pour une exploitation hôtelière classique sous le nom de Rozenkrantz, d'après le nom de la rue dans laquelle il se trouvait.

Hjalmar n'avait aucun appétit ce matin-là. La pression nerveuse de la période de répétitions avait connu son paroxysme avec le décès subit de Sverre Kristoffersen. Pâle dans son lit et pas rasé, Hjalmar ne faisait pour l'heure que chipoter dans les tranches de bacon croustillantes qui se rigidifiaient doucement dans leur propre graisse.

Torborg non plus ne paraissait pas au sommet de sa forme. Elle était passablement nerveuse et agitée, comme si elle devait monter elle-même sur scène et non tenir compagnie à Karl Styve dans les derniers rangs des fauteuils d'orchestre. Hjalmar, quant à lui, n'avait que faire d'une place dans la salle. Comme à son habitude pendant une première, il ferait les cent pas en ne se glissant qu'à l'extrême rigueur tout en haut des seconds balcons pour se faire une idée des réactions du public pendant la pièce.

Aucun des deux ne parlait. Hjalmar feuilletait distraitement *Morgenavisen*, pour voir si le porte-parole des soi-disant libéraux avait rédigé quelque dernière admonestation à son adresse le jour de la première, mais il planait un silence total et non moins éloquent. La nouvelle principale était de toute façon le grand incendie de Norheimsund, qui avait réduit en cendres tout le quartier commerçant de ce bourg du Hardangerfjord.

Torborg passa une main dans ses cheveux bruns en bataille. Ses yeux trahissaient la fatigue, et ses larges lèvres pas encore maquillées le mécontentement, comme si elle avait été réveillée trop tôt.

« Tu es nerveux, Hjalmar ?

– On ne peut pas le nier », répondit-il en la regardant par-dessus son journal.

Elle tendit la main et lui caressa doucement le dos de la main.

« Ça se passera sûrement très bien. Tu as de bons amis dans la salle. Penses-y. Avant que tu n'en aies conscience, tout sera terminé.

– Ce n'est qu'un mauvais moment à passer, dit le renard que l'on écorchait. »

Elle le regarda, songeuse.

« Oui. Alors… comment as-tu prévu de passer la journée ? »

Il regarda le temps étonnamment beau au dehors.

« Je crois que je vais prendre la Fløibane jusqu'en haut et faire une longue promenade en montagne. Tu m'accompagnes ?

– Non, je… je crois que je vais rester ici, et… me reposer.

– Mais la semaine prochaine, nous serons complètement libres, tous les deux ! Qu'est-ce qu'on va faire ? Prendre le train jusqu'à Ustaoset et partir en montagne quelques jours ? Prendre le bateau pour aller dans les fjords, vers Ulvik ou Lærdal ? »

Torborg passa lentement une main dans ses cheveux. Son regard était lointain.

« Moui…

– L'été prochain, on repart à l'étranger, hein ?

– Oui… »

Il jeta soudain le journal au loin, la saisit par les bras et l'attira vers lui en faisant tinter les tasses. Il la maintint contre lui, sentit l'odeur de nuit que dégageaient ses cheveux et l'embrassa passionnément. Sa bouche sentait le café.

« Hjalmar ! Tu me râpes ! Ta barbe… »

Il plongea une main dans son peignoir soyeux, jusqu'à la peau, et la caressa rudement sur le ventre.

« C'est parce que je veux laisser ma marque sur toi, Torborg !

– Tu en as besoin ?

– Non ?

– Aïe ! Tu… tu me tires les cheveux ! »

Ils firent l'amour, brutalement, avidement, par terre devant la table, comme si c'était la dernière chose qu'ils faisaient sur cette terre, avec les corps durs et exigeants de deux guerriers engagés dans un combat à mort. Ce n'est qu'après qu'il se rasa et, lorsqu'il s'en alla, elle ne s'était pas encore habillée ; elle était assise devant son miroir de toilette, le peignoir ouvert, constatant les marques qu'il avait laissées comme des éraflures rouges sur sa peau blanche. Leurs regards se croisèrent dans le miroir, avec une distance étrange, comme s'ils venaient juste de comprendre que leur première à eux remontait à très longtemps – beaucoup trop longtemps, tout à coup.

À la fabrique Chr. Hansen, à Laksevåg, le téléphone sonna vers midi, et le chef d'atelier cria :

« Nesbø ! Téléphone ! Mais ne bavarde pas trop longtemps ! »

Torleif Nesbø releva son masque de protection, posa la pince rougeoyante et baissa le chalumeau avant de rejoindre rapidement le box vitré du chef d'atelier par la porte coulissante donnant sur la cour d'immeuble.

« Qui est-ce que ça peut être ? »

Le chef d'atelier lui retourna un sourire en coin.

« En tout cas, c'était une gonzesse.

– Oui ? Ici Nesbø.

– C'est Martha.

– Martha ? Qu'est-ce…

– Gunnar est de nouveau malade. Il a toussé toute la nuit, et ce matin… Il ne voulait pas que je le dise, mais il y avait du sang dans son mouchoir.

– Nom de Dieu ! Tu l'as emmené chez le médecin ?

– J'ai essayé d'en faire venir un à la maison. Il a de la fièvre, aussi…

– D'où appelles-tu ?

– De la Compagnie des téléphones. Mais il faut que tu…

– Est-ce qu'il y a quelque chose que je puisse…

– … viennes au théâtre avec moi ce soir !

– … faire ? » Il se mit à contempler le fin combiné du téléphone. « Qu'est-ce que tu as dit ? Au théâtre ?

– C'est Gunnar qui… C'est ce soir la première de la nouvelle pièce de Hjalmar Brandt, *Vi ere en*…

– Oui, oui, je suis au courant ! Mais…

– Et c'est la mobilisation générale ! On ne peut pas laisser une place libre !

– D'accord, mais au théâtre, alors que Gunnar est tellement malade que…

– Il se serait barré, si seulement il avait pu. Alors tu dois bien comprendre dans quel état il est… C'est lui-même qui m'a demandé de t'appeler. »

Le chef d'atelier se racla durement la gorge et commença à tambouriner des doigts sur le coin du bureau.

Torleif Nesbø lui fit un signe de tête rassurant.

« Dis voir, il va falloir que je raccroche…

– Sinon, je dois appeler Svein Thors…

– Je viendrai, Martha, je viendrai ! Mais je passe chez vous d'abord. Quand est-ce que je dois être là ?

– Viens vers 18 h 30 ! Merci…

– Salut ! » la coupa Torleif Nesbø en raccrochant.

Les conversations téléphoniques de ce style ne manquèrent pas par cette belle journée d'octobre, lorsque le soleil apparut subitement pour dessiner la ville en contours bien nets, et les standardistes de la Compagnie des téléphones eurent une journée nettement plus chargée que ce qu'elles avaient prévu. En plus des communications locales, on demanda un nombre exceptionnellement élevé de communications nationales, pour la plupart passées depuis les hôtels de la ville, d'où les envoyés spéciaux de la capitale communiquaient leurs rapports de la veille.

Hjalmar Brandt était redescendu de la montagne vers 14 heures, les joues rouges et les yeux brillants. Puis il avait dîné à l'hôtel en compagnie de Torborg et Karl Styve. Il avait été initialement prévu que Normann Johannessen soit de la partie, mais « *il bûchait à la maison* », révéla Styve avec un sourire mauvais tout en inondant ses pommes de terre de sauce brune.

Ils montèrent ensuite se changer et arrivèrent au théâtre aux alentours de 17 h 30.

Derrière la scène, l'ambiance était électrique. Magnar Midtthun put les informer que *la police* était venue *en inspection*, comme s'ils craignaient *des attentats*, et le directeur du théâtre en personne s'était enfermé dans son *bureau*, ne voulant parler à *personne* !

Les comédiens tournaient en rond. Mona Holte semblait pouvoir tomber dans les pommes d'un instant à l'autre, Bertil Gade était blême et manifestement marqué par la gravité de l'instant, tandis que Helge Håland et Jørgen Skarsbø, histoire de penser à autre chose, se défiaient mutuellement de part et d'autre d'une petite table de la cantine pour savoir lequel des deux se souvenait du plus grand nombre de victoires aux Jeux Olympiques d'été de Los Angeles.

« 10-3 ! rugit Håland.

– 21-4 ! répliqua Skarsbø.

– Raté ! 21-2 !

– 1-49-7 !

– 14-30, pile !

– 40-58.

– Foutaises !

– Javelot, femmes !

– Femmes, oui ! »

Hjalmar secoua la tête sans comprendre.

« On monte voir Normann. Moi, il ne peut pas refuser de me recevoir. Pas aujourd'hui ! »

En ville, les troupes se rassemblaient en deux fronts. La section jeunesse du Syndicat de la Patrie avait réservé l'un des salons de l'hôtel Norvège. À un mur, ils avaient accroché une grande bannière blanche sur laquelle on lisait en grandes capitales noires : *DÉFENDONS LE PAYS CONTRE LE BOLCHEVISME !*

Wilhelm Styrk Helgesen avait la parole.

« Chers compagnons de lutte ! Vous savez tous ce qui est en jeu ce soir. Une pièce du pisse-copie bolchevik Hjalmar Brandt, mon cousin… »

Sifflets, cris, salves d'applaudissements.

« … doit être représentée au soi-disant Nationale Scene, qui à partir de ce soir devrait être rebaptisé en Internationale Scene…

– KOMINTERN-ationale Scene ! cria-t-on à l'une des tables.

– On a déroulé le tapis rouge pour le bandit rouge ! Et c'est justement pour cela, compagnons de lutte…

– Écoutez, écoutez !

– C'est pour cela que nous passons à l'action, aujourd'hui, le jour de la première ! Les billets ont été achetés et distribués. La plupart d'entre nous devrons cependant occuper les seconds balcons, quelques-uns aux premiers et un peu moins dans les derniers rangs des fauteuils d'orchestre. Mais ! Nous sommes convaincus que le camp adverse a aussi son lot de billets pour la première, même s'il y a peu de chances qu'ils les aient payés de leur poche !

– Ils n'en ont pas les moyens ! »

Grands rires et vigoureuses salves d'applaudissements.

« Vous connaissez tous Calle Frimann ! »

Sous un déluge d'applaudissements, le gaillard de cinquante-quatre ans aux cheveux courts quitta son siège, leva les bras et salua l'assemblée comme un champion du monde adulé. Bien au-delà de sa première comme de sa seconde jeunesse, il avait toujours préféré la compagnie des jeunes ; scoutisme par temps froid, canoë sur les rapides et combats de luttes amicaux, homme contre homme, torse nu, telle était sa vie – c'est ainsi qu'il se sentait bien ! Avec son apparence de chef scout sophistiqué, il avait toujours été bien vu des membres les plus actifs du Syndicat de la Patrie, et avec son passé à l'Aide Sociale, il avait participé avec élan au bris de grève jusqu'à son retour en Angleterre, au début des années 1920.

« Calle est le chef de nos troupes d'assaut. De sa place, tout au bout des seconds balcons, il dirigera nos mouvements. Si quelqu'un doute de ce qu'il faut faire, il n'a qu'à regarder Calle ! »

Calle Frimann serra le poing droit et le dressa martialement en l'air. Pratiquement tout le monde autour des tables du salon de l'hôtel Norvège suivit son exemple. Ils entonnèrent ensuite tous *For Norge, Kiempers Fødeland*[26].

Lorsque le chant fut terminé, après avoir jeté un coup d'œil à sa montre, Wilhelm Styrk reprit la parole :

« Alors, mes compagnons de lutte… Pour la confrérie, pour la Norvège, nous levons nos verres ! Et ensuite… Au théâtre !

– Au théâtre ! Au théâtre ! »

Le même cri de guerre résonna presque simultanément à la Folkets Hus, d'où des ouvriers, en habits du dimanche et l'air solennel, déferlaient en direction du théâtre, à Engen, au son de discussions animées, pleins d'espoir et tendus, comme avant une réunion générale décisive pendant une grande grève.

« Au théâtre ! Au théâtre ! »

Martha Nesbø, les narines vibrantes, leva les yeux vers son puissant beau-père. Dans le courant de l'après-midi, Gunnar avait été admis en observation au Lungegård-shospitalet, mais ni Torleif ni elle n'avaient trahi ses desseins. *Au théâtre, au théâtre !* scandait une voix en eux.

Le public de la première avait depuis longtemps commencé à arriver.

Christian Moland avait fait l'achat de quatre billets, placés à l'avant des premiers balcons. En plus d'Agnes, il avait invité sa nièce Ingrid et son fiancé au théâtre. Les deux jeunes arrivèrent visiblement fiers, Ingrid vêtue d'une robe simple mais moderne, et Anders en costume bleu trop juste pour lui. Agnes aussi paraissait plus apaisée – il n'était pas fréquent que Christian invite si généreusement. Avait-il pu toucher des honoraires dont il ne lui avait pas parlé ? Elle lui jeta un coup d'œil rapide, de ce regard aux rayons X qu'un mariage de plus de trente-cinq ans lui avait apporté, mais elle ne vit rien d'autre qu'un policier retraité de soixante-quatre ans, un peu grassouillet, qui avait largement dépassé le stade où il la surprenait encore. Elle avait elle aussi reconnu que les grandes tempêtes de la vie étaient derrière elle ; il était à présent temps d'être grand-mère et de s'estimer heureuse des années qu'ils avaient encore devant eux, avec une marmaille grandissante comme des chats domestiques dans les pattes. L'inquiétude de la jeunesse et l'enivrement du bonheur étaient passés, tout comme la résignation grinçante de la période intermédiaire. En fait, elle ne s'était jamais sentie mieux que maintenant.

À leur arrivée au théâtre, ils saluèrent Borghild et Haakon Emil Brekke. Tous deux allaient fêter des anniversaires importants l'année suivante. La sœur de Christian approchait à toute vitesse des soixante-dix ans, Haakon Emil des soixante-quinze. Mais il allait encore au bureau tous les jours, même si leur fils Torstein avait été intégré à la direction de Hun & Han comme représentant de la famille, en parallèle avec Wilhelm Styrk. C'étaient toujours « les deux vieux » qui tenaient les rênes, mais le changement de règne et un conflit de pouvoir possible – entre Torstein et Wilhelm Styrk – se rapprochaient inexorablement, semaine après semaine, jour après jour.

Ils se saluèrent aimablement et montèrent ensemble au restaurant, où ils commandèrent chacun son verre et commencèrent à discuter, jusqu'à l'arrivée du directeur Helgesen qui repéra Brekke, salua avec courtoisie les dames et en vint immédiatement à l'essentiel :

« C'est une honte ! Je le dis, bien que je sois rien moins que le directeur général de ce théâtre… Ce n'est pas avec mon approbation que la première de cette pièce voit le jour ! »

Christian Moland leva des sourcils ironiques.

« Alors pourquoi donnez-vous de l'éclat à l'occasion ? En grand habit, même…

– Un devoir, monsieur l'inspecteur. Pur devoir. » Il constata avec une légère distraction la présence d'Ingrid et Anders. « Et ces jeunes gens, ce sont… »

Moland fit rapidement les présentations.

« Ma nièce Ingrid et son fiancé, M. Veum.

– Oh, enchanté. »

Helgesen leur serra la main d'un air absent, fit un petit signe au directeur de banque Sørensen et partit rejoindre ce dernier.

Avant qu'ils entrent s'asseoir, Haakon Emil retint son beau-frère.

« Christian, tu as un petit instant ?

– Oui ? » Moland donna le numéro des places à Agnes. « Allez-y, je vous rejoins. »

Il entra très peu de temps après et s'assit à son tour.

Agnes se tourna vers lui.

« Que voulait-il ?

– Il voulait… discuter avec moi. Il m'a demandé si je pouvais l'accompagner à son bureau, après la pièce.

– Mais de quoi peut-il bien s'agir ? »

Christian Moland haussa les épaules.

« Pas la moindre idée, très chère… Il a peut-être besoin de mes… compétences particulières… »

Le son des musiciens accordant prudemment leurs instruments leur parvint depuis la fosse d'orchestre. La salle se remplissait. Depuis leurs places aux premiers

balcons, le couple Moland et leurs jeunes invités avaient
une vue remarquable sur tous ceux qui entraient. En
dépit du contenu controversé de la pièce, très peu, parmi
les représentants de marque du public de cette première
s'étaient abstenus de venir ; au contraire, il semblait que
la quasi-totalité avait veillé à ne pas rater l'occasion.

« Regarde, la vieille Mme Frimann est là aussi, chuchota
Agnes. Et Cecilie, la pauvre.

– La pauvre ?

– Elle était fiancée à Hjalmar Brandt, quand même !
Tu dois bien t'en souvenir…

– Bof…

– Et elle ne s'en est pas encore trouvé un autre, bien
qu'elle doive avoir plus de trente ans…

– Plus de trente, c'est ça. Elle avait presque deux ans
quand son père… Alors elle a trente-trois ans. – Rikke-
mor… – Oui, elle, en tous les cas, on ne pouvait pas la
soupçonner, elle était bien la seule, dans la famille…

– Mais l'affaire a bien été éclaircie, non ?

– Hmm.

– Et regarde, à la porte… Ce n'est pas Berstad ?

– Mais si ! Quand est-ce qu'il a commencé à s'intéresser
au théâtre, lui ?

– Il n'a pas encore pris sa retraite, si ?

– Non, mais il ne doit pas lui rester beaucoup plus
d'un an à faire, si ma mémoire est bonne, soupira-t-il
lourdement. Bon sang, ce que le temps passe ! Je me souviens bien quand il est entré, comme jeune inspecteur !

– Il est peut-être ici dans l'exercice de ses fonctions, tu
ne sais pas…

– Oui, tu as peut-être raison », murmura Moland avant
de se mettre à observer le public plus attentivement, pour
voir s'il trouvait d'autres collègues çà et là dans la salle.

Les yeux grands ouverts d'Anders Veum scrutaient
tous azimuts. Il avait discrètement déboutonné la veste
de son costume de confirmation. Ils auraient dû le voir,
au pays… au théâtre pour la première fois !

Ingrid avait une désagréable sensation d'inquiétude
dans l'estomac. C'était toujours la même chose quand elle
buvait du vin, elle n'aurait jamais dû accepter ce verre…
Par ailleurs… N'était-ce pas Peter Paulus qu'elle avait fur-

tivement aperçu, ce soir à nouveau, tandis qu'ils se rendaient au théâtre ? Qu'est-ce qui pouvait bien l'attirer en ville ? Ne pourrait-elle donc jamais se libérer ?

Aux seconds balcons, Sigrid et Wilhelm Styrk Helgesen prirent possession de leurs places au premier rang.

« C'est ce que tu as pu avoir de mieux ? s'enquit fielleusement Sigrid.

– C'est ici, en haut, que ça va se passer, rétorqua son mari.

– Quoi donc ?

– La véritable pièce !

– Avec toi dans le rôle principal, peut-être ?

– On verra, Sigrid, on verra… »

Dans la salle en contrebas, Cecilie Frimann jetait des regards prudents alentour, faisant de discrets signes de tête aux gens qu'elle connaissait, en proie à une tension frémissante, comme toujours avant une première – encore plus fortement cette fois, puisque la pièce était de Hjalmar. Elle se sentait toujours liée à lui, avec tout ce que ça impliquait en bien et en mal, malgré l'impardonnable trahison dont elle avait été victime. Elle avait suivi avec un étonnement grandissant le débat dans les journaux. Elle était maintenant très curieuse de voir de quoi il s'agissait réellement.

Sur la scène, Hjalmar Brandt étudiait le public à travers un petit trou dans le rideau. Comme cinq ans auparavant, il l'avait également cherchée, elle, Cecilie – en pleine salle, comme si elle était un plomb dans sa vie, une secousse dans la ligne, qu'il ne laisserait jamais filer. Il balaya alors lentement l'assistance vers la gauche, vers les deux places à l'extrême bord des derniers rangs des fauteuils d'orchestre, où Torborg venait de prendre place à côté de Karl Styve. Elle se pencha sur lui, lui murmura quelques mots à l'oreille et rit tout bas.

Hjalmar recula légèrement. Des comédiens qui devaient participer à la scène d'ouverture faisaient nerveusement les cent pas autour de lui. Plus un son ne montait de la fosse d'orchestre. À droite du rideau de scène, à sa place de metteur en scène, Magnar Midtthun était prêt au tableau de contrôle. D'un geste théâtral, il fit comprendre à l'auteur qu'il devait quitter la scène.

Hjalmar obéit.

Midtthun sonna pour la troisième et dernière fois. La lumière s'éteignit alors lentement dans la salle, et les derniers restes de conversation moururent rapidement.

Un silence intense, menaçant, emplit les lieux.

72

Une strophe brute, grouillante, s'échappa du saxophone de Leif Pedersen qui avait tout spécialement pris place pour l'occasion dans la fosse d'orchestre ; un premier cri du pays profond, déchirant dans sa dissonance, avant que les violons des musiciens du théâtre n'entament un thème staccato sur un rythme tendu, énervant, sous-tendant les improvisations brusques du saxophone qui continuèrent à forcer vers l'avant, comme un élément étranger emprisonné dans une grille étincelante de sons. Le rideau se leva, et l'on découvrit le tableau d'ouverture, si souvent reproduit par la suite, de *Vi ere en nasjon vi med*. Le peintre du théâtre avait créé un paysage futuriste représentant des usines, dans lequel les ouvriers apparaissaient comme des nains contre les gigantesques roues dentées, pistons et palettes qui faisaient tourner l'énorme machinerie dont ils ne constituaient eux-mêmes qu'une infime partie. Les roues, les pistons et les palettes se mouvaient en rythme avec les coups d'archets, tandis que le saxophone suivait celui des travailleurs frénétiques, qui essayaient désespérément de garder le tempo inhumain de production.

Un frémissement involontaire d'admiration parcourut l'audience, vis-à-vis de cet impressionnant tableau d'ouverture. Deux des comédiens arrivèrent alors sur scène en se disputant violemment – le représentant élu des ouvriers, Borgfinn, et le contremaître, Clausen. La musique baissa d'un ton, mais subsista en un rythme nerveux pendant le dialogue dramatique concernant la rupture de négociations salariales et la demande de Borgfinn visant à l'arrêt immédiat des machines.

« Mais c'est impossible ! Il en va de l'économie du pays, de toute notre existence !

– C'est la grève ! La lutte des classes, Clausen !

– Ne me parle pas de lutte des classes ! J'ai été sur les barricades, moi aussi !

– Ah oui ?! Et où es-tu, à présent ? Au parti travailliste unifié norvégien ! »

Dès les premières répliques, l'agitation fut perceptible dans la salle. Le public des places d'orchestre se tourna légèrement pour voir d'où venait le vacarme ; compte tenu de la façon dont le théâtre moderne s'était développé, on ne devait pas exclure que ce puisse faire partie de la mise en scène, avec des comédiens qui faisaient brusquement irruption par le fond de la salle.

Mais ce n'était pas le cas. Le bruit venait des seconds balcons, et en dépit de quelques « chut ! » en contrebas, les commentaires et les rires qui en venaient montèrent en intensité, de telle sorte que les comédiens eux aussi durent forcer la voix sur leurs répliques.

« Alors on va faire intervenir les briseurs de grève ! »

Cris de joie assourdissants dans la salle, et applaudissements épars.

« Vive l'Aide Sociale ! » cria Calle Frimann en se levant à moitié de son siège.

Derrière la scène, Hjalmar Brandt écoutait, l'oreille collée à la porte. Que se passait-il ? Ça ne faisait pas partie de la pièce, ça !

Normann Johannessen, qui se tenait prêt en coulisses, costumé en directeur, se tortilla, mal à l'aise.

Il était à présent évident que l'agitation des seconds balcons avait commencé à se propager.

Le grand et fort Torleif Nesbø s'était complètement levé.

« Est-ce que vous allez la boucler, les merdeux ?! criat-il dans son dialecte. Vous allez laisser causer les acteurs ?!

– Non mais écoutez le bouseux ! Allez, retourne dans ton étable, péquenaud ! »

Nesbø regarda autour de lui.

« Qu'est-ce que tu as dit ? Tu veux que je te fasse la tête au carré ?

– Viens, alors ! »

Dix à vingt personnes s'étaient levées, et le dialogue d'en haut couvrait complètement celui d'en bas, sur scène.

Magnar Midtthun regarda le directeur du théâtre.

« C'est complètement scandaleux ! Il faut baisser le rideau !

– On doit interrompre, acquiesça Normann Johannessen. Mais détends-toi. Je contrôle tout.

– Tu contrôles tout ! Où ça ? murmura Midtthun en saisissant la corde qui faisait monter et descendre le rideau avant. « Rideau ! » cria-t-il.

Les comédiens s'interrompirent en plein dialogue, la musique mourut dans la fosse d'orchestre, et des applaudissements ainsi que des sifflets résonnèrent depuis les premiers comme les seconds balcons, sous les commentaires courroucés du public des places les plus prestigieuses.

Le directeur Helgesen se renversa lourdement dans son fauteuil, un petit sourire au coin des lèvres, tandis que sa femme lançait des coups d'œil inquiets autour d'elle.

« Wilhelm n'est pas quelque part, là-haut ?

– Je crois bien… » répondit Helgesen avec un hochement de tête.

Torborg Hagen regarda Karl Styve, les sourcils haussés.

« Vous vous attendiez à quelque chose du genre ?

– On a dû faire mouche, il me semble », ricana le metteur en scène avec satisfaction.

Anders Veum déglutit péniblement. Tout cela lui rappelait douloureusement les émeutes de 1926.

Ingrid et sa tante échangèrent un regard horrifié, Christian Moland se pencha en avant autant qu'il pouvait afin de jeter un œil vers les seconds balcons. Bon sang de bonsoir ! N'était-ce pas Calle Frimann qu'il voyait ?

Les sièges du dessus commençaient à claquer tandis que les deux fronts s'avançaient l'un vers l'autre.

« Pourriture de nazis !

– Porcs de communistes ! »

Le son criard d'un sifflet de policier résonna dans la salle, et un homme mince en smoking, d'une cinquantaine d'années bondit souplement sur scène devant le rideau. Il baissa son sifflet et brandit sa plaque brillante de policier en un geste impérieux.

« Du calme ! Du calme ! »

Derrière la scène, Normann Johannessen fit un signe de tête triomphant à Magnar Midtthun. Hjalmar Brandt était à son tour entré sur scène. Il avait rejoint les comédiens derrière le rideau qui était tombé, et tous avaient constitué une formation totalement improvisée à l'écoute des bruits de la salle, à travers le rideau, qui arrivaient jusqu'à eux, comme le son d'un haut-parleur dans le lointain.

Le directeur du théâtre sortit des coulisses.

« Tranquillisez-vous tous ! Nous étions préparés au pire. Nous allons bientôt pouvoir continuer… »

La salle retrouva lentement le calme. Certains agitateurs des seconds balcons étaient encore debout, mais plusieurs s'étaient déjà rassis.

« Mesdames et messieurs ! Je suis l'inspecteur principal Berstad, du commissariat de police de Bergen ! Je tiens à vous faire savoir que nous avons des agents et des inspecteurs aux places stratégiques dans toute la salle. Et notamment… » Il leva les yeux vers les seconds balcons. « … là-haut ! »

Murmures agités, tandis que même les invités les plus importants jetaient malgré eux des coups d'œil alentour.

« Ils ne m'en avaient pas parlé ! » s'écria avec une colère rentrée le directeur Helgesen à l'adresse de sa femme.

« Je tiens de plus à dire que toute interruption de la représentation fera l'objet d'une arrestation immédiate et de poursuites pour troubles à l'ordre public ! »

Applaudissements depuis certaines parties des seconds balcons ; cris mécontents de l'autre aile.

« Toutous ! Valets de communistes ! cria une voix d'en haut.

– Et ceci concerne tous les présents, quelle que soit leur appartenance politique ! poursuivit Berstad sans se

laisser démonter. Je répète… Arrestation immédiate !
Laissons-nous la pièce se poursuivre ? »

Silence oppressant, avant que des applaudissements
épars, qui petit à petit gagnèrent également le bas de la
salle, n'apportent un soutien prudent à cette déclaration.

Ole Berstad redescendit dans le public, sous un hochement de tête approbateur de Christian Moland.

« Il s'en est bien sorti, le père Berstad. »

Helgesen se pencha de nouveau de côté.

« Le chef de la police en entendra parler ! Est-ce la
tâche de la police de protéger… ce genre de choses ?

– Non, non, lui chuchota rapidement sa femme en
réponse. C'est épouvantable ! »

Aux seconds balcons, le visage de Wilhelm Styrk rou-
geoyait d'excitation, tandis que Calle Frimann serrait les
mâchoires à s'en faire claquer les molaires. Torleif Nesbø
s'était laissé retomber dans son fauteuil.

« Pour une fois, la police était du bon côté… » murmura-t-il avec satisfaction à Martha.

Sigrid Helgesen se pencha discrètement en avant et
tenta de voir dans la fosse d'orchestre. *Ce saxophone…
Pouvait-ce être… ?*

Sur scène, les comédiens avaient repris leur position
initiale. Hjalmar Brandt et Normann Johannessen
s'étaient retirés sur le côté, où Magnar Midtthun s'épon-
geait avec un grand mouchoir bleu et blanc.

« Évacuez la scène ! Rideau ! » cria-t-il.

Les comédiens reprirent le dialogue à l'endroit où
Clausen et Borgfinn entraient sur scène. Cette fois, ils
purent réciter tout le dialogue sans menace d'interruption. Au contraire, le manque de réactions du public était
à présent tel qu'ils se sentirent un instant renvoyés au
temps des répétitions, sans personne d'autre dans la salle
que l'auteur et le metteur en scène.

Après un impressionnant changement de décor, où le
cyclorama[27] et la scène tournante moderne, installés
après le grand incendie du théâtre de 1930, furent pour
la première fois parfaitement mis en valeur, la seconde
scène se joua chez le directeur, dont le logis réflétait un
fonctionnalisme moderniste qui faisait de lui un homme
d'avenir et non un représentant de la bourgeoisie à l'abri

de tout. Avec une ironie amère, Hjalmar Brandt offrait sa propre classe sociale aux railleries de tous, mais sans toutefois une certaine sympathie pour les personnages féminins. L'épouse du directeur comme sa jeune fille étaient décrites avec chaleur et sympathie ; et le jeu entre madame et l'ami de la famille, interprété sur un ton de vaudeville approximatif par Mme Maubach et Bertil Gade, comportait une nuance vibrante d'érotisme, en particulier de son côté à elle. De même, la première scène entre Borgfinn et la fille du directeur Anne Birgitte dégageait une poésie passionnée qui détourna un moment l'attention de la politique pour faire apparaître des larmes de ravissement dans les yeux de plusieurs femmes du public, tout particulièrement Cecilie Frimann, qui crut reconnaître des répliques qu'elle avait elle-même pensées, à défaut d'autre chose...

L'action se déplaça à nouveau sur la zone des ateliers, cette fois devant l'entrée principale, où les ouvriers avaient formé un piquet de grève. Le jeune ingénieur électronicien Harald arriva au premier plan, en tant que représentant de la technologie qui en peu d'années rendrait les ouvriers superflus.

« Plus vous faites la grève souvent, plus vous accélérez l'introduction de changements ! » disait l'une de ses répliques.

La réplique finale, avant l'entracte, de l'un des ouvriers dans la foule, n'était pas moins amère :

« C'est facile à dire, pour toi, tu vas épouser la fille du directeur ! »

Tandis que le rideau tombait lentement, la lumière se focalisa autour du visage de Borgfinn, pâle et figé par ce qu'il venait d'entendre.

Hormis quelques protestations discrètes visant certaines déclarations, l'acte fut salué par un silence glacial. Lorsque les lumières se rallumèrent à la tombée du rideau et que les portes furent ouvertes pour l'entracte, ce fut un public franchement maussade qui envahit les couloirs pour monter aux deux restaurants.

Derrière la scène, l'atmosphère était au découragement. La première interruption avait cassé le rythme de la représentation, et il ne faisait aucun doute que le laïus du policier avait anesthésié les réactions du public. Mme Maubach était particulièrement acerbe :

« À la répétition générale, M. Gade et moi avions des rires à chaque réplique. Ce soir, il n'y avait pas la moindre ébauche !

— Mais ils *suivaient*, madame Maubach ! l'assura Normann Johannessen. Au second acte, ça marchera !

— Ça va merder dans les grandes largeurs ! murmura Hjalmar Brandt depuis l'une des rangées de cordes.

— C'est sûr », approuva Magnar Midtthun en ôtant ses lunettes rondes et en passant une main fatiguée sur ses yeux. De toute ma carrière, je n'ai jamais rien vu de tel. »

Karl Styve et Torborg Hagen les avaient rejoints.

Torborg vint auprès de Hjalmar et passa un bras réconfortant autour de ses épaules.

« La seconde partie est meilleure, en tout cas. Et quand en plus ils auront bu un peu de vin et de bière, ils se réchaufferont un tantinet… »

Styve allait énergiquement de-ci, de-là, attrapant certains des comédiens par le bras en leur faisant des commentaires aussi intenses qu'édifiants. « Ils ne sont pas tranquilles parce qu'ils ne vous aiment pas ! Ils sont ébranlés ! On les tient à la gorge ! Après une pièce comme ça, on ne veut pas d'applaudissements du tout. Ils peuvent rentrer sans rien dire chez eux, comme s'ils faisaient partie de leur propre cortège funéraire ! »

Mme Maubach lui lança un coup d'œil plein d'ironie.

« Vous pouvez bien dire ça, vous, monsieur le génie ! Vous ne pensez pas à nous qui devrons interpréter… ça… encore plusieurs semaines, peut-être…

— Les critiques vont me massacrer ! glissa Hjalmar à Torborg d'une voix qui ressemblait beaucoup à un couinement.

— Non, non, répondit-elle, indulgente comme avec un petit enfant. Ne devance pas les soucis, en tout cas… »

Dans le restaurant élégant et stylé, accessible aux détenteurs des billets les plus chers, l'ambiance s'était significativement animée après que les présents avaient eu quelque chose dans leurs verres. Le directeur Helgesen laissait modestement son entourage partager sa perception de la pièce : « Vous pouvez vous-même voir ce que nous combattons. Mais par bien des aspects, je suis soulagé, malgré tout. Cette cochonnerie va tomber à l'eau. Il faut être un marxiste endoctriné pour trouver de quoi se réjouir là-dedans.

– Oui, moi, je n'en pense rien, Cecilie, asséna Mme Frimann à sa fille, la bouche pincée. Je suis en tout cas très contente que ce ne soit pas mon *gendre* qui fasse rejaillir de la sorte une telle honte sur sa propre famille.

– Maman, enfin ! Si moi, je peux pardonner à Hjalmar, tu pourrais bien… »

« C'est si réel, en quelque sorte ! Vous ne trouvez pas… s'exclama Ingrid Moland en regardant son oncle et sa tante.

– Je ne voyais pas le théâtre comme ça », murmura Anders Veum.

Dans le passage étroit et triste derrière les seconds balcons, où l'on servait de la bière, du vin et du café aux places les moins onéreuses, les contradictions étaient plus marquées.

Certains étaient complètement ravis par la pièce – Martha Nesbø en parlait comme d'une expérience des plus intenses.

« C'est tellement dommage que Gunnar n'ait pas pu y assister !

– Il peut encore en avoir l'occasion, répondit Torleif. Elle ne sera pas retirée de l'affiche demain, cette pièce. »

À distance, Calle Frimann jaugeait cet homme, de presque dix ans son cadet. Il savait bien qui était Torleif Nesbø, et il se promettait de tenir ce gus à l'œil si la mayonnaise montait de nouveau pour de bon…

La sonnerie annonçant le début de la seconde partie retentit. Le public reprit place à des degrés divers d'excitation, certains spectateurs curieux de savoir « comment ça allait se passer », d'autres désirant ardemment que tout cela soit bientôt terminé.

Ce fut derechef une strophe de saxophone qui donna le ton, mais dans l'élégie, cette fois, presque langoureusement. Tandis que le rideau montait, un nouveau décor envoûtant apparut : il s'agissait maintenant d'un paysage montagneux qui aurait coupé le souffle à n'importe qui.

Ainsi projeté sur le cyclorama, il paraissait presque véridique, comme si le mur du fond tout entier était remonté et que tous se trouvaient dans les montagnes, transportés par l'imagination – mais avec tant de réalisme qu'ils sentirent littéralement la pointe froide des hautes montagnes leur parvenir d'en bas. La scène était un rapt de la mariée[28] tout à fait digne d'Ibsen, où Hjalmar Brandt avait consciemment puisé dans le chef-d'œuvre du grand maître en présentant Borgfinn et Anne Birgitte en fuite à travers une région sauvage, loin des projets de mariage comme des grèves. L'auteur faisait défiler les scènes pathétiques entre les deux personnages, sur le mode parodique : Borgfinn qui était de nouveau attiré vers les zones industrielles, et Anne Birgitte qui lui promettait une place au soleil, « aussitôt que j'aurai ma part de l'héritage maternel ». Les sirènes d'usines résonnaient alors depuis le fjord et ramenaient Borgfinn au quotidien :

« Je ne peux pas abandonner mes camarades grévistes ! Écoute, ils appellent les briseurs de grève ! Ma place est là-bas…

– Alors je n'ai pas d'autre choix que de me marier avec Harald !

– Eh bien il en sera ainsi… »

Des nuages sombres passèrent à l'horizon. Tandis que la musique de l'orchestre montait en une puissante cacophonie, le décor changea de nouveau. Un paysage industriel quasi surréaliste grossit dans le fond, où le peintre avait tracé des lignes de fuite de guingois et disproportionnées, comme pour souligner ce que l'action présente avait de cauchemardesque – une scène expressionniste violente de combats entre grévistes et briseurs de grève, avant que la police ne fasse finalement irruption par le côté, matraques brandies ; des coups de feu furent tirés au-dessus des têtes des ouvriers, et les grévistes furent contraints de s'agenouiller avec tant de violence et de brutalité qu'il y eut comme un frisson chez les spectateurs qui avaient participé aux grèves et vécu les confrontations avec les briseurs de grève et les forces de police.

Des marches militaires rythmées montaient de la fosse d'orchestre. Timbales et caisse claire donnaient le rythme, les violons grinçaient désagréablement, le saxophone n'émettait plus que quelques notes faibles, moribondes.

Le décor changea de nouveau. Des drapeaux bruns ornés en leur centre de la croix solaire descendirent du plafond, une tribune monta du sol, et des hommes et des femmes en uniforme et chemise entrèrent de part et d'autre de la scène. Harald monta à la tribune, leva la main droite en guise de salut et jeta un regard circulaire triomphant. Les allusions étaient évidentes. Ils avaient vu cela sur un petit film allemand, de la campagne électorale qui avait conduit à la victoire éclatante du NSDAP et d'Hitler aux élections du 31 juillet. Le discours de Harald n'était pas moins limpide : démagogique, entraînant, et sur la fin presque aussi hystérique dans ses attaques contre les opposants – la classe ouvrière, les fauteurs de trouble et les bolcheviks.

Parallèlement au puissant niveau sonore émis sur scène, les réactions des petits groupes des seconds balcons montaient elles aussi dramatiquement à nouveau en puissance. C'était comme si les confrontations qui avaient lieu sur scène se diffusaient dans la salle.

La déclaration la plus démagogique de Harald fut saluée par des cris d'enthousiasme et des applaudissements de membres du Syndicat de la Patrie, ce qui entraîna des sifflets et des cris chez les rouges :

« À bas les nazis ! Sus au nazisme ! »

En bas, la pièce se poursuivait comme si de rien n'était. La scène de la grande réunion publique une fois terminée, la scène fut évacuée. Dans un petit épilogue, Borgfinn arrivait à la passerelle d'un gros bateau et montrait ses papiers, qui indiquaient un faux nom :

« Terje Olsen ? demanda l'officier qui contrôlait les papiers.

– Oui, oui… »

Puis il traversa pensivement la passerelle. À mi-parcours, il s'arrêta, regarda autour de lui, puis dans la salle, « vers la terre », une expression de tristesse sur le visage. Derrière lui, le cyclorama se colora en rouge sombre, et le tumulte de combats et une cacophonie montèrent de la fosse d'orchestre comme des coulisses, où les machinistes entrechoquaient des tubes d'acier et des couvercles de ferraille, tandis que les comédiens qui venaient de quitter la scène poussaient des cris d'agonie, des râles et des gémissements. C'était la guerre elle-même qui était représentée, avant que tout ne se taise brusquement et que le rideau tombe comme une guillotine sur le sol.

Un silence sépulcral s'abattit dans la salle.

La tempête se déchaîna de nouveau. Certains applaudirent à tout rompre, d'autres se levèrent et crièrent. Dans le public, on oscillait clairement entre une admiration sidérée et une réticence ferme.

Calle Frimann se leva subitement sur son siège et pointa un index résolu vers le flanc opposé des seconds balcons.

« Jetons la racaille dehors ! En Russie, tout ça ! »

Des applaudissements épars se firent entendre dans la salle, non pas destinés à Calle Frimann, mais aux comédiens, qui étaient arrivés sur la scène pour recevoir les ovations. Mona Holte, Helge Håland et Jørgen Skarsbø se tenaient au milieu, encadrés par Normann Johannessen et Solveig Maubach ; ils furent ensuite rejoints par Bertil Gade et le reste de la troupe, qui emplirent largement toute la scène.

Dans les seconds balcons, les premiers échanges de coups de poing avaient commencé. L'un des coups atteignit sa cible, et l'un des communistes partit à la renverse entre deux rangées de fauteuils. Il s'en fallut de peu qu'ils ne se replient, apeurés, pendant que d'autres contre-attaquaient. Un bon coup de tête toucha l'un des bleus du Syndicat de la Patrie au sternum, et les claquements étouffés des poings qui faisaient mouche furent bientôt audibles dans tout l'espace des balcons. Une matraque en caoutchouc virevolta soudain quelque part en l'air.

« Attention, les gars ! Ils sont armés !

– Alors pétez-leur les bras !

– Ah oui ! Viens-là, toi, que je t'aplatisse ! »

On entendit un craquement dans les boiseries au moment où deux combattants entrèrent en collision et s'écroulèrent l'un sur l'autre.

« Gaffe ! Il a détaché un bras de fauteuil !

– Ah viens, toi ! Allez, viens ! V… »

Les comédiens regardaient en l'air avec épouvante, tandis que les applaudissements mouraient rapidement. Tout le monde s'était retourné, rassis et avait les yeux rivés sur les seconds balcons.

« Maman ! C'est Calle ! s'écria Cecilie en rage en se levant.

– Oui, oui, c'est son affaire », répliqua sèchement sa mère en tirant sur la robe de sa fille pour la faire asseoir.

Torleif Nesbø aussi s'était levé. Martha chercha à le retenir, en pure perte. Il parcourut la rangée de bancs à grands pas, vers la ligne de front à mi-chemin. Wilhelm Styrk Helgesen arrivait de la direction opposée, d'un pas tout aussi décidé.

« Wilhelm ! cria Calle Frimann en tendant un doigt vers Nesbø. C'est un de leurs meneurs ! Arrête-le ! »

Deux hommes en civil firent irruption par les portes latérales.

« Arrêtez ! Nous sommes de la police ! »

Personne ne sembla entendre. Les combats se poursuivirent avec une intensité croissante.

Dans la salle, Ole Berstad était de nouveau monté sur scène. Le sifflet de policier fendit l'air à nouveau.

« Calmez-vous ! C'est un ordre ! Toute la salle se calme ! »

Tels des écoliers désemparés, les comédiens observaient cette pièce insolite, en tant que public, cette fois.

Normann Johannessen chercha le directeur Helgesen dans l'assistance, et le regard qu'ils échangèrent était un curieux mélange de défi et de triomphe : *Qu'est-ce que j'avais dit ?*

Hjalmar Brandt arriva alors en chancelant sur scène, gauche comme un confirmand, les cheveux en bataille et le regard vacillant. Les comédiens s'écartèrent, lui firent signe d'avancer au milieu et applaudirent.

Des applaudissements épars partirent à nouveau de la salle, mais aux premiers balcons, un homme en smoking se leva.

« À Moscou, larbin ! » grinça-t-il.

Dans les seconds balcons, la bataille cessa un instant.

« C'est lui, c'est lui ! »

Le message passa d'homme en homme. Les communistes arrêtèrent et applaudirent, les activistes de l'autre bord sifflèrent, ensuite tous se jetèrent à nouveau les uns sur les autres.

Un jeune homme courut aux balcons latéraux et lança un gros paquet de tracts sur la salle. Les papiers bleu ciel voletèrent comme des confettis sur le public qui se pencha, se releva et tendit les bras pour les attraper.

À des endroits différents de la salle, Christian Moland, le directeur Helgesen, Cecilie Frimann et bien d'autres lurent le même texte :

Norvégien, Norvégienne !
Nous protestons contre
la production au Nationale Scene
d'une pièce qui fait la propagande des grèves et des émeutes.
Nous protestons contre
la représentation du romantisme révolutionnaire
Comme un message positif au Nationale Scene, alors que
La pensée nationale est caricaturée et ridiculisée.
Nous protestons contre
Cette façon de rendre le bolchevisme rouge honorable
et acceptable.
Le marxisme, c'est la guerre civile, le fratricide,
la révolution mondiale.
La section jeunesse du Syndicat de la Patrie.

Torleif Nesbø avait saisi Wilhelm Styrk Helgesen par le col, et il le leva en l'air devant lui.

« Maintenant, tu t'écrases, pigé ? »

Wilhelm Styrk tenta de filer un coup de pied dans les genoux de son adversaire, mais le peu d'espace qu'il y avait entre les rangées de sièges l'empêcha d'atteindre son objectif. Du banc voisin, Calle Frimann lança un poing vers Nesbø, qui le para et jeta un regard mauvais autour de lui. Il fila un coup de tête résolu à Wilhelm Styrk, l'atteignant au front et l'envoyant à la renverse dans les bras d'un policier qui rappliquait à toute vitesse, tandis que le sang jaillissait de l'un de ses sourcils.

« Wilhelm ! » s'écria une Sigrid Helgesen, horrifiée.

Aveuglé par son propre sang, Wilhelm Styrk hurlait comme un porc sur la table d'équarrissage.

« Je veux qu'on l'arrête ! Agent ! Arrêtez cet homme !

– Je le tiens ! » cria Calle Frimann en se ruant sur Torleif Nesbø en travers des dossiers de sièges, si bien que tous deux basculèrent entre les rangs.

Martha se fraya un chemin depuis le côté. Elle regarda autour d'elle.

« Lars !... Svein ! Vous aidez Torleif ? »

Mais Torleif Nesbø s'était déjà relevé. Il repoussa Calle Frimann avec une telle énergie qu'il s'en fallut de peu que celui-ci ne passe par-dessus bord et n'atterrisse dans la salle, deux étages plus bas. Blanc comme un linge, il retomba à l'intérieur avant de se remettre sur ses jambes. Choqué, il pointa Nesbø du doigt.

« Cet homme est dément ! Arrêtez-le ! »

En bas, Berstad était fou de rage.

« Nous vous arrêtons tous si vous ne cessez pas ! cria-t-il.

– Viens, alors ! » lui répondit-on d'en haut sur le même ton.

Dans l'intervalle, les policiers disposés dans la salle étaient tous montés aux derniers balcons. Ils séparèrent avec détermination les fronts. Les plus belliqueux furent arrachés les uns aux autres par la force, les autres au terme de bruyantes discussions.

Martha Nesbø attira Torleif à l'écart, tandis que Calle Frimann et Wilhelm Styrk Helgesen continuaient à lui lancer invectives et accusations. Wilhelm Styrk tenait un mouchoir taché de sang contre son front, pour arrêter l'hémorragie. Calle Frimann était encore pâlot et avait toujours l'air secoué après ce contact musclé.

Les combats se calmèrent petit à petit.

« Là ! termina Berstad. On peut enfin avoir la paix ? »

Il distribua quelques ordres rapides :

« Svanevik ! Kapstad ! Laukeland ! Olesen ! Vous veillerez à ce que personne ne sorte de là-haut. Svendsen et Dalland ! Vous prenez position ici... » Il désigna l'une des portes latérales. « Je veux que soient notés les noms de tous ceux qui se trouvent là-haut... Et j'ai bien dit tous ! »

Aux premiers balcons, Christian Moland adressa un hochement de tête satisfait à Agnes.

« Très bien vu de sa part. Comme ça, il pourra décider après coup de ce qu'il veut faire les concernant.

– Qu'est-ce qui va se passer, mon oncle ? » s'enquit Ingrid, le souffle court.

Moland haussa les épaules.

« Selon toute probabilité, ils s'en tireront avec un avertissement et la menace de sanctions plus dures en cas de récidive. D'après ce que j'ai entendu, ils se sont aussi mal comportés d'un côté que de l'autre.

– Mais on n'a pas le droit de se conduire comme ça dans un théâtre, Christian ! s'indigna Agnes.

– Non, non, bien sûr que non… mais dans une situation politique déjà enflammée… Eh bien… De toute façon, ce ne sont pas mes affaires… »

Un calme irrité avait gagné le théâtre. Le public quittait lentement la salle et les premiers balcons.

Une file d'attente aussi longue qu'indisciplinée s'était formée dans les seconds balcons, devant la porte desquels deux agents notaient les nom, adresse et date de naissance de tout le monde présent, de préférence sur présentation d'une pièce d'identité.

« Ça ne peut quand même pas nous concerner aussi ! Nous sommes des spectateurs ordinaires ! » s'écria un homme en costume sombre, suivi d'une femme un peu trop maquillée en robe rouge.

« Dans ce cas, vous n'avez rien à redouter, le rassura Dalland. Quel nom, avez-vous dit ? »

La scène était déserte.

Derrière le rideau, on était encore tout tourneboulé. Personne ne savait de façon absolument certaine comment les choses s'étaient passées.

« Nous n'avons pas pu montrer le meilleur de nous-mêmes ! affirma Mᵐᵉ Maubach. Avec une telle populace dans la salle ! »

Normann Johannessen faisait le tour de la troupe pour rassurer les comédiens.

« Si, si ! Ça a été une victoire ! Pour nous tous ! »

Karl Styve allait de l'un à l'autre, serrait des mains et remerciait pour la contribution, tandis que Magnar

Midtthun restait prostré à sa place de metteur en scène, jambes écartées, bras croisés, les lunettes loin sur le bout du nez ; l'expression qu'il arborait aurait fait dire à tout Berguénois véritable qu'il était *tombé de la lune*.

Torborg Hagen avait attiré Hjalmar Brandt à l'écart. Elle l'embrassa longuement, chaleureusement, devant les rangées de cordes tendues.

« Tu vois, ça s'est bien passé, Hjalmar ! Je savais que ça se passerait comme ça ! Ohhh… »

Elle poussa un soupir de ravissement, théâtral, et se serra tout contre lui.

Hjalmar ne s'était pas encore remis. D'une certaine façon, c'était comme s'il n'était pas présent, mais avait à distance assisté à un événement théâtral historique, où il avait lui-même – presque par hasard – joué un rôle pas du tout négligeable.

Torborg se libéra prudemment.

« Je vais juste faire le tour… pour féliciter les autres… » Elle s'étira en avant et l'embrassa tout doucement sur la bouche. « Bonne chance, Hjalmar…

– Pour quoi ? »

Elle lui retourna un sourire insondable et commença sa tournée de félicitations. Hjalmar regarda autour de lui, penaud.

Devant l'une des portes latérales, le directeur du théâtre était en conversation intime avec Ole Berstad, qui put confirmer que la situation était dorénavant sous contrôle, et qu'il suivrait personnellement l'affaire au commissariat.

« Merci, Ole ! soupira Normann Johannessen en posant légèrement une main sur le bras maigre de l'inspecteur.

– Oh, merci à toi, répondit Berstad, non sans son habituel soupçon d'ironie dans la voix. C'est une expérience que je n'aurais pas voulu louper, tu sais… Bonne fin de soirée !

– Tu n'as pas envie de venir avec nous ?

– Non, merci. Je fais la marche des Vikings, demain matin, au départ de Møhlenpris, et il faut que je dorme un maximum. »

Il fit un rapide signe de tête à Hjalmar Brandt et sortit ensuite par la porte droite de la baignoire[29].

Normann Johannessen se tourna vers le jeune dramaturge.

« Nous avons remporté une grande victoire, aujourd'hui, Hjalmar !

– Oh, j'ai bien peur qu'elle soit on ne peut plus provisoire.

– Tiens donc ?

– La grande bataille n'a pas encore eu lieu… poursuivit-il en regardant tristement devant lui.

– Bon, d'accord. En tout cas, on a une fleur à la boutonnière ! Viens ! Monte au bureau avec moi, te prendre un pjolter… »

Devant le théâtre, Haakon Emil Brekke attendait Christian Moland, qui donnait ses dernières recommandations d'un ton jovial à Anders.

« Alors je laisse ces belles femmes entre tes mains… Il en va de ta responsabilité de les ramener saines et sauves à bon port…

– Oui, ça devrait aller, ça », répondit solennellement le jeune natif du Sunnfjord en lançant un sourire crispé à Ingrid.

Agnes Moland regarda avec ironie l'un, puis l'autre.

« Tu oses ? remarqua-t-elle.

– Je ne resterai sûrement pas longtemps. Je descends droit à son bureau, dans Strandgaten », expliqua Moland avant de lever son chapeau et de faire signe à son beau-frère qu'ils pouvaient y aller.

Les autres spectateurs quittaient eux aussi les lieux.

Sigrid Helgesen avait les joues en feu.

« C'était honteux, Wilhelm ! Honteux ! Non seulement tu t'es conduit comme un gosse, mais en plus, on a dû laisser nos noms à la police !

– Tût, tût », répliqua légèrement Wilhelm Styrk, mais il n'était pas très difficile de sentir qu'il n'était plus aussi sûr de lui.

Il tenait toujours le mouchoir sur son sourcil, pour s'assurer que le sang avait bien cessé de couler.

Calle Frimann conduisit un groupe de ses compagnons de lutte vers le Grand, ils étaient excités et enthousiastes comme s'ils avaient remporté une grande victoire. Le groupe qui allait à la Folkets Hus n'était pas moins excité, et les chants étaient servis par des voix cassées et victorieuses. Martha et Torleif Nesbø n'en faisaient pas partie. Ils descendaient déjà Christian Michelsens gate pour prendre le tram et aller faire leur rapport à Gunnar, si seulement on les laissait parvenir jusqu'à lui.

Le directeur Helgesen ramena lentement sa femme à l'hôtel Norvège, où il ne put éviter de rester au moins jusqu'au début de la réception donnée à l'occasion de la première. Mais il ne ferait pas de discours, il se l'était juré !

Au cours des trois quarts d'heure qui suivirent, toute la troupe, l'orchestre, les membres du conseil d'administration et les invités spéciaux arrivèrent. Au théâtre, les machinistes et quelques employés des ateliers partageaient deux ou trois caisses de bière et deux bouteilles de tord-boyaux, mises à disposition par le directeur du théâtre en personne, en remerciement de l'effort fourni.

Au moment où il s'apprêtait à quitter le théâtre, Hjalmar ne trouva Torborg nulle part. À l'entrée, on lui fit savoir qu'elle était partie devant. Mais lorsqu'il arriva à l'hôtel Norvège, elle n'y était pas non plus.

Il n'en fit tout d'abord pas grand cas. *Elle doit bien être quelque part dans le coin*, se dit-il, et il n'eut d'ailleurs pas le temps d'y penser outre mesure puisqu'il fut instantanément avalé dans des félicitations et des disputes. Le lecteur Strandenes et le professeur Quist-Olsen étaient les seuls membres du conseil d'administration qui lui souhaitèrent bonne chance. Son oncle, le directeur Helgesen, lui adressa simplement un bref signe de tête, de loin.

Un verre de sherry à la main, il fit de son mieux pour ne pas éclabousser tandis qu'il se libérait précautionneusement de deux comédiens, convaincus l'un comme l'autre que la pièce allait faire un tabac :

« Elle sera sans aucun doute jouée au National, aussi ! »

Tout en la cherchant des yeux, il s'approcha de Normann Johannessen, et le directeur du théâtre s'excusa avec soulagement auprès de Mme Helgesen, qui conversait avec lui en évitant soigneusement le sujet de la représentation, un sourire crispé sur les lèvres.

« Ah, te voilà, Hjalmar ! On a mené ça à terme ! Tu n'es pas content ?

– Oh si… Mais… Tu n'as pas vu Torborg ?

– Non, je… » Le directeur du théâtre regarda autour de lui dans le salon plein comme un œuf, où l'on avait dressé un buffet offrant canapés, bière et vin. « Elle n'est pas encore arrivée ?

– Je ne l'ai pas vue, en tout cas.

– Oh, mais…

– Et Karl Styve ? »

Normann Johannessen le regarda sans trop le voir.

« Oui… non, il ne vient pas. Il a filé prendre le train de nuit pour préparer la lecture de lundi, au National. Tu n'as pas pu discuter avec lui… je veux dire, après ?

– Si, on a dit… salut… On s'est félicités. Mais il n'a pas dit qu'il ne… qu'il devait partir… »

Hjalmar avait une expression pensive.

« Non, il… il n'a pas dû le faire. »

Hjalmar Brandt descendit à la réception, demanda à emprunter le téléphone et appela l'hôtel Rozenkrantz.

« Oui ? Non, on vient de passer chercher votre femme, un taxi… Elle devait prendre le train de nuit », a-t-elle dit. Le gardien de nuit eut tout à coup l'air préoccupé : « Il n'y a pas de problème, j'espère ? Mme Brandt a dit que vous régleriez la note, monsieur Brandt. Pour vous deux…

– Non, non. Pas de problème. Bien sûr, que je paierai… »

Il mit un terme à la conversation. Pendant un instant, il resta immobile, les yeux rivés sur l'appareil muet. Puis il reposa précautionneusement le combiné sur son support, se retourna calmement et remonta retrouver les autres.

73

Le soir même, à environ minuit, deux hommes se rencontrèrent sur Dansebryggen, l'ancien quai militaire sur la rive ouest de Nordnespynten. L'un des deux s'était abrité sous le pont menant à la promenade autour de

Valen, et attendait. Ni l'un ni l'autre ne se doutaient qu'ils étaient observés.

La conversation, qui commença de façon fort courtoise, dégénéra rapidement en querelle véhémente, pour se transformer ensuite en rixe en bonne et due forme. Au cours de cette brève bagarre, l'un des hommes plaça son poing dans la mâchoire de l'autre, l'envoyant en arrière. Il vacilla un instant sur le bord du quai. Puis il tomba à la renverse dans l'eau noire.

L'autre le chercha du regard depuis le quai, sans faire aucune tentative pour le tirer de l'eau. Au bout d'un moment, il fit brusquement volte-face, repassa sous le pont et retourna vers le centre-ville. Seul le type soûl assis sur un banc perché sur une butte à l'est de la pointe le suivit d'un regard légèrement ému.

Dix jours plus tard, le mercredi 19 octobre, le cadavre d'un noyé fut repéré dans la mer, juste devant l'un des anciens docks à ordures de Nøstet. La police fut appelée, et le type repêché. On le conduisit ensuite à l'institut Gade pour autopsie.

Les papiers détrempés et collés que le défunt avait dans sa poche intérieure aidèrent néanmoins la police à préciser entre-temps l'identité de l'individu. Il fut identifié comme le jeune fils de paysans et prédicateur itinérant Per Magne Haga – ou Peter Paulus, comme il se faisait appeler – né le 18 mars 1895 dans la paroisse de Bakke, commune de Flekkefjord.

Après approbation du rapport d'autopsie, il fut enterré après un office à la chapelle de Møllendal à Bergen, le 25 octobre 1932, pour des raisons pratiques et après une brève correspondance avec ses parents.

Sur sa tombe, on dressa une pierre portant le texte :

REPOSE EN PAIX
AU NOM DU CHRIST

NOTES DU TRADUCTEUR

[1] En Norvège, cet équivalent du baccalaureat se passe à la fin de la première.

[2] Soit Erik le vieux. La surprise d'Alfred vient également du fait que Gamle-Erik est l'un des surnoms du diable.

[3] Le haugianisme est un mouvement de prêtres itinérants, philosophie chrétienne fondée par Hans Nielsen Hauge (1771-1824).

[4] Tournure dialectale correspondant au «le» ou «la» suivi du prénom ou d'un diminutif de certaines provinces françaises.

[5] Askeladden (ou Espen Askeladd) est un personnage fictif de contes populaires norvégiens, entre autres ceux d'Asbjørnsen et Moe. Bien que présenté comme naïf et idiot, il finit toujours par triompher des épreuves là où les autres échouent, ce qui lui vaut assez souvent de conquérir la fille du roi et de remporter la moitié du royaume.

[6] «La ville du tramway».

[7] L'écurie.

[8] Allusion à la pièce *Hedda Gabler* (1890), du dramaturge norvégien Henrik Ibsen (1828-1906).

[9] L'un des quartiers les plus élégants de la capitale.

[10] Bjørnstjerne Bjørnson (né en 1832 à Kvikne et décédé en 1910 à Paris) est un écrivain et dramaturge norvégien, auteur de pièces de théâtre, recueils de poèmes, nouvelles et romans. Il est également l'auteur des paroles de l'hymne national (*Ja, vi elsker*). Il fut directeur du théâtre de Bergen de 1857 à 1859, et reçut le prix Nobel en 1903.

[11] Rôti (de bœuf, d'agneau, de baleine, de porc...) mariné dans du lait caillé battu (ou du kefir), puis saisi et cuit à la cocotte ou au four dans un mélange de lait et d'eau avec des oignons et divers aromates (laurier, poivre, ail).

[12] Nom d'un jeu pour enfants pratiqué le plus souvent pour s'occuper en voyage, consistant à compléter le plus vite possible la phrase «Mon bateau est chargé de...» par des mots commençant par une lettre donnée, ou relatifs à un thème décidé à l'avance.

[13] *Fjøler* (f. pl.) en norvégien.

[14] Littéralement «le tonneau de mer», la sjøtønne est une bouée de mouillage installée à l'entrée de Vågen en 1602 pour rendre le port plus sûr. Tous les bateaux qui entraient devaient payer une taxe, qu'ils se servent de ladite bouée ou non.

L'argent recueilli allait à la « Maison des pauvres des marins ».

Cette bouée se trouve toujours tout au bout de Vågen, et tous les bateaux paient encore une taxe bien que personne ne l'ait utilisée depuis plus de cent cinquante ans.

[15] Litt. *Le travail*, quotidien local (Bergen) du parti communiste norvégien (le NKP), fondé en 1893.

[16] Première galerie d'art permanente de Bergen, ouverte en 1878.

[17] « (pron. comme l'anglais *thing*) Assemblée saisonnière, en principe deux fois par an, au printemps et en automne, de tous les hommes libres d'un district donné, pour décider des affaires communes et juger des litiges, par consentement mutuel […]. Instance à la fois politique, législative et judiciaire. » (définition R. Boyer, *Les sagas islandaises*, Payot, 1992)

[18] « Ce doit être le grand amour », en allemand dans le texte.

[19] Point de vente de boissons alcoolisées, réglementé et sous contrôle de l'État.

[20] Littéralement «Fonds de la taxe sur le hareng de printemps», fonds dont la création fut ordonnée par l'État au milieu du XIXᵉ siècle pour permettre de lutter contre les conditions de vie misérables et insalubres dans les pêcheries de la côte ouest. Cette taxe devait servir à payer les médecins, le transport des malades et à faire construire hôpitaux et centres de soins.

[21] « Elle & Lui ».

[22] *Vi ere en nasjon, vi med* est un poème écrit par Henrik Wergeland (1808-1845). D'abord appelé *Smaagutternes Nationalsang* (Hymne national des petits garçons), le texte exprime son souhait que la fête nationale soit avant tout le jour des enfants.

[23] Soria Moria est un palais imaginaire tiré d'un conte populaire de Peter Christian Asbørnsen.

[24] Des assassins parmi nous, connu en français sous le titre *M. le maudit*.

[25] « Mal du siècle », en allemand dans le texte.

[26] «Pour la Norvège, terre natale des guerriers», premier hymne national (non officiel) de la Norvège, écrit par Johan Nordahl Brun (1745-1816).

[27] Rideau tendu sur un support semi-circulaire.

[28] Thème assez classique et récurrent dans la littérature scandinave (y compris médiévale), variante de celui de la quête de la mariée. Le terme norvégien «bryllup» («noces») dérive d'ailleurs du vieil islandais brudhlaup, sur «brud», mariée, et «hlaup», courir, sauter, enlever. La mariée, en général, est consentante.

[29] Loge de rez-de-chaussée en salle de spectacle (Petit Robert).

suite dans :

Le roman de Bergen
1950 L'aube
Tome 1

Composition Gaïa Editions
Achevé d'imprimer en mars 2007
sur les presses de France Quercy à Mercuès (France)
sur Perle sanguine 90 g spécialement fabriqué par
les papeteries de La Gorge de Domène pour

Gaïa Editions

La teinte du papier sur lequel cet ouvrage a été imprimé est
le résultat d'une recherche soucieuse d'un plus grand confort de
lecture : le coefficient de lisibilité est en effet jugé optimal,
sous condition d'un bon éclairage ambiant.

Dépôt légal : première édition, mars 2007
N° d'impression : 62392

G496